相棒はドM刑事《デカ》3

～横浜誘拐紀行～

神埜明美

集英社文庫

目次

相棒はドM刑事《デカ》3

～横浜誘拐紀行～

第1話　横浜誘拐紀行

1．初めての誘拐（捜査）

秋とは名ばかりの残暑続きだった九月も終わり、涼しさを実感し始めた十月最初の土曜日。空は快晴、絶好の行楽日和に老いも若きもこぞって遊びに繰り出していく――。

というのは、一般人の話で。女刑事たる菱川海月《ひしかわみづき》には週末なんて関係なく、今日も馴染《なじ》みのパンツスーツに身を包み電車に揺られて職場である港みらい署をめざしていた。

刑事は公務員なので当直を除けば事件のない土日は公休日になるのだが、そこはそれ。溜《た》まった書類を片付けるとかで大抵の者は休日も出勤している。特に刑事になって二年半、署の強行犯係の中では二番目に下《した》っ端《ぱ》の海月としては、先輩が出勤しているのに休むのも気がひけるのだ。

（ま、したいことも行きたい所も特にないから、いいんだけど）

電車の窓から流れていく風景を見ながら海月は独り毒づいた。会社員の友人とはスマホのアプリで会話するだけで満足しているし、買い物は大体通販で、コンビニ受け取りだ。二十五歳の独身女性にしては寂しい生活かもしれないが、優秀な刑事になるという目標に向かって頑張っているからいいんだもん、と己を納得させた。

それでも、駅を一緒に出る群衆がみんな遊びに来た風情だと少し損をした気分になるもので。更に観光地みなとみらいの名物の一つ、帆船日本丸が帆を広げていたりすると（総帆展帆《そうはんてんぱん》はたまにしか見られないレアものだ）、風に吹かれて自分も何処《どこ》かへ行ってしまいたくなりもする。だから「少し遠回りして汽車道を散歩しながら行こうかな……」と考えたのもごく自然なことだった。

汽車道とは、桜木町駅から徒歩数分先にある、臨港貨物線路の遺構を利用して作られた遊歩道のことだ。港内の小さな湾を斜めに横切るように設けられているので、そこを歩くだけで、船に乗らなくてもみなとみらいの高層ビル群を海の上から眺めることができるというわけだ。特に夜は凪《な》いだ海面にビルの灯《あか》りが映りこむ幻想的な光景が楽しめる。

（いい天気……ちょっとよすぎるくらい）

夜景には劣るかもしれないが、澄んだ青空を背に並び立つ高層ビルの勇壮な姿もなかなかのもので、明るい日差しの今日は窓の一つ一つまでもがくっきりと見えていた。

三つの鉄橋を渡り切るとそこが汽車道の終点だ。線路を埋め込んだウッドデッキはまだ続くが海月の旅はここで終わり、ウッドデッキを外れて遊園地の方角へと曲がる。港みらい署は遊園地の向こう側にあるのだ。一緒に歩いていた人々は逆方向の赤レンガ倉庫方面へ向かい、こちらへ行くのは海月一人になった。

（さて、気持ちを切り替えて出勤出勤）

ジェットコースターのレールを見上げながら歩道を進んでいると、背後から一人の男性に声をかけられた。

「すみませんがお嬢さん」

「はい……!?」

道を間違えた観光客かと思いながら振り向いた海月の目と足は、視線の先の人物に釘《くぎ》付《づ》けになった。なぜなら。そこにいたのは、ダークグレーの三《み》つ揃《ぞろ》いのスーツを着こなした、すらりと背の高いロマンスグレーのおじ様だったからだ！

歳《とし》はおそらく五十代後半、髪は銀髪のリーゼントだが、石川《いしかわ》係長（海月の上官）の盛り過ぎでワサワサ茂るリーゼントとは違って、程よい量の髪が撫《な》でつけられている。鼻筋の高い整った顔立ちは外国の俳優みたいで、若い頃はさぞモテただろうと容易に想像できた。

何よりも素晴らしいのは声だ。姿勢のよい腹腔《ふくこう》から出てくる低めの声は、オペラ歌手もかくやと思うほど深みがある。要するに美声だ。そんな百点満点中五百点の壮年男性が、紳士的な笑みを浮かべ海月を見つめているのだ。おじ様好き、友人に言わせると枯れ専の海月の血は一気に沸騰した。

（こんな完璧なおじ様、見たことない。この人こそおじ様の中のおじ様、ベスト・オブ・おじ様！）

思わず「写真撮らせてください」と言いかけたところに、おじ様が被《かぶ》せるように声を発した。

「ああ、やっぱりあなただ。港みらい署の刑事さんですね」

「え？　私のこと、ご存知なんですか」

どこかで会っただろうか。いや、一度でも見かけたら絶対に忘れないはずだ。なにしろ相手はベスト・オブ・おじ様……。

海月が首を傾《かし》げていると、おじ様は上機嫌に語りだした。

「いや、最近インターネットの動画サイトで投稿ビデオを見ましてね。公園に出没した変質者に豪快な飛び蹴りをかます女刑事！　相手が全裸の男でも一切動揺しないで組み伏せるその冷静な精神！　まさに女性警官の鑑《かがみ》だと――」

「うわぁあああっ‼」

ドガシャッ！

気がつくと海月は無意識におじ様を歩道脇の鉄柵まで突き飛ばしていた。

「おぅふっ！」

おじ様は柵にバウンドしてたたらを踏んだが、なんとか転ばずに踏みとどまっていた。

「すみません、忘れてくださいっ‼」

海月は相手の顔も見ずに九十度の角度で頭を下げると、一度も振り返らずに走り去った。

港みらい署は今からおよそ二年半前に、埋立地みなとみらい地区の急激な人口増加に対応すべく設立された若い警察署だ。一、二階部分は移築された昭和初期の石造りのビルをそのまま使い、三階より上は新しく建造された長方形の鉄筋ビルディングが聳《そび》えている。一般人もよく訪れる交通課や警務課がある一階吹き抜け部分は、列柱やアーチ形の窓などのレトロな雰囲気が満載だが、残念ながら海月の所属する刑事課は新築された三階にあるので内装も普通のオフィス然としていた。

しかしエレベーターだけは別だ。新しく設置されたものだが内扉が昔の鉄柵風で、中も飴色《あめいろ》の木製パネルが貼られている。その洒落《しやれ》たエレベーターをニューヨーカーになった妄想にふけりながら使うのが海月の日課だったが、今日はそんなもの待っていられないと階段を駆け上った。

白いだけで面白みのない扉を開けて広い刑事課の室内に飛び込むと、奥の強行犯係の島（机が島のように寄せてある）から、ダークブラウンのスーツを着たサラサラ茶髪のイケメンが立ち上がって海月を出迎えた。

「先輩！　おはようござ」

「亘《わたり》ーーっ！　死ねーーーっ！」

駆け込んだ勢いもそのままにイケメン亘に膝蹴りを入れると、年下の相棒は崩れ落ちながらも「……いますっ」と最後まで挨拶を言い切った。礼儀正しい男である。

「く、くらげちゃん！　今のは傷害罪だぞ」

白髪リーゼントの石川係長が前髪をわさわさ揺らしながら窓際の自分の席から立ち上がるが、海月はふんと鼻息を吐いただけだった。

「いいんです、本人も蹴られることを望んでいるんですから。それから私の名前はみづきです!!」

フーフー息をつきながら睨《にら》みつけると、手負いの獣には敵《かな》わないと思ったのか石川はすごすごと着席した。ちなみに、海月が仁王立ちしている場所、強行犯係の島には十台の机があり全員が席についていたが、誰一人としてこちらを見もしない。海月による後輩・亘善《ぜん》への鉄拳制裁は日常茶飯事だからだ。

「げほっ、あの、先輩」

足元からの声に海月はようやく視線を下ろした。長身の亘が手足を折り曲げて床に座っているとズワイガニを彷彿《ほうふつ》させる。二重の瞼《まぶた》も、真《ま》っ直《す》ぐで高い鼻も薄い唇も、全てが整いすぎるほど整っている彼は、一緒に聞き込みしているとしばしばナンパされるのだが（女性たちには隣にいる海月が見えないようだ）、いつもあっさり袖にしている。

それは職務中だから……という理由なら感心するのだが、そんなことは全くない。単に言い寄ってくる可愛《かわい》い系の女性に彼が全く興味を抱かないからだ。なにせ彼は年上の性格のキツい女性に痛めつけられるのが大好きという正真正銘のドＭくんなのだ。今だって鳩尾《みぞおち》を押さえてプルプル震えているが、見上げる顔は超！笑顔だ。

「あの、先輩。朝から嬉《うれ》しいんですが、僕はどうして蹴られたんでしょう」

「気にしないで、ただの八つ当たりだから。ま、ちょっとはあんたのせいなんだけど」

「それは、どうも？」

海月はうずくまる亘の足を跨《また》いで自分の机に向かうと、パソコンを立ち上げて急いで有名動画サイトに繋《つな》いだ。

先般のおじ様が見たという動画には心当たりがありまくりだ。今年の夏、マンションの一室で起きた事件の張り込み中に、犯人の気をそらすために亘が公園に出て噂《うわさ》の幽霊に扮《ふん》してわざと騒ぎを起こしたことがあった。しかし当初の打合せでは、幽霊のふりをして付近の住民を怖がらせていた愉快犯という設定だったのに、調子に乗った亘が全裸の変態（のふり）をしたため公然わいせつ罪で本気で捕まえてしまったのだ。逮捕の際に、ついつい飛び蹴りだけじゃなく股間への膝蹴りも加えてしまったが、相手が亘だったので、脂汗を垂らしながら「先輩の蹴り、最高……です」と喜ばれてしまったという苦い思い出だ。

しかし動画に撮られていたとなると話は別だ。警察による過剰な暴行と騒がれでもしたら反論できない。まさか「これはヤラセで、この変態はうちの署員です」と説明するわけにもいかないし、そもそも本気で蹴っているのでヤラセではなくただの事実だ。

「これは確認しないわけには……見たくないけど」

みなとみらい、変質者の類で検索をかけるとすぐにその動画がヒットした。

『実録！　みなとみらいの怪談？　深夜の公園に現れる幽霊の正体‼』という筆書きフォントの題字と共に、夜更けの公園を俯瞰《ふかん》した映像が映る。どうやらマンションのベランダから家庭用ビデオで撮影したものらしい。テレビのホラー特集を意識した作りで、おどろおどろしい効果音までついている。音声は入っていないが、この公園に出るという幽霊の噂を字幕で説明している。街灯の下に全身黒尽《くろず》くめの男がふらりと出現すると、『出たーー！』との字幕と共にホラー調のＢＧＭがやかましく鳴り響いた。

ここでやめてくれればただの怪奇ビデオなのだが、問題はここからだ。男が羽織っていた黒いコートの前をガバッと開くと中は一糸まとわぬ裸体で、同時に股間にモザイクがかかる。実はこの時、亘は肌色のパンツをはいていたので映っても問題ないのだが、モザイクのせいでかえって本物の変態に見えた。

(それにしても、なにも真正面から捉《とら》えなくたっていいでしょーに)

まさかこの投稿者は亘とグルなんじゃ、などと穿《うが》った見方をして気分がささくれているところに、いつの間にか海月の背後に集まった強行犯係の先輩たちが能天気な声援を上げ始めた。

「おー決まった！　くらげちゃんのライダーキック。こりゃ過剰な暴力だな、監察にタレこもーぜ」

「しかし何度見てもラストの金的蹴りは必要ねーよな、無抵抗なのに」

「でもこのシーン、『羨ましい』ってコメントで溢《あふ》れてますよ」

「マジか。世も末だな」

海月以外は全員男性なせいか、腹立たしいことに強行犯係は海月いじりとなるとこうして一致団結するのだ。本人は好きじゃない「くらげ」のあだ名でいつまでも呼ばれ続けているのもその一環だ。

ちょうどその時に動画で流れ出したBGMも相まって（舞台がしっちゃかめっちゃかになった時に流れるドリフの例の曲だ）、海月の苛々《いらいら》は爆発した。

「じゃあみなさんにも一発ずつお見舞いしましょうか⁉」

振り返ると輪になっていた先輩たちがさっと散らばる。亘一人が期待に満ちた瞳で待っているが、これは無視した。

「甞田《なめた》さん」

海月は逃げの体勢に入っていた先輩の一人を呼んだ。ヤンキー風に金髪を逆立てた先輩（これでも三十代）に一応、足を止めて振り返った。

「この動画の存在、以前から知ってましたよね？」

眥田は「ん、何のことだ」としらばっくれるが、海月に「さっき『何度見ても』って言いました」と指摘されるとコロッと開き直った。

「そりゃそうだ。なにせアップロード当時は人気トップテンに入ってたからな。最近すっかり沈んじゃったけどなー」

（なぜ教えない！　それ以前に消せ！）

口をついて出かかったが、どうせみんな面白がってわざと放置していたに違いない。

「ちょっと亘！」

相棒という名の後輩（後輩と書いて下僕と読む）を呼ぶと、大喜びで「はい！」と応えた。

「サイトの動画ってどうやって消すの。やって」

「えぇー消すんですか？　もったいな……」

本気で残念がる亘をギロリと睨むと語尾が小さくなった。

「まあいいですけど。僕は自分用にコピーしてあるので」

「………それも消しなさい」

「はい……」

海月の冷ややかな目に亘はしぶしぶ、自分の席で動画サイト宛の削除依頼メッセージを書き始めた。その頃には先輩たちはもう飽きたのか全員自分の席に戻っている。同じ室内のよその係は最初から何もなかったかのように仕事をしていた。

メールを送る亘の背後に近づくと海月は囁《ささや》いた。

「こんなもの残しておいて、うちの署の不祥事に発展したらどうするのよ」

「大丈夫ですよ、暴力振るわれた本人が訴える気がないので」

「私の名誉に傷がつくの！　大体、なんで投稿者は私の顔にはモザイクかけないわけ」

「先輩の顔ってそんなにいかがわしいんですか」

分かっていてはぐらかす後輩に腹が立ってゴッッと頭にげんこつをくれてやったが、にへら、と笑われただけだった。

（しまった、またご褒美を与えてしまった）

年上で気の強い女性からの鉄拳制裁が大好きな亘は、こうしてわざと海月を挑発してはパンチやキックを貰《もら》っているのだ。二度とその手には乗るもんかと思うのに、気の短い海月はつい手や足が出てしまう。

「まったく。亘のせいで罪のないおじ様を突き飛ばしちゃったじゃない」

朝の出来事を話すと「それ、先輩が悪いだけじゃ……」と事実を指摘されたので、優しく脛《すね》を蹴っておいた。

「じゃ、その削除作業やっときなさいよ」

後輩に命令を与え、安堵《あんど》して自分の席へ着いた。ふと顔を上げて窓際を見ると、強行犯係の島を見守るように置かれた机は空になっていた。

「あれ？　係長がいない」

とある事情から亘びいきな石川は、海月が後輩にご褒美（？）を与える度に文句をいうのが常だ。妙に静かなのは途中から不在だったからか。

「係長ならさっき慌てて出ていったぞ」

見た目は冴《さ》えない痩せぎすのサラリーマン、実体は優秀なベテラン刑事の平林《ひらばやし》が隣席から教えてくれた。

「え、何があったんでしょう」

「内線電話だったから上に呼ばれたんだろうな、非常事態っぽかったぞ」

「珍しいですね」

通常、所轄内で事件が発生すれば県警の通信指令室から直接入電がある。

朝から無駄に時間を費やしてしまいやっと書類の作成を始めると、刑事課のドアが勢いよく開いて真剣な面持ちの石川が戻って来た。こころなし、ふさふさの白髪リーゼントにも覇気がない。

「当番の者以外、全員出るぞ！」

「へ？」

海月同様、みな変な声を出して顔を上げるが、石川の台詞《せりふ》はきちんと聞き取っていた。

「県警から大規模捜査の応援に呼ばれた。捜査本部は大通り署だ」

「事件ですか？」

石川に問いかけると目線はこちらへ向けられたが、急いでいるのか無視された。

「覆面車両も一時的に提供する、各々運転して先方へ向かえ」

「はい！」

海月以外の全員が反応のよい返事と共に立ち上がった。それにしても、いつもなら係長が担当を決めて、それぞれの組に直接指示を与えるだけだ。おそらくこれは海月が刑事になって初めて体験する非常事態……。

ベテランの平林が呟《つぶや》いた。

「緊急の要請、人海戦術で大規模捜査となると、誘拐事件発生ってとこか」

（誘拐！）

初めて経験する犯罪に、海月はにわかに緊張を感じた。

2. 大通り警察署

大通り警察署は横浜の繁華街関内《かんない》地区の西隣、関外《かんがい》と呼ばれる地区にある。署の名前の由来は道を挟んだ向かい側にある大通り公園だ。

全長一キロメートル以上に及ぶ東西に細長いこの公園は、観光地化している山下公園とは違い、付近の住民が散歩がてらに訪れる静かな場所だ。都市部の緑地帯も兼ねており、樹齢を重ねた大きな木が何本も木陰を作っている。公園前の道路も時折、数台の車が通りすぎるだけで喧騒《けんそう》からはほど遠く、五階建ての警察署ものんびりした空気に包まれていた。

しかしそれはあくまでも見た目だけ、その実態は横浜中心部の繁華街の大部分をカバーしている、県内で一、二を争う繁忙署なのだ。

誘拐事件の捜査本部はこの大通り署の最上階、武道場に設置された。長机の並ぶ武道場には近隣の警察署から応援に呼ばれた八十人の捜査員がすし詰めになっている。身代金引き渡し現場への張り込みともなれば、ここにはいない地域課や生活安全課の人員、更にパトカーで地域を巡回している機動警察隊も投入されるとのことで、ざっと二百名以上の警官が一斉に動くことになるようだ。

捜査本部を取り仕切っているのが県警の捜査班なのはいつも通りだが、今回はどこか雰囲気の違う人物が多い気がする。表情からして冷静沈着で、立ち居振る舞いが鋭いのだ。隣の席で亘が「特犯の人たちですね」と教えてくれた。

「特犯？」

「特殊犯捜査係、県警刑事部の中でも誘拐や立てこもりを指揮する特別な班です。立てこもりの時はＳＡＴと連携を取ることもあるらしいですよ」

ＳＡＴは特殊急襲部隊の略で、機動隊の選《え》りすぐりで構成された完全武装の突入部隊のことだ。時にはテロリストに対峙《たいじ》することもあるという。

もちろん強行犯《じぶんたち》係だって凶悪事件を担当する以上、常に命の危機を覚悟して仕事をしているわけだが、自分たちの場合、被害者は既に死んでいるか生きていてもその場にはいないことが多い。極端な話、自分の身を守ることだけ考えていればいい。

しかし彼らは判断を誤った時、失われるのは自分ではなく他人の命なのだ。その慎重さが彼らをあのようなミリ単位で隙のない態度へ駆り立てているのかもしれない。

時間が惜しいからか、責任者たちの挨拶もおざなりに捜査会議が始まった。

まずは定番だが、事件の発生から現在に至るまでの経緯が説明された。

室内が暗くなり前方のスクリーンにキャラクターのトレーナーを着た未就学児らしき

男の子だ。

男児の全身像が映し出される。クリッとした大きな目と、襟足のやや長めの髪が目立つ

「誘拐の被害者は荒木獅子《あらきレオン》、吉田町《よしだまち》の一戸建てに両親と住んでいる五歳の男児です。両親の名は荒木斉三《さいぞう》、荒木初美《はつみ》。こちらの写真は両親から提供されたものです」

額の後退が目立つ特犯の男性が淡々と説明を始めた。

「本日午前十時二十分、自宅にいた母親の携帯電話に犯人からのメールが届いて事件が発覚しました。メールにはレオン君を誘拐したこと、現金百万円を用意しろ、取引場所は追って知らせるとのメッセージのほか、写真が一枚添付されていました。母親が慌てて子供部屋を見に行くと室内はもぬけの殻、そこで初めて誘拐が事実であることを知り一一〇番に通報したという次第です」

「子供は自宅の室内から攫《さら》われたということですか」

太めの腹を机に押し付けながら、大通り署の署長がスクリーン下のひな壇から呼びかけると、特犯の捜査員は曖昧に首を横に振った。

「不明です。母親は玄関は間違いなく施錠したと言っているのですが、誘拐メールが届いた後で見に行くと鍵は開いていたそうです。荒木家の間取りは母親がいた一階のリビングと階段が離れていて、二階にある子供部屋と玄関への行き来はリビングを通らなくても可能です。ただ母親本人はレオン君が自分で出て行ってしまったのだろうと言って

います。そういうことは以前にもあったからと」

「幼い子供が母親と別々の部屋で過ごしていたと言うんですか」

「幼いといっても五歳ですから一人遊びもできますし、ＤＶＤの操作もできますよ。部屋には子供専用のテレビもゲーム機器もあったそうで」

誰かが不健全な子供だなと呟いたが、今時の子供はそんなものだろう。話が逸《そ》れたと思ったのか、特犯の男性は小さく咳払《せきばら》いをした。

「しかし勝手に出て行ったというのはあくまで母親の想像です。連れ去られた可能性もゼロではありません。その場合、犯人が合鍵を持っていたことになります」

周囲から「身内の犯行か？」という囁きがあがる。

「合鍵を預けているのは夫の両親だけだそうですが、昨夜も今も飛行機の距離の実家にいました。おそらく無関係でしょう。母親の両親とは交際の段階から反対された経緯があり、結婚以後は絶縁して会ってもいないそうです」

「子供が早朝に自分で出て行ったとして、両親はなぜ気づかなかったんだ」

もっともな質問があがった。

「母親はレオン君に朝食を与えたあとリビングでうたた寝していたそうです。父親は昨夜は外泊しており、事件発覚時は不在でした」

今は急ぎ帰宅して、母親と一緒に自宅で待機してもらっています、と捜査員は付け加えた。

「……なお、こちらがメールに添付されていた写真です」

映像が切り替わり、先ほど正面から映っていた男の子が今度は横向きの全身像で映った。男の子は明るい日差しの下、水色のパーカーにカーキ色のズボン、背中に青い小さなリュックを背負っていた。男児が見ているのはジュースやドーナッツを販売している屋台の看板だ。屋台の後ろに行き交う人々の足や腕が部分的に映り込んでいて、そここ人のいる場所だと分かる。なによりも注目すべきは背景に目一杯映り込む赤い横長の建物だ。

「赤レンガ倉庫の広場だな」

周囲から囁きが漏れた。赤レンガ倉庫は、大正時代に港湾の倉庫として使われていたレンガ造りの歴史的建造物だ。一時は廃墟《はいきょ》化していたが今から十数年前に改装されて、みなとみらいのシンボル的商業施設として生まれ変わった。倉庫は1号館と2号館の二棟あり、男児がいるのは二つの建物の間の広場に間違いない。

(とりあえず、犯人はレオン君を丁重に扱っているみたいね)

海月はスクリーンに映る写真を見て少し安堵した。看板を見ているレオンの横顔は楽しげに微笑《ほほえ》んでいる。きっと犯人は優しい態度で「遊びに連れて行ってあげるよ」と声をかけて、レオンを連れ回しているのだろう。この写真を撮影している時も、周囲からはただの親子連れにしか見えなかったに違いない。逆に言えば誰の印象にも残らない、聞き込みをしても情報が得にくいということだが。

「母親に確認したところ、この服は今朝レオン君が着ていたものに間違いないそうです。リュックは普段から使っている本人のお気に入りです」

その後、発言者が別の者に交代して荒木家の家庭背景を披露した。父親は平凡なサラリーマンで役職もなく収入も平均程度、母親は専業主婦。双方の実家も似たような家格であると発表されると、みな困惑しだした。

「こう言ってはなんですが、犯人は金銭的メリットのあまりない子供を攫ったわけですね」

犯人像の手がかりのなさを嘆くように署長が呟いた。しかし発表者は逆に得意げな声音で「はい」と答えた。

「身代金の百万円というのも適当に設定した感があります。なので、金銭目的ではなく荒木家への私怨という観点からも捜査を始めています。荒木家在宅チームの捜査員に母親が、父親に浮気相手がいることを暴露しました。不倫自体は何年も前から密《ひそ》かに続いていたようですが、今年の夏、父親が離婚を切り出し、母親が拒否すると父親は愛人の家に入り浸って帰らなくなったそうです。そして同時に、愛人から離婚を迫る嫌がらせの電話攻撃が始まったそうです」

この発言に捜査本部にいる全員が身を乗り出した。頑《かたく》なに離婚に応じない妻に恨みを募らせた愛人が子供を攫って脅迫するのは十分にあり得る。最悪、子供がいなければ離婚しやすくなるだろうという勝手な理屈から、子供の命を奪うかもしれない。

みな同じことを考えたのだろう、室内に緊張が走るのが見て取れた。

「父親も観念して愛人の情報をゲロしましたので、現在、別のチームがその女性の行方《ゆくえ》を追っています」

発表者の言葉に、ひな壇にいる役職づきも鋭いアイコンタクトを送り合う。本星《ホンボシ》は愛人だな、という心の声が聞こえてきそうだ。不倫相手ならば父親の鍵からこっそり合鍵を作ることも、母親のメールアドレスを探ることも容易《たやす》いだろう。

「あとは単純に、全く無関係の犯人が攫いやすそうな子供を連れ去った結果、それがたまたまレオン君だったという可能性も残っています。誘拐メールは母親のアドレス宛に届いていますが、レオン君のリュックの中には迷子になった時のために母親の携帯電話番号とメールアドレスを書いた紙が入れてあったそうですので」

「なるほど。子供が自分で外に出て行ってしまった場合、その仮説もあり得るな」

役職づきたちも一斉に頷《うなず》いた。

「はい。これについては既に地域課を動かして赤レンガ倉庫近辺で聞き込みに当たっていますが、誘拐犯が未《いま》だに現地に留《とど》まっているとは思えませんが、どこかで車に乗る瞬間の目撃情報が得られるかもしれませんので」

「ではそちらの捜査も継続してお願いします」

署長が納得したからか、件《くだん》の担当者は着席した。

その後は特犯の係長から今後の捜査方針についてざっと説明があった。既に動いている荒木家在宅チームと愛人追跡チームはそのまま捜査継続、残りは身代金引き渡し現場への張り込みにつくようにとの命令だった。

「身代金百万円は荒木夫婦が銀行口座から引き出して既に用意してあります。あとは犯人から次のメールが入り次第、速やかに全員の配置を決定して現場に移動します。更に機動捜査隊のパトカーと各署の覆面車両とで周辺の道路を巡回させます」

その他、細々とした注意事項があったが、各警察署の係ごとに暫定チームを編成するので詳細は係長に（海月たちの場合は石川に）聞くようにと告げられて会議は終わった。

「にしても、獅子《しし》って書いてレオンって読みはどうなのよ」

海月は二メートル離れて向かい合っている亘に率直な感想を告げた。ちなみに二人がこんな位置関係にあるのは長机を運んでいるからだ。会議が終了した直後、各警察署の下っ端（海月たちのことだ）は机を係ごとに三つほど固めておくよう指示されたのだ。

「でも意味が合ってるだけましじゃないですか」

亘が呑気《のんき》に返答する。そう、この手の当て字や外国人風のキラキラネームは今や当たり前で、珍しくも何ともない。噂によると星王子でキキとか愛花でティアラとか（なぜそう読む？）、字と読みの関連性が謎すぎるものも多いらしいので、獅子＝ライオン、スペイン語でレオンは妥当なのかもしれない。

「まあ世の中にはくらげって書いてみづきな人もいますし」

「私の名前は関係ないでしょ！」

カッとなって持っていた机を勢いよく押しやると、天板の先端が亘の腹にもろに刺さったようで「う！」と呻《うめ》きながら後ろに倒れていった。

（あ、ヤバッ。またやっちゃった……）

後悔が海月を襲う。

年上の女性から与えられる痛みが大好物の亘は、毎日毎日わざと海月を怒らせてはパンチやキックを食らおうと画策するのだ。

（年上って言っても一つしか違わないのに）

ただし海月は高卒で警察学校へ入学したが彼は大卒なので、年齢は一つ違いでも警官としての経験は数年の開きがある。それに先輩風を吹かせるのは海月としても大好きなので、結局「まあいいか」で落ち着いた。

同僚を机でド突いた非常識な女という噂を立てられても困るので、一応、「ごめーん、よろけちゃって」とわざとらしく喋《しゃべ》りながら床に転がる彼に近づいた。

「ふっ……ふふふ……物を使うとは新鮮ですね」

仰向けに横たわる亘は痛みに悶《もだ》えながらも朗らかだ。

（こんなのでやる気が出るなら餌づけするのもやぶさかじゃないけど、そのためにいちいち私をからかうのはやめてほしいわ。特に名前ネタは）

海月の名前は、両親がこの漢字でくらげと読むことを知らずにつけてしまったという不幸な事故であって、キラキラネームとは別だ。別だと断固主張したい。

「……自分だって一日一善のくせに」

亘の下の名前は善だ。縦書きすると一日一善と読める。名前の由来は絶対そうに違いないと海月は思うのだが、本人は涼しい顔で「そう読んだ人、過去にも先輩だけなんですが」と返してきたので、せっかく起き上がりかけていた上半身を踏み倒してあげた。

その時、部屋の隅から石川が「くらげちゃ～ん」と声を張り上げた。振り返ると石川が笑顔で手招きしている（どうやら床に転がる亘は彼から見えていないようだ）。

「私はみづきですっ！」

勝手にあだ名をつける上官に口答えしてみるが嫌な予感しかしない。石川が笑顔で海月を呼ぶのは大抵、後ろめたい用事を言いつける時だ。こういう勘は高確率で当たるもので、十秒後、石川の元に駆け寄った海月は彼の台詞を憤慨しながら復唱していた。

「私と亘は張り込みじゃなくて証拠品をあたれ、だぁ⁉」

机にバン！　と手をついてタメ口で文句を垂れると、石川はそっと目を逸らした。しかし取引現場に乗り込む気満々だった海月は到底納得できない。

「正気ですか？　うちの係から私たちが抜けたら残るのはオッサンばかりですよ。張り込みの時どうするんですか、オッサン二人でカップルのふりするんですか」

「なんでカップル限定なんだ、普通に観光客のふりでいいだろ」

「だって張り込みならカップルのふりするに限るって、係長が昔私にやらせたじゃないですか」

それは海月が港みらい署の強行犯係に配属になった直後のことだ。容疑者夫婦の動向を探るために、バーの隣の席で石川と肩を組んでイチャイチャする演技をやらされたのだが、今思えば肩を組む必要はなかった。

「あ、それともあれってセクハラだったんですか。私と歳が同じくらいの娘さんがいる係長が、まーさーかー」

「んんっ……それは置いといてだな。張り込みに拘《こだわ》っているみたいだが、この捜査は張り込みより重要だぞ。なにしろ犯行に使われているスマホの所有者に会いに行くんだからな」

「へ⁉　犯人、割れてるんですか」

捜査どころか事件解決じゃんと言いかけて、（いやいやいや……）と自分にツッコミを入れた。石川がそんなスペシャルな役割を自分および亘に振るなんて、天地がひっくり返ってもあり得ない。

海月の所属する強行犯係は凶悪犯と対峙するのが当たり前な部署だし、刑事になったからには男も女も関係ないと海月は自負している。ところがフェミニストを自称する石川は何度抗議しても「女の子に危険な仕事は任せられないからね」と言って、海月には絶対に犯人にかち合わないような役目ばかりを振って来るのだ。確かに身の安全は守られているが、それでは事件の核心から遠ざかる一方だ。海月にしてみれば常に蚊帳《かや》の外に置かれている気分なのだ。

そして後輩の亘は立派な成人男性だが、実は彼の父親が神奈川県警の本部長、つまり一番偉いお人で、そんなお方のご子息を危険な目には遭わせられない！　という石川の勝手な判断で、海月とセットでゆる～い仕事ばかりやらされている……というわけだ。

石川も悪い人間ではないのだが、どうも偉い人に媚《こ》びるというか、相手を勝手に崇拝しているきらいがある。ブツクサとひとしきり文句を言ってみたものの、下っ端の自分は振られた仕事を引き受けるしかないわけで、結局、海月は渡された書類をしぶしぶ受け取ったのだ。

3．森尾家の人々

「犯人使用のスマホの持ち主、ね。どうせ落としたとか、そういうオチなんでしょ」

狭い舗装道路を歩きながら海月は呟いた。

昨今の犯罪で使われる電話は、飛ばしと呼ばれる違法取得の携帯電話がほとんどだ。しかし今回使われているメールアドレスは確認したところ、持ち主がきちんと登録されているスマホからだったという。登録されている使用者の名は森尾巧《もりおたくみ》。それなりに名の知れた企業の会社員だ。いくら犯人が間抜けでも個人情報の割れているアドレスを誘拐に使うことはないだろうから、森尾のスマホを手に入れた第三者の仕業だろうというのが捜査本部の見解だった。

『だが盗難や遺失物の届けが出ていない以上、犯人と無関係とも言い切れない。というわけで一応本人に事情を聞いてきてくれ』

そう言って渡された森尾の住所は大通り署の二つ向こうの町だった。こう書くと遠方に感じるが、横浜の関内周辺は町名が短い区間でコロコロ変わるため、一キロメートル未満の道のりだ。

十五分ほどで二人は、小さな雑居ビルと個人の住宅が混在する下町に入っていた。歩きながら周囲を見渡せば、ブロック塀の向こうにあるのは昔ながらの外階段がついた古びたアパート。その隣は廃業したのかシャッターが閉まったままの個人商店、古くからある瓦葺《かわらぶ》きの平屋家屋が並ぶ。かと思えば最近建ったらしき塗装も真っ白な中層マンションやオフィスビルなど統一感がまるでない。密なご近所づき合いがあるようなないような、そんな場所だ。信号のない一方通行の細い道には通行人もほとんどいなかった。横浜の中心部といえど繁華街を外れれば意外と静かな佇《たたず》まいなのだ。

「この辺って、レオン君の家からそう離れていませんね」

タブレットの地図を見ながら亘が呟いた。そう言われて彼の持つ地図を覗《のぞ》き込むと、なるほど、森尾家と荒木家は町名は違うが直線距離にして百メートルと離れていない。

「ねえところで」

海月の声に、亘はタブレットを懐（Ａ５サイズのタブレットが入る謎の内ポケット）にしまうと振り向いた。

「はい？」

「添付されてた写真のレオン君って全然警戒してなさそうだったけど、犯人はレオン君と元から顔見知りなんじゃない？　家が近所だとか……」

言わんとしている事を察したのか、亘が先回りして否定した。

「いや、さすがに森尾さんは無関係でしょう。森尾さんの家庭は小学六年生の娘さんが一人きりで、幼稚園にも通っていないレオン君とは接点がありません」

「でも犯人の方が両家と知り合いという可能性はあるわよね。知り合いの知り合いってやつ」

「まあそれは……否定しません」

二人は『森尾』と表札の掛かる門の前で立ち止まった。

森尾家はクリーム色の壁の下方にレンガ風タイルが貼られたヨーロピアンスタイルな一戸建てだった。茶色い瓦はテラコッタ風だが本当に素焼きの品かどうかは不明だ。

(ほどほどに豊かな中流家庭ってとこかな)

不躾《ぶしつけ》な事を考えながらチャイムを押した。

幸いなことに森尾巧は在宅だった。玄関先に出てきた奥さんは怪しい訪問セールスだと思ったのか、顎の横でソバージュヘアをくるくると指に巻きながら面倒くさそうに応じていたが、海月が警察手帳を見せるとなぜか笑顔になった。

「あらまあ、わざわざありがとうございます!」

「は?　いえどういたしまして?」

事情聴取に来て礼を言われたのは初めてなので面食らっていると、奥さんは後ろを向いて、玄関の奥にある階段に向かって声を張り上げた。

「おとうさん!　警察の人!」

階段の板を踏む音がしてパジャマ姿の細身の男性（おそらく巧）がゆっくりと降りてきた。彼は青い顔色でゆらゆら揺れながら玄関まで来ると、力なく微笑んだ。

「すみません、わざわざ、持ってきてくれたんですか……」

声が途切れがちなのは喋るのが億劫《おっくう》な証拠だ。服装もパジャマだし、風邪かなにかで寝込んでいたのだろうと推察すると、奥さんが「あはは」と笑いだした。

「すみません、この人二日酔いなんですよー」

「ああ、なるほど」

「弱いくせに飲み会が大好きで、いつも翌日は寝込んでるんです。ホントもう呑《の》むんじゃないって言いきかせてるんですけどね」

ここまで聞いて海月は納得した。どうやら件のスマホも酔っぱらってどこかに忘れるか落とすかしたのだろう。

（まあ予想通りだけど）

「それで、何か書類にサインしたりするんですか？」

奥さんは夫の代わりにと手を差し出した。失《う》せ物《もの》が見つかったと勘違いしてニコニコしている夫婦には気の毒だが、そろそろ真実を告げなくては。

「残念ですが、ご主人のスマートフォンはここにはありません。というか、今まさに犯罪に利用されている真っ最中です」

海月が一息に告げると、数秒固まった後、夫だけでなく奥さんまでその場にへたり込んだ。

「詳しいお話をしましょう」と告げると二人はシンクロしたようにコクコクと頷いて、慌てて海月たちをリビングに導いた。

対面式調理台を挟んでキッチンと繋がったリビングは、テーブルセット、テレビ台、絨毯《じゅうたん》にカーテンまで明るいブラウン色だった。濃度は違えどやっぱりブラウン系統の布ソファに座ってココア色のクッションを弄《いじ》りながら「茶色がお好きなんですねー」とどうでもいい感想を述べていると、シャツとズボンに着替えた巧が二階から戻ってきた。

しかし顔色は悪いままだ。

「あの、犯罪ってどんな犯罪ですか？　オレオレ詐欺とか麻薬取引ですか？　うちにヤクザが来るんですか？」

腰を落ち着ける間もなく質問攻めする巧だが無理もない。突然犯罪に巻き込まれた人間はパニックに陥るものだ。まずは落ち着かせることが大事だ。

「進行中の犯罪ですので詳しい内容はお答えできないのですが、この件で森尾さんが罪に問われることはありません。ご安心ください」

目に見えてほっとする巧に、ようやくいつものペースで事情聴取を始めた。質問に対し答えたのは主に奥さんの方だったが、喋る度にえずく巧よりも話が早くて助かった。

二人の話を総合すると、こうだった。

飲み会大好きな巧は毎週金曜の晩は呑んで帰るわけだが、その都度、必ずといっていいほど何かを忘れてくる。過去に紛失したものは鞄《かばん》や財布、会社の書類。靴を忘れて飲み屋のサンダルで帰ってくることもしばしばだとか。携帯電話を忘れるのも、今回で四度目だそうだ。

「でも一度目は一緒に呑んでいた同僚が持って帰ってくれて、二度目と三度目は飲み屋の店長が預かってくれたんです。だから今回も店かと思って……」

「飲み会に使用するお店はいつも同じなんですか？」

「行きつけの店は二、三軒ありますが、そのどれかです」

海月はメモを取りながら心の中でガッツポーズを固めた。電話を盗まれた場所が店舗内なら、持ち去った人物の情報が得られるかもしれない。しかしその喜びも三秒で破られた。

「でもあなた、昨日十二時ごろ電話してきたじゃない。もうすぐ帰るぞって」

「あ、そうか、思い出した。改札に入る直前に電話したんだ。じゃあ落としたのはその時か？」

「それはどちらの駅ですか」

嫌な予感がして問い返すと、「桜木町駅です」と無情に言われた。

「あー……はい」

横浜で一番混雑する駅は横浜駅だが桜木町駅だって負けてはいない。昨今はみなとみらいだけではなく、古くからある野毛界隈《のげかいわい》の飲み屋街にも若い観光客が増えている。拾った人物を特定するのは無理だろう。

「ところで、どうして昨夜のうちに紛失手続きを取らなかったんですか。どこの携帯キャリアも二十四時間受け付けていると思うんですが」

「あ、それは、知ったのがついさっきだったので」

「は？」

「友人が家電《いえでん》に電話してきて、『スマホ出ろよ！』って怒られたんです。それで上着のポケットを探って、あ、ない！　ってなって。そしたら玄関チャイムが鳴ってですね」

「つまり我々が来る直前まで落としたことに気づいていなかった、と」

「はい！」

力いっぱい答えられて海月はため息を飲み込んだ。昨夜のうちに巧のスマホが利用停止になっていれば、犯人はおそらく飛ばしの電話を使っただろう。そこから足が付く可能性があるなら、その方がよかったのに。

「想像していましたが、お粗末なオチでしたね……たたた！」

呟く亘に、八つ当たりで足の甲にある痛いツボを踏んでやった。

「それではお邪魔しました」

海月と亘は靴を履くと同時に頭を下げた。めぼしい手がかりは得られず、遺失物届を書いてもらうために来たようなものだ。ただ、捜査協力という名目で通話の一時停止は待ってもらった。万が一だが犯人からの連絡が途絶えるのを防ぐためだ。

憔悴《しょうすい》しきった巧に背を向けた瞬間、玄関扉が勝手に開いて背丈が百六十センチほどの目鼻立ちのくっきりした少女が入ってきた。秋用の薄手のニットと、細くて長い足にスリムタイプのジーンズがよく似合っている。

「え、誰」

少女と海月は見合う形で同時に呟いた。巧が慌てたように「刑事さんだよ」と言い、奥さんは「娘です」と口にした。そういえば森尾家の家族構成は、両親に小学六年生の女の子が一人だった。

「あ、娘さんですか。小学生……？」

肩の上で切りそろえたストレートの黒髪は確かに子供らしい髪型だが、身長といいスタイルといい、中高生でも通りそうな少女だ。最近の子は成長が早いのだろう。昼前だがどこかに出かけていたようで少女は肩からバッグを下げていた。

「初めまして。……と言ってももう帰るんだけど」

海月が愛想笑いすると、少女はなぜか睨みつけてきた。

「警察が何の用？」

「百々《もも》！　失礼でしょう」

奥さんが叱責するが、民間人に煙たがられるのは慣れているので海月は愛想笑いを崩さずに少女に向き直った。

「少しね、お父さんに教えていただきたいことがあって来てたの」

「お父さん、また何かやったの」

娘は海月から父親へ視線を移した。反抗期の娘らしい父親蔑視の視線に、ひょっとして巧は酔っ払っての迷惑行為で前科ありなのかなと邪推した。同じことを思ったのか母親が慌てて「今回お父さんは被害者よ」と口を挟んだ。

「お父さんが落としたスマホが犯罪に悪用されたんだって。でも、うちが無関係なのは保証してもらえたから」

「ふーん」

娘は顔の青白い父親をちらりと見たあとで、海月に突き刺すような視線を投げかけた。

「電話を使った犯罪って、誘拐？」

「はっ？」

返答につまって変な声が出た。別に正直に答える義務はないのだが、少女のあまりに真っ直ぐな視線は言葉の真偽くらい容易く見抜きそうだ。

（それにこの子の言葉、当てずっぽうじゃない気がする）

頭の中にパパッと『誘拐犯ご近所説＝少女の知っている人物』という図式が浮かぶ。少女が密告してくれるなら万々歳だが、逆に、犯人を庇《かば》おうとする可能性も……。

と、そこで、海月と少女のにらめっこに亘が割って入った。

「どうしてそう思うの？」

亘が優しげに微笑むとかなりのイケメン具合なのだが（中身はともかく）、少女には効き目はなかったようで、海月に向けていた冷ややかな視線が今度は亘に向かった。

「うちの近所で、いかにも誘拐されそうな子を知ってるから」

「それはどんな子？　どうして誘拐されそうだって思うの」

「幼稚園児くらいの男の子がいつも独りで外にいたら誰だってそう思うでしょ。しかも夜の十時過ぎによ」

「いつも？」

少女は無言で頷く。海月が母親に目で問いかけると、彼女も慌てて相槌《あいづち》を打った。

「刑事さん本当です。この子、以前からよく『公園で男の子が独りで遊んでる』って言ってたんです。隣の奥さんもそんなことを口にしてましたから、この辺に住んでいる人なら結構見かけてたと思います」

「以前ってことは、最近は見なくなってた？」

「あまりに頻繁なんで児童相談所に通報したことがあるんですよ。指導が入ったみたいで、最近はいなくなったのよね」

最後の問いかけは娘にだった。少女はぎこちなくも無言で頷いた。通報が入っていなくなったのなら親が気を配ったのか保護されたかだと思うのだが、少女の表情は暗いまだ。

「その子、どこの子なんでしょうか」

気になって訊《き》いてみたが、母親の返事は「さぁ」だった。

「両隣くらいなら家族構成も知ってますけど、それ以外は個人的つき合いもないですし……」

まあそうだろう。家が近いといっても、ここと荒木家は同じ町内でもないし、親同士に接点はまるでない。この辺は住宅密集地だ、世帯数も相当な数に上る。

その後も少し食い下がってみたが知っていることはそれで全部だったらしく、母娘《おやこ》から男児についてこれ以上の話は出なかった。念のため空気と化していた父親にも目を向けるが、公園は彼の帰宅ルートからは外れているらしく「全然知りませんでした」と呟くだけだ。

これ以上ここに居ても進展はなさそうだ。娘も「もういいでしょ」といった態度で靴を脱ぎ始めたので、海月も退出の挨拶を述べた。そこを亘が「ちょっとゴメン」と遮る。

「さっき夜の十時に子供が公園にいたって話したけど、君もそんな遅い時間に外にいたの？」

少女は何を今更といった表情で睨んできた。

「塾の帰りに通るの、そこ。夜遊びなんかしてないから」

「その男の子は論外だけど、小六の女の子の一人歩きも危ないよ」

「一人のわけないじゃん、友達と集団で帰ってるよ。私の心配なんてどうでもいいでしょ、暇なの？　刑事さん」

「百々！」

母親が叱ると少女は罰が悪そうに口を噤《つぐ》んで、黙って二階へ上がっていった。

「すみません」

「いえ……」

母親と父親が恐縮して頭を下げる。気にするなといっても無駄だろうから、自分の業務用の携帯番号を教えて「男の子のことで何か思い出したらご連絡ください、どんな小さなことでも」と恩着せがましく言ってみた。

「ということは、本当に誘拐だったんですか？」

（しまった藪蛇《やぶへび》だった）

こうなったからにはしっかり口止めしておかなければ。安易に情報提供を求めるのも考え物だなと反省していると、亘に「先輩って結構馬鹿なんですね」と呟かれたので背中を強打しておいた。

森尾家を退出したのち、海月と亘は少女の言葉を確認するために二つの施設を巡った。

一つは児童相談所だ。幸いなことにこの地域の児童相談所はタクシーで十五分程度の近距離にあったので、往復しても短時間のロスで済んだ。

もう一つは少女が通っているという学習塾だ。中学受験専門のその塾は桜木町駅近くのビルの中にあった。彼女の言葉を疑うわけではないが、彼女がこの塾に在籍していることと、帰りが本当に夜の十時過ぎになるのかを確認した。

「十時なら普通ですよ。宿題が終わっていない子は十二時近くまで居残りになることもありますし」

「小学生なのに？」

若い男性塾講師はさも当然と頷いた。

「今時、小学生でも受験生ともなれば就寝時刻が深夜一時二時なのは当たり前ですよ。さすがにそこまで遅くなれば親に迎えに来てもらいますが、普段は五人以上の帰宅グループごとに帰らせています」

講師は饒舌《じょうぜつ》に話しながら、証拠として森尾百々の入っている帰宅グループの名簿と帰宅ルートの地図が一緒になった書類をコピーしてくれた。

その地図があれば、少女に教えられた児童公園を見つけるのは簡単だった。

　施設を二つはしごした二人は、とりあえず公園のベンチに落ち着いた。住宅とビルに囲まれたこぢんまりとした空間に、タコの形をした遊具（モルタル製で滑ったり登ったりして遊ぶ例のあれ）と砂場とブランコ二基があるだけの小さな公園だ。個人の庭と間違えそうなサイズだが、春になればさぞかし見ごたえがあるだろう桜の木が真ん中に植えられていて、それなりにご近所に潤いを与えていそうだった。

公園の場所は荒木家から少し離れてはいたが、子供の足でも十分に歩ける距離だ。

「公園の真ん中に街灯があるけど、多分夜は真っ暗よね、ここ」

就学前の子供が一人、闇の中で遊んでいる姿は付近の住民にはさぞかし不気味に映ったことだろう。しかもそれが頻繁に。

「まさかネグレクト児童だったとはね」

海月はひとりごちた。荒木レオンは、近隣の住民から昼夜関係なく独りでうろうろしている姿を目撃されて、たびたび通報もされていたのだ。ここへ来る道すがら聞き込みした近隣の住民の話も少女の言葉を裏付けた。

『青いリュックを背負った男の子でしょう?』

近所では有名だったようで、「子供が」と口にしただけですぐに話が通じた。中には心配して話しかけたという者もいたが、叱られると思ったのか子供は逃げてしまったそうだ。夜は公園だが日中は伊勢佐木《いせざき》モール街をうろついてもいたようで、誘拐されないか心配だと口にした者もいた。

詳しく訊くと、レオンの放置が始まったのは今年の夏あたりからとのことだ。

「それって、ちょうど父親の浮気が発覚した頃よね」

児童相談所の職員——対応にあたった年配の男性は、レオンについて複数の通報があったことを認めた。もちろん放っておいたわけではなく、何度か自宅を訪問して母親を指導したそうだ。

「母親には、『体調を崩してあまり構ってやれないが、これからは注意する』と言われまして。三度の食事はきちんと与えられていましたし暴力や明確な虐待があったわけではないので、それ以上は踏み込めませんでした」

こういったケースでは児童を保護しないのかと訊《たず》ねると、こういう返事だった。

「放置と言っても数日に一度の割合でしたし、本人も反省して病院にも通っていると言われて経過観察で十分と判断したんです」

その判断は間違っていたと今なら言えるが、当時の彼を責めることはできない。近隣の住民によれば母親の初美は、夏までは熱心に子供の面倒を見る良き母親だったのだ。その上彼女は、児童相談所の職員には家庭不和の実情を隠していた。おそらく体調不良というのは精神的なものだろう。

「捜査会議の時、レオン君は以前にも勝手に家を抜け出したことがあるって言われたわよね。母親は一応、本当のことを話したのね」

「本人はネグレクトだという認識がなかったのかもしれません。精神安定剤は眠くなるものもありますから、意識が朦朧《もうろう》としていた時にレオン君が出て行ってしまったというケースもあり得ます。それに森尾夫人によると最近は子供の姿を見なかったそうですから、ネグレクト問題は本当に解決しつつあったのかも」

「でも結局、駄目だったんじゃん……」

身も蓋もない海月の呟きに、亘も肩を落とした。あの時ああしていれば。そんな言葉は後からならいくらでも言える。近隣住民も児童相談所の職員もやれることはやっていた。

話がひと段落ついたところで海月は石川に報告の電話を入れた。

「はい、そういうわけで私たちも取引現場に行き……えっ⁉」

しかし調査報告と引き換えに彼から与えられたのは、先ほど犯人との取引に失敗したという信じられない言葉だった。

「じゃあ身代金を取られて人質は帰らず、ですか⁉」

早口でまくし立てると、石川に慌てて『違う違う』と否定された。

『身代金はまだ荒木夫人が持ってるよ。ただ犯人が……』

石川は声を潜めると、詳細を語った。


石川に聞いた話によると、海月たちが森尾家に向かって出発した直後、犯人からの新たなメールが荒木夫人の携帯電話に届いた。メールには『現金百万円を外から見えないようにコンビニのビニール袋に入れて、夫人が一人でこの場所に持ってこい』とのメッセージと、新たな写真が添付されていたという。

「これがその写真だって」

石川から転送された写真を更に亘に転送すると、彼はタブレットの方でデータを開いた。写真の中央には銀杏《いちょう》の大木を見上げているレオンの後ろ姿が写っている。その背景には洒落た外観の灰色の建造物が写っていた。

「日本大通りですね」

日本大通りは横浜公園と海岸通りを繋ぐ一直線の広い道で、観光名所並みに有名な通りだ。裁判所や県庁本庁舎、洋風の石造りのオフィスビルなどの昭和初期に建てられた歴史的建造物が並び、一階にはそれらの建物に併設されたオープンカフェやレストランがある。ちなみに赤レンガ倉庫からは車で五分程度の距離で、徒歩でも移動が可能だ。

メールを受け取った荒木夫妻は、早速自家用車で自宅から日本大通りへ向かった。その後ろを距離をおいて警察車両が追尾し、本部に詰めていた捜査員や各警察署の私服警官も現地へ先回りした。普段目つきの悪い刑事たちも人のよさそうなおじさん、おばさんになりきって日本大通りの散策を始めた。そこへ夫人が到着した。

夫人は車を降りると、犯人の指示通りに写真でレオンがいたあたり、地方裁判所前の歩道に一人でやってきた。周囲にレオンの姿はなかったが、見計らったように再びメールが入った。

『袋を指先で軽く下げながら通りを往復しろ』

犯人はひったくりの要領で現金を奪い去るつもりのようだ。夫人は犯人が接触しやすいように歩道をゆっくりと歩き出した。しかし三十分近く歩き回っても夫人に接近する者は一人もおらず、やがてこんなメールが入った。

『付近に警察がいる。取引は別の場所に変更する』

「……で、一度も接触のないまま延期になったって」

「なるほど」

全く悔しがる素振りのない亘に、海月は八つ当たりぎみに噛《か》みついた。

「これってこちら側のミスってこと？　強面《こわもて》の刑事がわんさか押し寄せたせいでバレた

の？」

「いえ。警察がいるっていうのは犯人のあてずっぽうな気がします。多分、最初から一回目の取引はキャンセルするつもりだったんじゃないですか」

「なんでよ」

「ふるい落とすためかと」

「ふるい？」

「はい」

犯人も警察が来るだろうことは百も承知だろう。だから犯人はこれから数度、取引現場の指定とキャンセルを繰り返し、複数の現場に何度も現れる人間を覚えるつもりなのではないか――と亘は言った。

「もしくは身代金なんてただの口実で、最初から現金を受け取る気がないんですよ。犯人が愛人で脅迫目的なら荒木夫人が心を痛めればそれでいいんですから。でも一応、現金を欲しがるパフォーマンスは今後もするんじゃないかな……第三者の犯行を装うために」

「じゃあまた何回も繰り返すの、これを。私たちはただ振り回されるだけ？」

「そんなことありませんよ」

亘は意地悪く微笑んだ。

「犯人がアクションを起こせば必ず何らかの痕跡が残ります。例えば、現地に行った捜査員が周囲の通行人を必ず隠し撮りしていますし」

「ああ、連続放火事件でやるやつよね」

海月は頷いた。連続放火事件は同一犯の手によることが多いので、警察は複数の現場で野次馬の写真を必ず撮る。そして何度も写っている人物をチェックするのだ。

「荒木夫人の到着に合わせてメールを送ったりと、タイミングからみて犯人は現地にいたはずです。単独犯か複数犯かは不明ですが、どうしたって犯人の方が不利なんですよ。だって警察は最前線に立つ人員とバックアップの人員を随時入れ替え可能ですが、犯人側はこちらの人数に絶対太刀打ちできないんですから」

つまり粘り勝ちを狙えということか。

「でもそれはあくまで、犯人が絶対に人質を傷つけないという保証があってのことでしょ」

海月は強く反論した。

「今はまだレオン君も大人しく犯人に従っているけど、もし帰りたがっていう事をきかなくなったら？　解放されればいいけど、最悪の場合は口封じで……」

そこから先は言うのも憚《はばか》られた。けれど赤レンガ倉庫でも、日本大通りでも、聞き込みで怪しい人物の目撃情報は得られていない。つまりレオンの写真を撮った犯人は覆面なんかせずに、素顔を晒《さら》して堂々と歩いているということになる。ならば、顔を見られているからと問答無用で子供を殺すことだってあり得る。それに、もしかするとこの誘拐は愛人によるカモフラージュ……誘拐にかこつけて子供を殺すことこそが本当の目的かもしれない。

表情を曇らせた海月に、亘もまた思案顔で頷いた。

「はい。だから僕は現金の引き渡し時ではなくて——犯人がレオン君の写真を撮る場面に先回りしようと思っています」

4. 愛人の襲来

公園で一通り話し合った海月と亘は、ひとまず捜査本部に戻ってきた。

長机の島で席についた海月は、石川に『先回りすべき』という意見を述べたが、彼の反応は芳しくなかった。

「その考えはもちろん上層部でも議論したさ。しかし犯人が次にどの場所を指定するか分からない以上、捜査員を分散させるのは得策ではないとの結論だ」

「そうですね、そうやって取引現場が手隙になるのを狙っているのかもしれませんし」

亘が相槌を打ったので脊髄反射でそちらを睨んだ。

「ちょっと！　なに敵に回ってんのよ」

公園での彼自身の発言をあっさり撤回して上官になびくとは後輩のくせして生意気だ。後で人気《ひとけ》のないところで蹴ろう、いや、蹴ると見せかけてお預けしてそれを餌に昼と夜のコンビニ弁当を代金は亘持ちで買わせてやろうと企《たくら》んでいると、その彼がぽつりと独り言のように漏らした。

「そういえば今回の指定場所はどうして日本大通りだったんでしょうか。その場所を選んだ理由が分かれば、次の現場の予測も立てられると思うんですが」

しかし亘の素朴な疑問に対し石川は「さあ」と素っ気なかった。

「赤レンガ倉庫の近くで、かつ分かりやすい場所だからじゃないか。『この場所へ来い』とメールを送ったものの、夫人に迷子になられても困る」

「ですが警察を撒《ま》くのが目的なら、もっと遠く離れた場所を指定すべきじゃないですか」

と亘は、今度は犯人を応援しかねない言葉を呟いた。

「もしかして犯人って徒歩で移動してるんじゃない？」

ここで海月も口を挟んだ。半分は冗談だが半分は真剣だ。週末のみなとみらいは道路も駐車場も混雑しているし、路上駐車は昨今だとすぐに取り締まられてしまう。子連れの観光客のふりをしているなら、それこそ徒歩かベロタクシー（三輪自転車タクシー）にでも乗っているのではと言ってみたが「もしそうなら目撃証言が取れてるはずだろ」とあっさり否定された。

「しかし確かにあの辺なら他にも有名な場所があるよなぁ。なのに地方裁判所の目の前を取引現場に指定するとは、肝が据わってるのか馬鹿なのか……」

石川の呟きに、海月は（やっぱり身代金を受け取る気はないのかなぁ）とぼんやり反《はん》芻《すう》した。

「まあ、いいです。先回りしようにも場所の見当がつかないっていうのは、私も納得ですし。ところで次の取引現場指定メールはまだですか？　今度こそ私と亘も参戦しますからね」

　当たり前のことを石川に言うと、「え」と驚かれた。

「何が『え』ですか」

「いや、それ、必要かな。もう結構な人数が」

（あー、もう！）

　海月は立ち上がると大げさな動作で机に手を着いた。そして焼き殺すほどの呪怨を籠めて石川をじろりと見下ろす。たとえ相手が上官でも理不尽に感じたら文句を言うのが海月流なのだ。

「では、荒木家在宅チームか愛人追跡チームに参加させてください。まさかと思いますが、この大変な時に捜査員を二人も仕事させずに遊ばせておく気じゃないですよね？」

「あー、それじゃここで連絡係を……」

「それは係長以上がやるって決まってます」

　低い声で脅しつけると石川が目を激しく泳がせ始めた。

「だいたい、何でそこまでして私と亘を捜査から遠ざけるんですか。私も亘も怪我《けが》する覚悟くらいできてますよ。特に亘なんかむしろ痛くしてあげた方が本人への思いやりっていうか」

「いやしかしなぁ……本部長に頼まれたんだもん」

「五十代のオッサンがもんって……え、ちょっと待ってください係長、本部長ってつまり亘のお父さんですよね。頼まれたって、息子を現場に出すなとか、そういうことを言われたんですか？」

二十歳過ぎてる大人に（亘は海月の一つ下で二十四歳だ）そりゃ親馬鹿すぎるだろうと文句でも垂れようとしたところ、石川はまたも目をぐるっと泳がせた。

「いや、春に善くんの辞令が下りる前にうちの署に来て、『息子をよろしく頼むよ』って言われただけなんだけども……」

「はあ？」

思わず机に身を乗り出して石川の顔を下から舐《な》めるように見上げてやると、彼は冷や汗を垂らして分かり易いほど動揺した。

「そんなただの社交辞令を斜め四十五度に独自解釈して、こーんな過保護の坊ちゃん扱いしてたわけですか！　しかもコンビを組まされた私、とばっちり⁉」

テーブルに拳を叩《たた》きつけると、石川はパイプ椅子ごと壁際まで後ずさっていった。

「呆《あき》れた。そういうことなら、今後は亘も私も普通に現場に行きますから！　ほら亘もなんか言ってやって……」

口論の間、空気みたいに静かだった相棒を振り返ると、亘は無表情に石川を見つめていた。普段の彼からは想像つかないほど冷めた視線に（温和な後輩もとうとう怒りの臨界点に達したか）と息を飲んだが、彼が口にしたのは予想とは少々違う言葉だった。

「父が港みらい署へ、わざわざ訪ねて来たんですか？　石川さんが押しかけたとかではなく」

「そうだよ。そもそも俺が押しかけて会えるような相手じゃないだろ。あちらがわざわざ足を運んで来てくれて、来賓用の客間で一緒にお茶したんだよ。切れ者と噂の本部長も人の親なんだねぇ」

石川が目を閉じて感慨深げに呟くと、亘が冷え切った声で呟いた。

「まさか。あり得ない」

海月は思わず亘の顔を凝視した。石川には聞こえなかったようで、当時を思い出してほんわかと頬を緩めたままだ。

（え？　これってフォローしなきゃだめな状況？）

何か言うべきかと悩んでいると、武道場の入り口付近がにわかに騒がしくなった。どうもエレベーターホールからこちらに向かって大声を張り上げながら迫ってくる女性がいるようで、一つしかない出入り口は、あっという間に押し問答する相手とこちらの捜査員で塞がった。

「だ、誰か来たようだな」

場の空気が変わったことで石川がほっと表情を和らげた。海月も体ごと振り返って入り口を注視していると、野次馬を掻《か》き分《わ》けて、怒りに震える二十代の女性が押し入ってきた。

「だから、関係ないって言ってるでしょ！　わざわざ来てやったのにその態度はなに⁉」

ストレートロングの黒髪に淡いピンクの口紅、ワンピースとコートは落ち着いたシックなモノトーンなのに、顔立ちがくっきりしているせいか全体的に派手な印象を受ける女性だ。彼女の後ろにはアタッシュケースを下げたスーツ姿の痩せた男性が続く。彼は女性と正反対にやたらと周囲に頭を下げまくり、「任意ですから。任意ですから」と呪文のように呟いていた。

（芸能人とそのマネージャーみたい）と呑気に眺めていたら、石川がぼそっと呟いた。

「愛人が捕まったか」

「え⁉　じゃ、犯人……！」

うっかり大声で叫んだら、室内中の注目を集めてしまった。

愛人の女性は高坂詩織《こうさかしおり》という名だそうだ。キャバクラの店員で、荒木斉三とは二年以上前に店の客として出会い、ほどなく不倫関係になったという。

……と、本人の口から堂々と語られた。

なぜ海月がその内容を知っているかというと、彼女の事情聴取がここ捜査本部のど真ん中で繰り広げられているからだ。彼女を連行（現段階では任意同行）してきた担当者は取調室を勧めたのだが、「大勢の見ている前で白黒ハッキリつけなさいよ」と彼女が拒否したのだ。

逮捕ではなく任意で来てもらっている状況なので、こちらも無理やり取調室に押し込むわけにもいかず、急遽《きゅうきょ》、下の階から運び込まれたソファセットの上で高坂詩織の取り調べが始まった（パイプ椅子と違ってソファなら逆上しても振り回したりできないだろうという、こちら側の都合だ）。

始まってすぐに驚愕《きょうがく》の事実が判明した。取り調べ担当の刑事が「ところでお隣の方は」と水を向けたところ、マネージャー然としていた男性がこう自己紹介したのだ。

「詩織の婚約者です。双方の両親、親戚にも紹介済みです。私が証明しますが彼女は荒木とはとっくの昔に別れていますよ」

その言葉に、愛人追跡チームの数人が泡を食って捜査本部を飛び出していった。事実確認に行ったのだろう。

その後の愛人、いや、元愛人と婚約者の二人は、包み隠さず全てを明かしてくれた。彼元愛人と荒木は確かに以前はラブラブで、二人とも再婚するつもりだったそうだ。

女が荒木夫人に「さっさと別れて」と嫌がらせの電話をかけていたのも事実だった。ところが同棲《どうせい》生活が始まると、彼女から荒木斉三への恋愛感情は、あっという間にゼロになった。

「だってあの人、ＤＶ男なのよ、ＤＶ！　口だけでかくて見栄っ張りだし服のセンスは最悪だし、顔以外にいいところが一つもないクズだったのよ」

（いやそれは同棲する前に気づきなさいよ）と海月は思ったが、その手の男は女性を口説き落とすまでは紳士的な態度を取るものらしい。服は多分奥さんが選んでいたのだろう。

　結局、同棲後一ヶ月で二人は破局。彼女は丁度その頃に言い寄ってきた別の客、隣に座っているひょろい男性に鞍替《くらが》えしたんだそうだ。男性はこう見えてやり手の実業家で、合法的手腕で荒木を追い払い、彼女は男性の豪邸にお引越し。そして二人は婚約して今に至る。

「式は来年、盛大に挙げる予定なの。もう荒木なんてどうでもいいし、その奥さんと子供なんて更にどうでもいいのよ。考えてもみてよ、こんな優良物件を捕まえたっていうのに、くだらない犯罪で玉《たま》の輿《こし》を台無しにするバカがいる？」

「しかし立つ鳥後を濁すというか、今現在恵まれているのに過去の恨みから犯罪に走る人間もいるんですよ。たとえばですが、奥さんに侮辱された恨みつらみが未だ残っていて、男への愛情とは関係なく復讐《ふくしゅう》に燃えているのかもしれない」

「えー、そんなのとっくの昔に電話で散々嫌味を言って発散したわよ」

彼女はあっけらかんと己の悪事を語った。

「毎日毎日、家電《いえでん》とケータイにかけまくったの。そしたら奥さん病んじゃって〜、それでもういいやって思って。それ以来何にもしてないし。調べたら？　イマ彼と婚約する前から、奥さんへの嫌がらせはぴったり止《や》めてるから」

「し、しかし、言葉だけでは貴方の無実の証明にはならんのですよ」

過去の悪行を明るく暴露する元愛人に圧倒されていると、今度は実業家が口を挟んだ。

「そう思って、こちらを持参しました」

実業家はアタッシュケースからA4サイズの冊子を何冊も取り出して机に置く。担当刑事が困惑した顔でそれを手に取った。

「行動調査報告書……興信所の？」

「私は心配性でしてね。愛する詩織が荒木のような男につきまとわれていないか気になって、専属の調査員に毎日調べてもらっているんです。これはここ数日の詩織の行動が写真付きで記録されています。なんなら車のGPSデータとパソコン及び電話の通信履歴と、この三週間以内に詩織が会っていた相手の身上報告書及び会話の録音データも出していい。詩織は荒木の子供の誘拐なんてやっていませんよ」

「え……っと、それは彼女に誘拐犯の嫌疑がかかる前からやっていたんですか」

担当がドン引きしていると、実業家は「愛する彼女の生活を把握するのは当然です！」と胸を張った。元愛人が「いや〜ん、私愛されてる〜」なんて惚気《のろけ》ているが、それは愛じゃなくて束縛だ。

「DV男とストーカー男ってどっちがましかなぁ……」

海月が呟くと、石川も「本当にいるんだな、変な男ばかり引き寄せるフェロモン体質の女って」と神妙な顔で頷いた。

それから十数分、元愛人と婚約者はイチャつきっぷりを発揮していたが、最後は現在この場にいる中で一番偉い管理官に見送られてご満悦で帰っていった。

毒気を抜かれた捜査本部はしばらくの間、静まり返っていた。

「あー……、身内の証言は信用できないので、愛人追跡チームには引き続き高坂詩織さん及び婚約者の身辺調査を続けてもらいます、が……あれは犯人じゃないかもしれませんね……」

年配の管理官の声が徐々に小さくなる。彼が疲れた顔をして自分の席に戻ると、集まっていた者たちも自分の班へと戻っていった。

「強烈な人だったなぁ」

石川が失礼なことを口にするが、それは皆の総意だった。

「でも私、あの人は嘘《うそ》はついてない気がします」

「俺も同感だね。ああいう人間は、気に食わないことがあったらその場で相手に摑《つか》みかかる。それに彼女、今日は朝からしっかりしたアリバイがあるそうだ。金で実行犯を雇う手もあるが、実業家の妻になる女がそんな連中を雇うのはリスクが大きすぎる。……しかし参ったな」

石川は眉をくしゃりと顰《ひそ》めた。

「元愛人による犯行じゃないなら、犯人の手掛かりはゼロだぞ。現場でとっ捕まえる以外に方法がなくなった」

ふと武道場の前方を見ると、管理官と特犯の捜査員が暗い顔で額を突き合わせていた。おそらく石川と同じで、本星《ホンボシ》の当てが外れたことを嘆いているのだろう。

「それじゃますます張り込みの人員を増やさないと、ですね」

海月が壁掛け時計をちらりと見ると、もうじき午後三時になろうかというところだった。日本大通りで犯人が去ってから一時間以上経過している。

「犯人からの連絡、遅いですね……」

「ん？　次の場所指定メールならもう来てるぞ」

「はい？」

振り向いた海月と、誤魔化すように微笑む石川はしばし見つめ合った。

「いっいつっ⁉」

数秒後に海月が興奮して叫ぶと、この惚《とぼ》けた上官は「くらげちゃん、しーっ」とまるで海月だけが悪いように宥《なだ》め始めた。

「誰のせいですか！　いいから早くメールの入った時刻と場所と現状を吐いてください！」

眼光鋭く睨みつけると、さすがにもう諦めたのか石川は素直に語りだした。

「君らが帰って来る直前だ。場所は中華街、前回と同じように夫人がコンビニ袋を下げてメインストリートを往復しろというご命令だ。まだ撤退のメールが来てないから張り込みの連中は依然待機中ってとこだな」

「添付写真は？　当然来てますよね」

「まあな」

石川が捜査用に割り当てられたパソコンをいじると、すぐさま海月と亘のスマホが震え出した。亘が無言で自分のタブレットを取り出したので便乗して覗かせてもらうと、彩色豊かな中華風の門をバックに、青いリュックを背負ったレオンの後ろ姿が写っていた。

横浜の中華街に門は十基あるが、どれもデザインや色が違うので簡単に区別がつく。写っているのは最も有名な善隣門《ぜんりんもん》（正門）で、中華街のど真ん中、中華街大通りの入り口に建っているものだ。

そこまで確認すれば十分だ。海月はバッグを掴んで立ち上がった。

「亘、行くわよ！」

さすがに今度は石川も何も言わずに二人を見送った。

5．相棒の事情

横浜中華街はＪＲ関内駅と石川町駅の間にある、東西南北の門に囲まれた区画をさす。中でも、写真にあった善隣門から東の朝陽門《ちょうようもん》に抜ける中華街大通りと、その途中で交差する幾本かの通りが観光の目玉となっている。それらの通りの他にも裏道や斜めの道もあるが、そちらは店の数も少ないので人の流れは自然と大通りに集中した。

その、人でごった返す大通りを往復しろというのが今回の指示だった。

大通り署から中華街までは一キロメートルも離れていないためタクシーには乗車拒否され、仕方なく二人はジョギングしながら善隣門に辿《たど》り着《つ》いた。

「つ、着いたぁ」

息を整えて顔を上げ、極彩色の彫刻が施された豪華な門をくぐって歩き始める。歩行者天国になっているこの通りの両側には、中国語の看板を掲げた飲食店や雑貨店がひしめいて観光客を呼び込んでいた。中国では赤と黄が吉兆色ということでほとんどの看板に使われており、街全体がその二色に染まって見えた。

休日の中華街はとにかく人、人、人でいっぱいだ。他人にぶつからないように注意するだけで精一杯だった。

（これ、私たちもだけど、犯人の方も人にぶつかって逃げられないんじゃないの。やっぱりここでも身代金を受け取る気はなさそう）

荒木夫人はこの通りを往復しているはずだが、見回していればこちらが目立ってしまう。運が良ければすれ違うだろうと考えて、周囲の不審人物捜しに尽力することにした。

（あ、お仲間発見）

通りに面した軽食販売コーナーや雑貨屋の入り口近辺に知った顔がちらほらと見られた。おそらくだが飲食店の二階の窓際席にも刑事が座っているのだろう。

海月は店のショーウィンドウや看板を眺めるふりをしながら、すれ違う観光客を盗み見た。小さな子供を連れた親子には特に念入りに目を光らせたが、レオンではないのは明らかだ。挙動不審な人物を時たま見かけ「おっ」と思って再度観察するが、その都度亘に「お仲間ですよ」と指摘される。そうこうするうちに中華街大通りのゴールたる朝陽門に着いてしまったので、仕方なく引き返した。

「ねぇ亘」

「なんですか先輩」

「考えてみたら私たち、お昼、食べてないわよね」

歩いている間ずっと、焼き小籠包《しょうろんぽう》やらチャーシューやらの匂いが鼻先を掠《かす》めるのだ。

「ちょっとそこの店先で肉まん買って立ち食いしましょ。支払いは亘で」

「え？」

「いやほら、一応デート中のカップルって設定、だし？」

亘は少し微妙な表情で海月と肉まんの蒸籠《せいろ》を見比べていたが、やがて諦めたのか自分の財布を出して販売の列に並ぶ。彼が手渡してくれた肉まんを両手で受け取ると（中華街の肉まんは日本のものと違ってサイズがでかい）、邪魔にならないように路地裏の方へ引っ込んだ。

「入る店に迷って通りを往復する人はよくいるけど、さすがに二往復も三往復もすると犯人目線で怪し過ぎるじゃん。だからここで立ち止まって通りを見てるといいと思うの」

「一応考えて行動しているんですね。てっきり食欲を優先したのかと」

「あのねぇ」

ムッとして彼のふくらはぎを軽く蹴った。

「食事は取れる時に素早く済ますっていうのも私たちの常識でしょ。どうせここを出たらしばらく何も食べられないいんだし。……ここで決着がつかなければ、だけど」

多分つかないんだろうなと思いながらも、一応言ってみた。

亘は納得したのか肉まんに齧《かじ》りついた。二人とも黙々と食していたので、両手の大きさほどある巨大肉まんも数分でなくなってしまった。食べ終わると沈黙が続く。

「……次はタピオカジュースでも買ってきますか？」

これが本当にデートならば頼むところだが、さすがにいざという時に持って走れなさそうなので断った。そうなると今度は間が持たなくなり、とうとう海月は先ほどから気になっていたことを口に出してしまった。

「あのさ、気のせいだったらいいんだけど」

「はい？」

「さっきから不機嫌なのは何で？　お父さんが親馬鹿よろしく、係長に勝手に挨拶に行ってたから恥ずかしくなったの？」

仮説を口にしてみたが（これは違うな）と即座に自分で否定した。彼が妙に口数が少なくなったのは、照れ隠しや怒りというより、どう反応すればいいか計りかねている感じだ。

亘は無言のまま海月の手から肉まんの包み紙を奪い取ると自分のコートのポケットに入れた。入れながら、海月の思考をなぞるような返答をした。

「いえ。困惑しているんです。そういうことをするような人じゃ絶対にないので」

「そう？　同業者で職場も近いんだし、息子の上官に一言挨拶するくらい普通にするでしょ。というより本当は亘を見に来たんじゃないの」

「もっとあり得ません」

亘は一層不機嫌になる。どうもまずいことを言ってしまったようだ。

（あれ？　この歳で反抗期？）

海月から見た亘という人物は、「せんぱ〜い」と能天気に笑っているか、海月にぶたれるか蹴られるかして「最高……ですっ」と気持ち悪く微笑んでいるかのどちらかなので、笑っていない彼にはどう接していいか分からない。

「……もしかしてお父さんと仲悪いの？」

探るように訊いてみると即答された。

「良い悪い以前に、会っていませんでしたから。十五年以上」

「え⁉　うそっ」

「何で先輩に嘘つく必要があるんですか」

もともと機嫌の悪かった亘が更に不機嫌を上乗せする。こんな彼は初めて見るので、ある意味新鮮だった。

「だって亘、以前係長が『お父上はご健勝かね』って訊いた時に『お陰さまでぴんぴんしています！』って答えてたじゃん」

忘れるわけがない、あれは亘が配属されて初めて会った日の出来事なのだから。亘は「あぁ……」と渋面を作ると呟いた。

「そう言っておけば会話は勝手に流れますからね。あの場で『父なんて会ってないので知りません』って答えたらどれだけ面倒くさいことになっていたか。大体、石川さんも考えなしなんですよ。僕の苗字《みようじ》と父の苗字が違うあたりで普通は遠慮しそうなものなのに」

「えっ！　本部長の苗字って亘じゃないの⁉」

一瞬驚いたが、よく考えたら海月はそもそも本部長の名前を知らなかった。この発言にはさすがに亘も「何で自分の組織のトップの名前を知らないんですかね」と静かに呆れていた。

(だって普段会わない人だもの……えっと、でもどういうこと？　父親だけど苗字が違って十五年も会ってないってことは)

「もしかしてご両親、離婚してるの？」

こんな不躾な質問、それこそ考えなしと罵られても仕方がないが、相棒の海月には一目置いてくれているのか意外にもすんなり答えてくれた。

「いえ。どちらも自宅には寄りつかない多忙な身のようですが、一応夫婦のままのようですよ」

随分他人行儀な口ぶりだ。

「それじゃ、どうしてお父さんと苗字が」

「戸籍上、他人だからです」

（んんん？）

更に混乱して首を傾げていると、二人の携帯電話が同時に震えた。毒気を抜かれて一瞬立ち尽くした二人だが、海月の方が早く動いてメールを開いた。そこには予想はしていたが、犯人からの『移動する』とのメールが転送されており、直後に『次のメールが来るまでそのまま待機』と捜査本部からのメールも届いた。

待機だって、と亘にアイコンタクトを送る。そうなると、先ほどの会話を継続するしかなくなるのだが、「父の話題はここまでにしておきましょう。事件に関係ないですし」と、暗にこれ以上は話したくないと釘を刺されてしまった。

（って言っても、伏せられると余計に事情が気になるんだけど！）

仕方がないので彼に背を向けて、自分のスマホを使って神奈川県警の本部長を検索してみたら、ちゃんと名前が出てきた。

『松濤院憲昭《しょうとういんのりあき》』

「なんか強そうな名前だなぁ……」と呟くと亘がこちらを向いた。

「ひ、独り言だってば」

「そうですか。でも画数が多いから強そうって、ゲームの必殺技じゃないんですから」

何を検索したか、しっかりバレていた。海月はそっと目を逸らしてスマホをポケットに落とし込む。

そこから先の待機時間は殊更長く感じた。亘は一人で考え込んでいるし、海月はこんな状態で他の話題を持ち出せるほど機知に富んでいないので、二人の間に沈黙が続いた。

（き、気まずいっ。犯人、早くメール頂戴！）と念じていると祈りが通じたのか、先ほどから数分も間を置かずにまた携帯メールが届いた。

『次は港の見える丘公園』

転送されたメールのメッセージはそれだけだった。写真の添付はない。

「あれ、犯人の趣旨変わった？　写真を見せて『ここに来い』じゃないんだ」

海月が呟いた途端。

「……先輩！」

亘が興奮しながら海月の肩をがっちり掴んだ。

「ちょ、痛っ！　なによ」

「それ本当ですか、今回は写真がないって」

「ない……けど」

すると亘は感極まった様子で俯《うつむ》くと、意地悪くにんまり微笑んだ。

「先輩、蹴って――」

ください、と彼が言い切る前に。

ブルブルブルブル

再び携帯電話が震えたので慌てて開くと、新着メールにはメッセージはなく、写真だけが添付されていた。

「犯人、さっきは添付し忘れたのかな……」

写真を開くと青いリュックを背負って白い柵にしがみつく小さな背中が映っていた。柵の向こうに透かし見えるのは若干の緑と青い空、そして流れるような曲線が美しいベイブリッジ。横浜市民ならお馴染みの、港の見える丘公園の展望台の風景だ。

写真を見つめていると今度は捜査本部からの指示メールが入った。

『チームA、B、Cは現地に移動。Dは麓の元町付近で待機。Eは中華街に残って周辺の様子を観察。機捜隊および覆面車両は陸橋下とワシン坂出口、稲荷坂《いなりざか》、谷戸坂《やとざか》の下を封鎖』

メールを読み終えた海月は思わず吐き捨てた。

「私たち、チーム分けされてないじゃない！」

おそらく石川が忘れたのだろう。どこまで人のやる気を妨害するのかと心の中でパンチを繰り出したが、同時に、現場に出る許可はとっくに手に入れていることも思い出した。

「ねえ亘、これって好きにしていいってことよね」

同意を求めて相棒の顔を振り仰ぐ、と。彼は殊更に暗い顔で思案中だった。

「亘？」

海月は戸惑った。新着メールを受け取る直前まで、亘が興奮気味だったのを覚えているからだ。しかも彼が何か閃《ひらめ》きそうになる度に発する「蹴ってください」も途中まで言いかけていたはず。

「ちょっと亘、思いついたことがあるならさっさと言って。ないなら移動するけど」

「あ、はい。……いやいいです、行きましょう」

なんだか心ここにあらずな様子の後輩に釈然としないまま、海月は走り始めた。

6. 港の見える丘公園

中華街から港の見える丘公園への道のりは、朱雀門《すざくもん》（南門）を出て川を渡って元町へ行き、そこから坂を登るか階段を上るかして丘のてっぺんに行く必要がある。距離は直線なら一キロにも満たない。だから二人はまた駆け足で現地に向かった……のだが。

問題は距離じゃなかった。

「つ、つい……た……も、死ぬ」

公園の入り口の石垣に両手を着くと、海月はゼーゼーと荒い呼吸を繰り返した。

名前からも分かる通り、港の見える丘公園は丘の上にある。問題はそこに至るまでの道のりだ。二人は元町の端から伸びる谷戸坂を登ったことを激しく後悔した。

「そうよ、バスに乗ればよかったのよ！」

海月は公園の前で停《と》まっている赤いバスを恨めしく見つめた。

このバスは市営の周遊バス『あかいくつ号』だ。みなとみらいと関内周辺の観光地を巡回しているのだが、先ほど坂を登っている途中でこのバスにあっさり追い抜かれたのだ。あかいくつ号は中華街にもバス停があったから、そこから乗ってもよかったわけだ。

「僕らって、デートのふり、なんでしたっけ？」

同程度に肩で息をつきながら亘が物申した。

「デートで勾配十パーセントの坂の一気駆けって、おかしくないですか」

勾配十パーセントは百メートル進むと高度が十メートル上がる、かなり急角度の坂だ。そんな坂を全長三百メートル、高低差三十メートル分を一気に駆け登ったのだ。

「だって、急がないと、捕物に間に合わないじゃん……」

「まあ幸い、移動の指示はまだ出ていませんね」

亘は自分の携帯をチラリと見てから海月を促して歩きだした。

「夫人がいるのは展望台です。僕らも行きましょう」


写真の中でレオンがいた柵の場所、展望台は公園に入ってまっすぐ進んだ突き当たりにあった。この丘の位置は港から数百メートル離れているため、公園と海の間には高速道路や産業道路、郊外型の大型店舗が乱立している。けれど視線を少し上げるだけで町の向こうに広がる青い海が、そしてベイブリッジの全体像が見えるのだ。ベイブリッジはランドマークタワー最上階の展望フロアからもよく見えるが、この公園からの眺めが一番間近で迫力がある。

展望台の日除《ひよ》けの屋根の下に、紺色のジャケットを着た荒木夫人がコンビニ袋を下げて佇んでいた。顔写真に何度も確認したが、海月が直《じか》に彼女を見るのはこれが初めてだ。

柔らかそうな猫っ毛に色白で小柄な彼女は写真を見た時も大人しそうな印象を受けたが、今は更に縮こまり、全身から疲れが滲《にじ》み出《で》ていた。一見ぼんやりと海を眺めているように見えるが、スマホを握る左手には力が入っており緊張が伝わった。

海月と亘はそんな彼女を見ないようにしながら右方向へ曲がり、花壇の前のベンチに腰かけた。周囲には他にもベンチがあり、どれも若いカップルや老夫婦でふさがっている。そのうちの何人かはお仲間かもしれないが海月には判別できなかった。

坂道ダッシュで上がっていた息も落ち着いた頃、海月はふと思いついた考えを囁いてみた。

「ねえ、もしかして犯人って観光客なんじゃない？」

亘は突然始まった主張に興味を持ったようで、海月の顔を凝視した。

「根拠はあるんですか」

「だって犯人が今まで指定してきた場所って全部観光地じゃない。それは敢《あ》えて観光地を選んだんじゃなくて、他の場所を知らないからなのよ」

呟いてみると、なんだか本当にそんな気がしてきて、海月は得意げに先を続けた。

「遠方からぶらりと遊びに来た横浜で偶然、落とし物のスマホと独りでフラフラしてるレオンくんを見つけて『これ、誘拐やれるんじゃね？』ってノリで実行しちゃったのよ。で、とりあえず知ってる地名を指定してみたものの、横浜の観光地がここまで混雑するなんて知らなかったもんだから、逆に身動きが取れなくなっちゃったの。それで頻繁に場所を変えるんだけど、結局、観光地を転々と回ることしかできないわけ。土地勘がないから」

「なるほど。それは一理ありますね」

「でしょう」

してやったりと微笑むが、直後に「僕は違うと思いますけど」と否定された。

「なんでよ」

「先輩の案だと、行き当たりバッタリの頭の悪い犯人像が浮かぶんです。でも、この犯人はもっと賢い人物ですよ」

「へー、それこそ根拠は何よ」

持論を真っ向から否定されて多少ぶーたれながら口答えすると、亘は自分のスマホを取り出してちらりと見せた。

「写真です。犯人が送って来た」

周囲を警戒してか画像は開かなかったが、彼は海月に、これまでに添付されてきた四枚の写真の共通点を思い返すよう促した。

「分かりやすい場所をバックに、レオン君の横顔や後ろ姿を撮影、よね」

「なんで横や後ろからなんでしょう」

「え？」

そういえばそうだ。隠し撮りなら横顔も分かるが、撮られた写真はどれもレオンをごく近距離から撮影している。レオンが完全に犯人を信頼しきっているなら正面からの写真だっていくらでも応じるだろうに。

「僕は、犯人が意識してレオン君を正面から撮らないようにしていると思うんです」

「なんで？　可愛い顔見て情が移るから？」

「いえ。情ではなくて、実像の方が映るからですよ。瞳に」

「瞳に？」

一瞬意味が分からず繰り返すと、亘に深く頷かれた。

「画像ソフトで拡大すれば、瞳孔に被写体が見ている人物の服装や顔が映っているのが判別できるんです。犯人はそれを知っていて気をつけている、知的な思考の持ち主だと感じました。そんな人物ならたとえ土地勘がなかったとしても、いたずらに場所を転々として結局諦めるなんて愚かな事はしない」

「瞳に、映る……」

そんなこと想像もしていなかった。海月は思わず亘の腕を摑むと、自分の方に向かせて彼の瞳を凝視した。

「え、ちょ、先輩」

「じっとしてて！」

そこには確かに真正面から見つめる黒い人影が映り込んでいた。更に身を乗り出して覗き込むと、その人物が自分だと判別できそうなほどに鮮明に見えた。

「本当。瞳って黒に近いから鏡みたいに映るのね！」

「あの先輩……ちょっとこの体勢は」

戸惑い気味に言われてハッと我に返ると、海月の膝は完全に亘の足の間に入りこんでいるし二人の顔は数センチと離れていない。

「うわっ！」

海月は目の前に迫る顔を思わず押しのけて元の位置に飛《と》び退《すさ》った。手のひらで押した時、グキッと彼の首を捻《ひね》ってしまったような気もするが。

「何も掌底《しょうてい》を押し込まなくても……」

涙目の亘に恨みがましく責められて、慌てて詫《わ》びを入れた。

「ご、ごめん。首痛くした？」

「いえそれは大丈夫なんですが、その」

「な、なに」

慌てて支離滅裂になっている海月と違い、亘の方はいつも通りの平静さに見えた。なのに言いづらそうにつっかえているから珍しいなと思ったら、意を決したように告げられた。

「キスされるんじゃないかと焦りました」

「まさか！　いくらカップルのふりだからってそこまでしないって！」

「ですよね」

その後、照れ隠しからか二人揃って微笑むところまではよかったが、亘に爽やかな笑顔で「いやー怖かった」と言われた瞬間、今度は本気の掌底を彼の顎に叩き込んでいた。

人体には複数の急所が存在する。特に頭部には急所が集中しており、中でも顎の先は衝撃を受けると脳が揺れて脳震盪《のうしんとう》を起こすと言われている。

そんなわけでベンチから崩れ落ちた亘だが、ものの数秒で意識が回復したのは日頃の訓練（？）の賜物《たまもの》と言えよう。とはいえ体に力が入るようになるまでしばらくかかり、ベンチの背にもたれてぐったりする彼に、海月もこの時ばかりは頭を下げた。

「ごめん、本当ーにごめん、多分むち打ちは労災がおりると思う」

「いえ大丈夫ですけど……僕ら、デートの設定ですよね、一応」

「で、デートＤＶって言葉があるから！　ギリ大丈夫よ！」

何がどう大丈夫なのか自分でも分からないまま海月は押し切った。亘は重そうに頭を動かすと、げんなりした様子で海月を見返す。

「何もない時なら嬉しいですが、よりによって張り込み中はやめてください」

「大丈夫でしょ、どうせじきに犯人から次の場所にしようってメールが……」

「いえ。『次』はもうないと思います」

言葉の途中で遮ってまで強く言う亘に、海月は身を固くした。彼の姿勢はふにゃふにゃしたままだが、その表情はいつの間にか真剣そのものだ。ドキリと海月の心臓が跳ねた。

「もしかして……今度こそ犯人が現れるの？　ここに」

そういえば亘は中華街でも何か言いかけていた。あの時すでに、犯人に関する何かを摑んでいたということか。海月が返事を急《せ》かすと彼は冴えない表情のまま、否定とも肯定ともつかない中途半端な頷きをした。

「犯人自身が来るかどうかは分かりません。ただ断言しますよ。この現場は今までと違う。犯人はこの港の見える丘公園で絶対に何かしかけてきます」

「そうなの⁉」

念を押すと、なぜか亘はしょげた。

「と言いたいところなんですが、どうしても腑《ふ》に落ちない点があって……さっきから納得のいく理由を考えているんですが思いつかない」

「そんなのいいから！　さっさと分かっていることを吐くの、吐け、オラ！」

脅しつけると亘も観念したのか「分かりました、順を追って話します」と渋々応じた。

「先輩、クイズです。赤レンガ倉庫、日本大通り、中華街、そして港の見える丘公園。この中で港の見える丘公園だけが他の三つと大きく違う点があります。それは何か」

「カップル率が高い！」

「……不正解ではないですが違います」

「じゃなによ」

海月は不機嫌を顕《あらわ》にする。これ以上苛立たせるとまた脳を揺さぶられると思ったのか、今度の亘は即答した。

「標高です。港の見える丘公園は海抜三十五メートルです。しかも展望台は崖っぷちにあるので、そこから海まで空間が開けている。この地理的条件を生かした身代金の受け取り方法と言えば？」

あ、そこがクイズなのねと納得したが正解が分からない。「いっそヘリコプターで乗りつけたらどうかなぁ……」などと適当に呟いたら、亘が微笑んだ。

「近いですね。それの、一般人でも簡単に手に入る小型版って言えば分かりますか。最近流行の……」

「へ？　小型のヘリコプターで簡単に買えて流行《はや》ってて……」

数秒の思考タイムのあと、海月の脳内に燦然《さんぜん》と答えが輝いた。

「ドローン!?」

正解だったのか、亘もつられるように微笑んだ。

「はい。そう考えると自《おの》ずと、身代金百万円という額もコンビニ袋も意味を帯びてくるんです」

「それ以上重くなると運べなくなるから？」

「だと思います。持ち運びをコンビニ袋にさせたのは、ドローンにつけたフックにでも引っ掛けさせるためでしょう。ドローンはリモコン操縦のマルチコプターと違って予《あらかじ》めプログラミングされた航路を通るので、電波の届かない遠方からも飛ばすことが可能です。なんなら港湾外の船の上からでも。今日は風もほぼないですし、甲板上でも受け取れるんじゃないですかね。そのまま外洋に出てしまえば国外脱出も可能です」

「そこまでする!?」

「まあ国外脱出はあくまでたとえ話ですが……国内の犯人でも、警察を撒くところまでドローンを飛ばすのは間違いないでしょう。先ほど先輩は『浅はかな観光客による突発的犯行』を思いつきましたけど、僕が考えた犯人像は真逆です。知的な犯人による計画的犯行。その動機は成功率が最も低い犯罪と言われている身代金目的の誘拐を成功させること、つまり愉快犯です。警察に勝つことが目的なので金銭にあまり執着はなく、成功すればレオン君も解放してくれるのではと踏んでいます。ただ事情の変化はいつでもありますし、おそらく複数犯なので仲間割れの心配もあるし、決して楽観視してはいけないと戒めていますが」

「愉快犯……」

言われてみれば観光地巡りなど、この犯人には最初からお遊びめいているところがあった。しかしそれも、この誘拐自体が犯人による遊びだと言われれば納得だ。

「そうよね、その犯人像が一番しっくりする……！　やるじゃん亘」

と、海月が称賛した途端。ここまで生き生きと自説を述べていた彼が表情を曇らせた。

「なによ、私が褒めたらいけないの」

やはり罵倒して差し上げる方がいいのかと思いきや、亘はそれは悲しそうに項垂《うなだ》れた。

「いえ。実はこの自説は、犯人が『次は港の見える丘公園』というテキストのみのメールを寄越した時に考えたものなんです。レオン君の写真が添付された時点で、自分の中で取り下げました」

言われてみれば中華街で亘が興奮していたのは、犯人から写真付きの追加メールが送られてくるまでの僅かな時間だった。

「つまり二通目のメールのせいでドローンを使った愉快犯説はボツになったわけね。どうして」

「犯人がレオン君をこの公園にわざわざ連れてきた、その理由が分からないからです」

「私はあんたが何に困ってるのかが分からないけど。犯人がレオン君を連れてきたのは、今までの取引現場だって同じじゃない」

苛々して文句を言うが、亘は大げさに首を左右に振る。

「違いますね。駐車場事情が壊滅的に異なります。港の見える丘公園は自家用車で移動しているであろう犯人にとって最悪の場所です。理由、分かりますよね」

「ああ、それなら……」

今度は海月も納得した。港の見える丘公園のある山手一帯は丘の峰なので土地が狭く、道路もバスがギリギリの幅で通っている。路上駐車は百パーセント無理なのに、公園の駐車場は公園前に一カ所しかなく、しかも十数台で満車になるのだ。

更に言うと——これが一番無茶な理由なのだが——駐車場の真ん前には派出所があって警官が常に目を光らせているのだ。

「犯人がレオン君を連れて車から降りた瞬間に逮捕されるってこと？」

「はい。だからあの駐車場は利用できません。となると、どこか遠方の駐車場に車を停めてここまで歩いて来たことになりますが、朝から散々連れ回されている五歳児が急な坂や階段を素直に登れるのかと。ぐずったり担がれていれば目立ちます。僕が犯人ならここにレオン君は連れてきません」

「でも実際に写真があるわけじゃん」

「だから悩んでいるんです。そうまでしてレオン君を連れてくる必然性がこの公園にあるのか。あるのなら、やはりここは犯人にとって特別な場所ということになるので、何らかのアクションが期待できるんですが……」

亘は最後の方はやや弱気に話を終えた。犯人の心理が読めない状況が耐え難いのだろう。亘が分からないことを海月が補足できるわけもなく、しばらく沈黙が続いた。

（レオン君がいないとドローンが来れないってわけでもないだろうし……確かに謎だわ。でも）

分からないからと考えるのをやめたら刑事失格だ。海月は自分なりに思考をフル回転させた。亘には思いつかない何かがあるかもしれない。

「……もしかして写真を撮った時刻が、警察が動くより遥《はる》かに前なんじゃないの」

海月の絞り出した言葉に、亘も一応は振り向いて耳を傾けた。

「レオン君が自宅からいなくなった正確な時刻は分かってないんでしょう。それが朝の九時くらいだったとして、犯人はまず自家用車で全ての現場を回って写真を撮り溜めして、レオン君をどこかに隠してから母親にメールを出した。だから目撃情報が一切あがらないのよ」

いい考えだと思ったが亘は首を横に振る。

「その方法はとっくに科捜研で確認済です。写真の中の影の方角と長さから太陽の位置が分かるんですよ。あれらの写真はメールが送られてくるおよそ十五分前、長くても三十分前に撮られたものだと言われました。レオン君はちゃんと該当の時刻に現地に行っているんです」

「うー……じゃ、じゃあ」

それでも海月は食い下がる。

「港の見える丘公園の駐車場だけが問題なのよね。ここだけバスかタクシーを使った！　それならどう」

「市内のバス・地下鉄・タクシーの運転手にはレオン君の写真を配布済です。特にバスやタクシーは運転手が乗客一人一人の顔を確認できますからね、レオン君が乗った可能性はゼロでしょう」

「ううう」

海月はあっさり匙《さじ》を投げた。

「もういいや。犯人からの場所指定メールが来てから一時間近く経《た》つし、そろそろ何か起きるでしょ」

「先輩……諦めるのが早すぎませんか。せめて二分は考えたらどうなんですか、だから脳みそが成長しないんですよ」

「どさくさ紛れに酷《ひど》いこと言ってない!?」

とその時、二人の携帯電話が同時に震えた。海月は焦らないよう一呼吸置いて、コートのポケットからそれを取り出す。届いていたのは犯人からのメッセージだった。

『ここもダメだ、次の場所へ移動する』

「何でですか！」「話が違う！」

もちろん声を抑えてだが、二人揃って叫んでしまった。


『次のメールまで待機』

これまた見飽きたメールが本部からも送られてきた。なんとなしに時刻を確認すれば午後四時半。念のため空を見渡したが、ドローンどころか鳥の一羽も飛んでいなかった。

（亘の読みが外れた……？）

先ほどのメール以来、隣に座る後輩は画面を睨みながら一層押し黙ってしまった。本気でショックを受けているようなので先輩としては叱咤《しった》激励すべきか悩むところだ。

「あーのー、いい考えが浮かびそうなら、殴ってやってもいいわよ」

「………」

（これだけ分かりやすい餌をぶら下げても無反応だなんて重傷だ）

亘は一般人や仲間に対しては謙虚だけれど、犯人に対しては尊大なことが多い。読み違いで犯人に負けて悔しいのか、あまり話しかけたくない雰囲気を醸していた。

こういう重苦しい空気は苦手だ。海月は「ああもう！」と踏ん切りをつけると、立ち上がって彼の正面に身を屈《かが》めた。

「亘、しっかりしなさい！」

パン！　と音を響かせて彼の頬を両手で挟んだ。つもりだったが思った以上に力が入って、ただのビンタになった。

（あー……ま、いいか）

「せんふぁい？」

頬を赤くして見上げる亘に、諭すように訴えた。

「会話しましょう。黙って考えるより語り合った方が指摘しあえるじゃない。なんのための相棒よ！　私が力になるから……そりゃあんたより脳みそ足りないけど」

熱く語りかけているとまた携帯電話が震えた。

「何よ人が力説している最中に！」

むっとしながら画面を開くと犯人からの転送メールで、またも写真つきだった。リュックを背負ったレオンが見つめているのは、繋留《けいりゅう》された真っ黒な船体だ。白い鉄柵の向こうには青い海とカモメの群れ……。

「山下公園ね」

「ですね」

海辺に位置する山下公園なら目の前が海なので当然空間が開けている。ドローン説はまだ有効だ。付近には多数の駐車場があるし、移動のしやすさは格上だろう。

「だったら何のために港の見える丘公園に寄ったのよ、この犯人は！」

思わず文句が出た。山下公園なら、ここよりも中華街からの方が断然近い。わざわざ丘を登って港の見える丘公園へ行き、再び引き返して山下公園へ行く必然性が分からない。

「この犯人、本当に考えて移動してるの？　まあいいわ行きましょう、次はバスで」

「バス？」

「もう走るの、やだ。さっきのあかいくつ号に乗ればいいじゃない、ちょうど山下公園にも止まるし」

「そうです、ね……」

ベンチから立った亘の足が、なぜかそこで縫い止められた。

「亘？」

「……先輩。多分それ正解です」

さっきまでの陰鬱な表情はどこへやら、亘の瞳に光が戻っていた。

「それって？」

「バスに乗りましょう。最後の確認は山下公園でします」

7．誘拐犯の正体

週末ということもあって、あかいくつ号の車内は満員だった。車体自体は最近作られた普通のバスなのだが、クラシックカー風に赤く塗装された外観や、木枠に布張りの座席を設《しつら》えた内装などレトロな雰囲気を醸していて、観光客にも人気の乗り物の一つだ。

二人は港の見える丘公園から三つ目の停留所、山下公園でバスを降りた。

山下公園は海岸線に沿って七百メートル以上の長さを誇る公園だが、写真の背景に写っていた氷川丸《ひかわまる》は図ったかのようにバス停の正面に見えている。

「荒木初美は公園の端から端まで歩かされているようです。端まで行ったら戻って来るそうなのでどこか途中で会えますね」

携帯の画面を見ながら亘が囁いた。先に現地に着いた先輩に教えてもらったのだろう。

「確認って、荒木初美さんのことなの」

「はい。どうしても彼女に訊かなければならない事があります」

「接触するの⁉」

信号が青になった途端、亘は走り出した。こういう時の彼は引き留めるだけ無駄なので仕方なく後に続いた。

山下公園は横には長いが幅は狭いベルト状の公園なので、入り口から真っ直ぐ駆け抜ければ目の前はもう海だった。海面はよく晴れた日特有の濃い青色をしており波一つ無く静かに揺れている。周囲にはカモメに餌をやるお年寄り、柵の前にたむろする若者グループ、ベンチに座ってゲームに没頭する近所の子供たちと、見るからに善人そうな者たちがくつろいでいた。

そこかしこに散見する観光客（おそらく警官も混じっている）の間を縫って二人は海に沿って小走りに駆けた。既に園内を半分以上進んでおり、氷川丸は後方の彼方《かなた》だ。

「亘ってば！　荒木さんに会って何するの」

彼の背中に問いかけると、困ったように振り返る。公園内で見ているだろう犯人を警戒したのか、亘は速度を落として海月と並んだ。

「犯人像ですが、嫌がらせでも愉快犯でもない、もう一つの可能性をもっと真剣に考えるべきでした。レオン君のネグレクトです」

「ネグレクトされているレオン君を可哀想《かわいそう》に思って連れ去ったってこと？」

「はい。おそらくですが最近姿が見えなくなったのはネグレクトが解決したからではなく、犯人が自分の家に匿《かくま》っていたからではないでしょうか。ところが子供の姿が見えないのに母親は探しにも来ない。もしかすると犯人は直接母親に抗議に行ったのかもしれません。しかし母親は愛人の嫌がらせで参ってしまい、電話も訪問客にも応じなかった。

だから犯人は強硬手段に訴えたんです。母親が、あるいは行政が、子供を放置し続ければ、いつか本当に誘拐されてしまうぞと脅すために」

「つまり、犯人の目的は警告？　え、じゃあドローンは」

「全く関係ありません！」

（いやそんなにバッサリ切り捨てなくても）

ドローンを使った愉快犯説は海月も妙案だと思っていただけに、碌《ろく》な説明もなしにあっさり翻されると反感すら覚える。なにより謎なのは、亘がなぜ突然ドローン説を捨てて善意の犯人説に切り替えたのかということだ。駐車場の件が腑《ふ》に落ちないのは同意だが、愉快犯説だって積極的に否定する理由はなかったはずだが。

（犯人が港の見える丘公園で何の行動も起こさなかったから？　それとも山下公園に何か理由が……）

考えながら走っていると、突然、腕を引かれて海月はたたらを踏んだ。それまで真っ直ぐ走っていた亘が、右側から来る人物の進行を邪魔するように立ち塞がっていた。相対するのは目と口を見開き、蒼白《そうはく》な顔で立ち止まった荒木初美――レオンの母親だった。

「あ、あの、あなたがメールの」

初美は急に姿を現した亘に驚きながらもコンビニ袋を持ち上げかけた。その瞬間、公園の空気がざわついた。

（やばい。これ間違いなく誘拐犯だと思われてるわ）

後で始末書、下手すりゃ減俸降格、でも亘の父親は本部長だしなんとかしてくれるかもと情けない思考が脳内を駆け巡る中、亘は初美に接近すると脅すように囁いた。

「教えてください。レオン君の洋服、あれはお母さんが選んだのではなく、いつもレオン君は自分で選んで着ているのではないですか？」

誘拐犯もどきの男の唐突な質問に、母親はしばし固まっていた。が、途中で相手が刑事だと気づくとゆっくり頷いてくれた。

「そう……です。私が、あまりにも何もできないから、あの子、自分で」

「分かりました、ありがとうございました」

それだけ聞くと目的は果たしたのか、なんと亘は彼女をそのまま放ったらかして公園の外に向かって駆け出したのだ。もちろん海月も放置だ。

「え、ちょ、亘！」

残された海月に、今や園内に潜む警官およそ百人近くの密かな視線が集中する。海月は咄嗟《とっさ》に前方を指さして「あっちの方角で合ってるんですね！　ありがとうございました！」とごまかして叫ぶと、亘の後を追って逃げ出した。

「ちょっとなんなのよ、さっきの質問もこの全力疾走も！　てかどこ行くの!?」

「大さん橋です！」

「なんで⁉」

追《お》い縋《すが》りながら怒鳴ると、一瞬足を緩めた亘が海月にだけ聞こえるように告げた。

「先回りして犯人を待ち伏せします」


国内外の大型客船が停泊する横浜港の大さん橋は、山下公園のすぐ隣にある。といってもそれは海を隔てての話なので、実際にそこへ行くには陸地をぐるっと遠回りして行かねばならず、到着するまで十五分はかかった。

海に突き出た一本の埠頭《ふとう》とその真ん中の客船ターミナルの全長は四百メートル以上あり、クイーンエリザベスⅡ世号クラスの大型客船が同時に二隻《にせき》着岸できる。これだけでもどれだけ大きな建造物か分かるだろう。

ターミナルの建物は、巨大な鉄板を三層に重ねて真ん中を膨らませたような不思議な形をしている。内部は近代的な作りだが建物の外周や屋上は船の甲板を真似た板張りで、屋上に登って海側に立てば本当に船に乗って航海しているような気にさえなれるのだ。

ただし海月と亘は今、屋上の海側ではなく陸地側に立ち、ターミナルへ入って来る車や人々を見下ろしていた。

「犯人、本当にここに来るの？」

「絶対とは言い切れませんが、山下公園から先、観光地と呼べそうな場所はここが最後です」

「最後？　ランドマークタワーとかまだ残ってるじゃない」

「いえ。そこまでは行きませんよ、多分」

多分と言いつつその口ぶりは断定に近い。やっぱりそうだと海月は確信した。亘はもう犯人が誰か分かっているのだ。

「で、私はどんな人を見張ればいいわけ？　教えなさいよ」

柵に凭《もた》れて真下を凝視しながら問いかけると、港の見える丘公園での殊勝な態度はどこへやら、強気の口調で言い返された。

「僕だって外見は知りませんよ。というか先輩、まだ分かっていないんですか。さっき一緒に荒木さんの回答聞いてましたよね」

（う、出たわね。この先輩を先輩とも思わない傲慢さ。それともこれはいつもの挑発？）

まんまと乗ってやるのも癪《しゃく》だが、今はそれよりも犯人逮捕の方が優先だ。

「時間がないんだからさっさと吐け！」

「うぼっ‼」

と鳩尾に一発膝蹴りを入れることで、白状させるに至った。

「……先輩、港の見える丘公園で自分が言った言葉を覚えていますか。犯人は早朝に写真を撮り溜めして、今現在はレオン君を連れ歩いているわけではないと」

「言ったけど、撮り溜めは太陽の位置から否定されたんでしょ」

何を今更と呟くが、亘は頷いた。

「そうです。僕らが撮り溜めを否定した理由は撮影時刻です。でもそれは誰も口にしませんでしたけど、一つの前提のもとに成り立っていたんです。写真に写っているレオン君の服装が今日のものであるという前提です。それがさきほど崩れました」

「え？　だって今朝着ていた服に間違いないって、捜査会議で一番最初に言われて」

「レオン君は毎日、自分で自分の服を選んでいたんですよ。例えば先週の土曜日にも同じ服を着ていたとしたら？　……ああ逆ですね。先週着ていた服を、わざわざ今日も着たんです。あの写真が今日のものだと思わせるために」

「先週？」

確かに一週間程度なら、科捜研が割り出した太陽の位置と時刻の関係も誤差の範囲で済むだろう。そもそも先週なら誘拐自体が発生していないので、犯人がレオン君を連れ歩いたとしても、誰も気にかけない。

「あの写真は先週撮り溜めしたものなの⁉」

「そう考えれば全て辻褄《つじつま》が合います。港の見える丘公園の駐車場の問題も、目撃証言が一切あがってこないのも。つまりこの事件は、レオン君の狂言誘拐なんです」

「どんな五歳児なのよ」

海月が呆れると、亘は苦笑して肩を竦《すく》めた。

「もちろん計画を練ったのは犯人でレオン君は指示に従っているだけでしょうね。おそらくレオン君は今朝、家を出て犯人の隠れ家に直行しています。だから目撃証言が上がらないんです」

（人質本人を含む犯人サイドの自作自演かぁ……でも）

頭の中で整理を終えた海月は、再度口を開いた。

「写真の問題は確かに納得だけど、だからと言って犯人に身代金を受け取る気がないと断言はできないでしょ。最初からお金を巻き上げる魂胆で、レオン君と親しくなったのかもしれないし。……あと、犯人がこの場所を最後の取引現場に選ぶって、どうして分かるの」

海月のもっともな問いかけに、亘は意地悪そうに微笑んだ。

「そうですね。ここから先は僕も推察でしかないので、間違ってたら後でゲンコツでもくださ」

「あげないわよ」

ピシリと先制すると、彼は不満げに顔を顰めながらも渋々話し始めた。

「港の見える丘公園です」

「へ？」

「中華街から山下公園にまっすぐ移動すればいいのに、なぜわざわざ港の見える丘公園へ寄ったのか。それを考えたら犯人たちの事情が見えてきたんです」

「犯人たち？」

亘は「やっぱりまだ分かってないんですね」と呟いたあと、やっと教えてくれた。

「森尾百々さんとそのお友達ですよ」

「…………」

海月はたっぷり考えたが、正解を前にしてもやはり分からなかった。

「なんで断定できるの⁉　そりゃ、あの子なら父親のスマホを盗むのも簡単だけど、ご近所の住民が拾った可能性だって捨てきれないのに」

「でも彼女たちなら全ての条件に当てはまるんです。先輩、今日の取引現場ですが全部でいくつありましたか」

「えっと……赤レンガ倉庫、日本大通り、中華街、港の見える丘公園、山下公園、もしここも入るなら全部で六つ」

「荒木夫人の動向を確認しながらメールを送信していることから、犯人のうち一人は間違いなく現場に来ているのが分かります。にも拘《かか》わらず、周辺を撮った写真に同じ人物は一度も写っていません。つまり最低でも犯人は五人以上いて、どこか途中でスマホをバトンみたいに受け渡しているんです。レオン君のネグレクトの事情を知って心を痛めていて、同調しやすい五、六人のグループ。今日の事情聴取の途中で耳にしましたよね」

「あ！　塾の下校グループ！」

「はい。今日の聞き込みで、大人がレオン君に話しかけたら逃げられたって証言がありました。レオンくんも、相手が小学生のお姉さんだから安心して行動を共にしているんじゃないでしょうか。だから僕は近所の親切な大人より、近所の親切な小学生の方が可能性が高いと感じました。そしたらいろいろと辻褄が合うんですよ、なぜ港の見える丘公園を取引現場に入れたのか、とか」

「そうよそれよ。なんで？」

「単純に移動経路順に有名な観光地をピックアップしたらそうなった、ということです。彼女たちの塾の最寄り駅が桜木町駅だってことから、さっさと推察するべきだったんですが」

「桜木町？　赤レンガ倉庫、日本大通り……中華街、港の見える丘公園に山下公園……と、大さん橋」

なぜだか知っている順番だった。そう、移動中に目にしたからだ。港の見える丘公園からバスに乗った時に、時刻表で。

「それって、あかいくつ号のルート順！」

「そう、始発が桜木町駅です。他の市営バスだとこれらの観光ルートを全部回る路線はありませんから、利用したバスはそれで間違いないでしょう」

「じゃ、港の見える丘公園に行ったのは、単にそういうルートだったから⁉」

そんな理由で坂道ダッシュをさせられたのかと、海月は愕然《がくぜん》とした。

「何があそこは特別な場所よ。あんたが変に深読みしすぎたせいで、ややこしくなったんじゃない！」

恨みがましく睨みつけると、亘も苦笑して「そこは謝ります」と呟いた。

「あの時はレオン君も同伴だと信じ込んでいたので。バス停の目の前に派出所がありますけど、レオン君を連れていなければ堂々と通れますよね。小学生でも六年生なら一人で出歩いても不自然ではありませんし」

「小学生が狂言誘拐ねぇ。それじゃ逮捕はできないわよね、補導になるのかな」

「そうですね。……あ、あの子じゃないかな」

亘の声に海月は慌てて柵から頭を出した。真下のバス停留所にあかいくつ号が停まっている。そこから降り立った乗客の中に、誰とも会話や行動を共にしていない女の子が一人だけいた。赤いカーディガンを着込んだ小柄な子供だが、六年生としても納得のいく背丈だった。

「降りる？」

「いえ、待ちましょう。あの子さっき屋上を見上げました。ここに来ますよ」

それからきっかり三分後に少女は屋上へ現れた。ショートカットの少女はウッドデッキの床を歩き、屋上の床が盛り上がった部分、まだ青みを保っている芝生の前へ行くとそこで立ち止まる。そしておもむろにポケットに手を入れるとスマートフォンを取り出した。

その瞬間を二人は逃さなかった。

背後から忍び寄ると亘が少女の腕を取り、海月が手の中のスマホを奪った。少女は驚いて振り向くが、身長差もあってスマホを取り返すことはできない。その間にもう海月はスマホの画面に出ているのが取引現場指定メールであることを読み取っていた。

（大当たり！）

「返して！　泥棒！」

少女の声に周囲の観光客がぎょっとして足を止めるが、「それで警察を呼ばれたら困るのはあなたじゃないの」と囁くと少女は青ざめて大人しくなった。

「私たち刑事だけど、できるだけ穏便に済ませたいと思っているの。あ、私たちの身分は百々ちゃんが証明してくれると思う。今日一度、会ってるから」

「ももっちが？」

小柄な少女は興奮気味に海月を、そして亘を見上げた。

「私たちを逮捕するの？」

「そうならないようにしたいのよ。事情は大体把握してるわ。だからレオン君のいる場所に案内してくれない？　このこと、知っているのはまだ私たち二人だけなの。どうすればベストな終わらせ方ができるのか一緒に考えたいのよ」

「……ももっちに聞いてみる」

少女は別のポケットから、おそらく彼女自身の携帯電話を取り出すと、海月と亘の写真を撮ってメールを送り始めた。

一連の動作を見守りながら海月は（やっぱりあの子がリーダーなのかぁ）と、森尾百々の挑戦的な瞳を思い出していた。

森尾百々は最初、レオンの居場所へ海月たちを招くことを良しとしなかった。しかし亘が直接の通話で「それじゃ君たち塾の仲間全員のご家庭にパトカーで家庭訪問することになるんだけど」と脅し文句を唱えると、渋々応じた。

三人で再びあかいくつ号に乗って終点の桜木町駅で降りると、赤いカーディガンの少女、小田香澄《おだかすみ》には率先して二人を導いた。塾の前、例の児童公園を通り過ぎ、そして……。

（まさか）

グループの誰の家にしろ、帰宅班なのだから全員近所なのは分かっていたが、案内された真っ白な一戸建てはまさかと思う場所にあった。

「ここ、森尾さん家《ち》の斜め裏⁉」

裏の勝手口から案内されたが位置は間違いない。渋々と出迎えに現れた森尾百々に「もしかして森尾さんの家で私たちと会ったのは、レオン君をこの家に連れて来た帰りだったの？」と訊ねると、涼しい顔で「そうよ」と言われた。

（何なのその灯台下暗しは！）

この家はグループの一員、青柳《あおやぎ》響子《きようこ》という子の自宅なのだそうだ。青柳夫妻は飲食店を経営しており、定休日以外は早朝から夜遅くまで帰らないので、レオン君を匿うのに丁度よかったらしい。

キッチンから入ったのでリビングを抜けて一旦廊下へ出て、そこから改めて二階にあるという響子の自室に向かった。

「そういえばだけど」

階段を上りながら、数時間ぶりに再会した百々に問いかけてみた。

「レオン君の写真、後ろ姿しか撮らなかったのは、瞳に自分の姿が映るのを避けるためなの？」

「そうだけど」

振り向いた百々は、そんな当然なことを何故訊くのかといった顔をした。

「よく知ってたわね、そういうの」

「別に。ネットで話題になったことあるし。彼氏のいない子が『彼に撮ってもらった』ってSNSに写真をUP《アップ》してたんだけど、瞳に自撮りしてる姿が映っててすごく叩かれたの。みんなそれくらい知ってるでしょ」

「みんなではないと思うけど……」

自分は知らなかったとは言い出せず、海月は投げやりな返事をした。

「百々ちゃん、将来警察官にならない？」

行動力や統率力もさることながら、何より彼女には度胸がある。放っておくには惜しい人材な気がして思わず勧誘の言葉を口走ったが、百々には本気の声で「え、やだ」と即答されてしまった。

「警察が嫌いなわけじゃないけど、私、弁護士になる予定だから」

「あー、なんか納得。百々ちゃんならきっとなれるわよ」

お世辞ではなく心からの言葉だったが、海月が笑うとなぜか百々は表情を曇らせた。

「……でも、もう無理かもしれない」

（ん？　なんで）

階段を上りきった百々がドアを開けるとそこは十二畳ほどの洋間だった。大きな窓が二つある南向きの部屋なのに、今は人の目を気にしてか、どちらもカーテンが閉められている。星空柄のカーテンが女の子らしいなと海月は微笑ましくなった。床はふかふかした毛長のグレーの絨毯で、その上にこの部屋には不釣合いな和風の座卓がデンと鎮座している。

「いつも六人で勉強会してるから」と百々が解説した。

座卓の前には四人の少女、そして山盛りのお菓子を前にした、ご機嫌な様子の荒木獅子《レオン》が座っていた。レオンの視線は海月の顔を素通りして亘で止まる。その表情に少し怯《おび》えが走ったが、百々が「この人、お姉ちゃんのお友達」と伝えると「こんにちは」と明るく挨拶した。

(やっと見つけた!)

大さん橋で小田香澄を確保した時点でゴールは確信していたが、レオンの無事な姿を見て、海月はようやく事件の解決を実感したのだ。

予め百々が言いきかせたのか、少女たちは不安げな顔をしているものの抵抗することなく海月たちを迎えた。しかし海月と亘が座卓に近づくと、丸顔の少女(この家の娘、青柳響子だそうだ)がレオンを連れてさっと座卓を離れた。響子は部屋の隅にある学習机の椅子にレオンを座らせると、ヘッドホンをつけさせてパソコンでＤＶＤの再生を始める。その動作を見守っていた百々が同じく彼らを見ていた海月に囁いた。

「あの子に今から始まる会話は聞かせたくないの。心配させるから」

「五歳なのに会話の内容が分かるの？」

「自分のせいでお母さんが叱られるからって、夜中の公園で隠れて過ごすような子だよ？　分かるよ」

やはりネグレクトは終わっていなかったのだ。塾からの帰宅途中、隠れていたレオンを見つけた彼女たちは、児童相談所や大人たちの限界に何を思ったか……。

促されるまま響子とレオンが抜けた場所に亘と並んで座ると、百々が堂々とした口調で「それでは、この狂言誘拐の終わらせ方について会議を始めます」と宣言した。

「いえここは、一番年上の私が仕切ります」

大人の威厳を示しながら海月が反論するが、飄々《ひょうひょう》とした顔の亘に「それよりまずは自己紹介しましょう」と言われて途端に井戸端会議くさくなった。

と言ってもリーダーの森尾百々、案内役だった小田香澄と、この家の青柳響子はもう分かっている。残りの三人のうち眼鏡の子が深町皐月《ふかまちさつき》。あとは背の高い方が城田蓮《しろたれん》、低い方が城田蘭《らん》、二卵性の双子だそうだ。

「私は菱川海月、そしてこれが亘善ね」

後輩を指差して教えると、待ちかねたように百々が口を開いた。

「お二人の階級は何ですか」

「えっ。巡査……だけど」

「じゃ、二人共、全然偉くないんですね」

「悪かったわね」

悪態をつきつつも、巡査が一番下の階級だとよく知っているなと感心した。思い起こせば自分が小学生の頃は、刑事は刑事という階級だと思っていたものだ。

(さすが弁護士志望、ってとこね)

「偉くないお二人に私たちの処遇を決定する権限なんてないと思うんですが、そこのところ、どうなんですか」

「痛いところを突くわね、このお子様は」

ムッとして文句を唱えてみたが彼女の指摘は正しい。さて自分たちにできることは何だろうと悩み始めた海月なのだが、亘がさっさと答えてしまった。

「もちろんないよ。僕らにできるのは、君たちを警察署に連れて行く際に、できるだけ周囲の目に晒されないよう配慮することくらいだ」

亘が柔和な態度だが厳しいことを告げると、少女たちは目に見えてしょげた。

すぐさま立ち直ったのはやはり百々だ。

「配慮って、具体的にはどんなことを？」

「この家にはパトカーではなくタクシーを呼ぶ。君たちは子供なので逮捕ではなく補導になるから、留置所に勾留されることはないし、警察内部の資料に補導履歴が残るけど、それが外部に漏れることはないから安心してほしい。狂言誘拐もイタズラではなくレオン君のためにしたことだと僕らは理解しているから、それを上役にもちゃんと伝える」

未成年であっても重い犯罪は裁判所で裁かれるが、今回の狂言誘拐はそのケースには当たらないだろうというのが亘の見解だ。もちろん警察署でこってり説教はされるだろうが、それで釈放されるなら十分な温情ではないかと、淡々と話した。

「でも親に連絡はするんでしょう。あと学校と塾にも」

「そりゃあ、親御さんに言わないわけには……。学校は上が必要と判断したらだね。塾は捜査中に協力を依頼したから、事情くらいは説明するかもしれない」

「それが一番困るんです」

「と言うと？」

（学校より塾の方が心配ってどういうこと？）

海月が考えていると、亘が「ああ」と短く言葉を発した。

「受験に影響が及ぶんだね」

少女たちは一斉に頷いた。

（あ、そうか……あの塾は中学受験専門の塾だっけ）

「私たちが受験する予定の学校にこの話が伝わったら、絶対落とされると思う。さっき刑事さんは私たちの名前が外部に出ることはないって言ったけど、今はマスコミが報道を控えているだけで解決したら大々的に報じるんでしょう？　『犯人は女子小学生のグループでした』って、それだけで塾のみんなは気づくと思う。私たちが以前からこの家でレオン君の面倒を見てること、塾のクラスで噂になってるから」

「そうなの？」

初耳だ。

「え、じゃあ塾に行った時に講師の先生に聞いていれば、そこでもうレオン君の居場所が判明してたわけ⁉」

思わず叫ぶと「そうかもね」と百々にあっさり認められ、しばし呆然《ぼうぜん》とした。

「……なんという壮大な遠回り……」

「私たち、放課後は交代で塾を休んでこの家にレオン君を匿ってたの。同情してくれた子も多かったけど塾のクラスメートって要は敵じゃない？　誘拐の話が広まったら、同じ学校を受験する子からのリークは絶対あると思う」

「そんな卑怯《ひきょう》なこと」

「だってみんな自分の人生がかかってるんだよ。それに相手にしてみれば補導されるような子が悪いって感覚でしょ。卑怯でもなんでもないよ」

「まさか。そこまでする？」

否定の言葉を求めて他の子の顔を見るが、みんな、百々に同意する形で頷くだけだった。

（子供の世界がここまでシビアだなんて）

ショックから言葉も出ない海月をよそに、百々は暗い表情で背筋を伸ばすと、額が座卓に着くくらい深く頭を下げた。

「だからお願いです、私たちを見逃してください」

「え、え……」

顔を上げた百々は、真剣な瞳で海月と亘に訴えた。

「私たち、もともと夕方になったらレオン君を解放するつもりでした。当然、お金を取る気もありません。レオン君のお母さんに、子供を放ったらかしにするのは危険だって認識してほしかっただけなんです。だからこれ以上事件を起こす気はありません。刑事さんが見逃してくれれば、全部解決するんです」

「そう言われても……」

海月は口ごもりながらチラリと相棒を盗み見た。彼も真面目《まじめ》な顔で百々を見つめ返しているが、何を考えているのかは不明だ。

本音を言うと、海月は少女たちの味方になりたい。レオンの無事は確認できたし、少女たちが二度とこんなことをしないなら、今回の誘拐事件を迷宮入りにして警察が泥を被るくらいはしてもいいんじゃないか……と思い始めていた。そもそも少女たちの「子供が深夜にうろついてて危ない」という訴えを無駄にしてしまったのは大人たちなのだ。

しかし亘は「それはできない」ときっぱり告げた。

「今回の誘拐事件は二百人以上の人員が捜査に動いている。もちろん今この時にもだ。レオン君が解放されて身代金がまるまる荒木さんの手元に残ったとしても捜査は継続されて、その間、捜査に携わる警官は休みなしだ。それにレオン君のご両親……確かに彼らに責任の一端はあるけれど、我が子が殺されるかもしれない恐怖に一日中晒されて苦しんだんだ。君たちはその人たちに謝罪もしないで、勝手に終わったことにしようとしている。それは紛れもない悪事だよ」

静かだが揺るぎない厳しさを示す亘に、少女たちは今までにないほど怯えた。双子などは俯いて泣き出したほどだ。ただ一人、百々だけが亘から視線を逸らさず、断罪されたことに強く反発していた。

「そんなの分かってるよ！　じゃあ他にどうすればよかったの。私たち、警察にも児童相談所にも何度も通報したのよ。レオン君のお母さんに直接文句も言った！　でもあの人、次の日から玄関にも出てこなくなるし、これ以上お母さんを責めないでってレオン君が泣くんだよ。お母さんの目のつく所にいただけで怒鳴られたりしてるのに」

「もしかして勝手に出て行ってるんじゃなくて、お母さんに追い出されてたの？　レオン君は」

「当たり前じゃない。五歳の子が真っ暗な公園に進んで行きたがると思う？　レオン君はお母さんが苛ついているのは自分のせいだと思って我慢してたんだよ。だけどレオン君、私たちが目撃しただけでも、もう何度も車に轢《ひ》かれかけてるの。そのうち本当の誘拐犯だって現れるかもしれない。それでも放っておけって言うの」

　この問いにはさすがに亘も答えられないようだ。口を固く引き結んだまま百々を見つめ返すばかりだ。とうとう海月は降参して小声で隣に助けを求めた。

「ねえ亘、見逃したら……駄目？」

　亘は百々に向けていたのと同じ瞳で海月を見据えると、静かに首を横に振った。

「一般人ならその判断もありでしょう。ですが僕らは警官です。事情が事情だからと目を瞑《つむ》ることを自分に許したら絶対にいけないんです。そういう人は、いずれ歯止めが利かなくなる」

　亘の言葉を聞きながら百々は下唇を噛んで俯いていた。非の打ち所のない正論に海月も口を噤む。文句は言えなかった。なにより、この言葉を告げた亘自身が一番辛そうだったから。

（そうだけど……その通りだけど）

座卓を囲む全員が押し黙ると、部屋の隅で遊んでいるレオンの楽しげな声だけが響く。

少女たちが今までレオンを守ってきたのは紛れもない事実だ。罪を見逃さないのが警官としての義務なら、少女たちの行いに報いるのは大人としての義務ではないのか。

「確かに謝罪もせずに有耶無耶《うやむや》にするのはいけないと思う。でも、この子たちはレオン君を無視することだってできたのよ。受験に差し障りがあるから仕方ないねって、自分たちの保身を第一にしたって誰も責めたりしないのに、そうしなかった。私はこの子たちに、人助けなんてしなければよかったなんて思わせたくない」

「見逃したいってことですか」

「そうじゃないわよ。ただ……」

話が平行線になり始めたその時。コンコンと、ドアが――いや窓ガラスがノックされた。

「今の……誰⁉」

その場の全員の産毛がゾワッと逆だった。ここは二階だ。窓の外に小さな庇《ひさし》はあるようだがそれだけだ。

（ひょっとしてＳＡＴに踏み込まれる？　居場所がバレたの）

（いいえ。突入部隊ならノックはしないでしょう）

海月と亘は目で会話しながらカーテンの引かれた窓辺に忍び寄った。星空柄の遮光カーテンは外界の風景を完全に遮断している。しかしこれは直感なのか、窓を隔ててこちらの様子を窺《うかが》っている人間の存在を確かに感じるのだ。でも。

（一人しかいないような……）

少女たちは既に部屋の隅へ移動している。それを確認してから、海月は意を決してカーテンを全開にした。

窓の向こうに見たもの、それは。今朝がた海月が突き飛ばしたナイスミドルのおじ様が、笑顔で手を振る姿だった。

「あーーっ!!　おじ様・オブ・ザ・イヤー！」

声が隣家に聞こえるのを気にしてか、おじ様は口は開けずに自分のスマホの画面をガラスに押しつけてきた。そこには『開けて』という文字と共に、コミカルな動きをする変なうさぎのスタンプが添えられている。

「どうしよう、この人、変人だ。ねぇわた……」

横を見ると亘は凍りついた表情で呆然とおじ様を見据えていた。彼は無表情のまま窓の鍵を開けるとガラス戸を開き、そして間髪入れずにおじ様の腕を引っ張って室内に放り投げた。

「きゃーーっ」

と悲鳴を上げたのはおじ様ではなく少女たちだが、おじ様の心境も同じだったろう。

幸いおじ様が落ちた場所はテーブルではなく絨毯の上だったので、彼は見事な受け身で一回転すると、ご丁寧に靴を脱いでから立ち上がった。

亘はそんなおじ様の行動には目もくれず冷静に窓を閉めていた。そして再び施錠、カーテンを閉め終えると、やっと室内へと振り向いた。

「どうやってここへ来たんですか」

(うわ、超絶に不機嫌だわ)

場の空気を氷点下にしそうな陰険口調は少女たちまで震え上がらせた。なのにおじ様は嬉しそうに微笑みながらノリノリで返事をする。

「いやぁ最近ボルダリングに凝っててね。窓や庇が三センチ出っぱっていれば余裕で登れるんだよ、これが」

「そうではなく、どうやってこの家にたどり着いたのかと訊いているんです」

そう言って亘はおじ様に迫っていく。自分よりやや背の低いおじ様を見下ろす彼はまるっきりカツアゲを迫るヤクザの図で、少女たちの怯えは更に酷くなった。

「亘、子供が怖がるから自重して」

「…………」

無視された。この場は自分が仕切った方がいいかもしれないと思い、亘を押しのけておじ様に声をかけた。

「すみません、私もおじ様がどうやってここへ来たのか気になります」

「おじ様?」

「朝、遊園地の横で会いましたよね。まさかあれも偶然じゃなく私の後をつけていたんですか? もしかしてストーカー……」

「先輩、多分違います」

横に押しやっておいた亘がまた、海月とおじ様の間に割って入った。

「この『おじさん』は先輩ではなくて僕をつけて来たんです。尾行に気がつかなかったのは全くもって僕らの落ち度ですが」

「へ? 亘のストーカーなの?」

不機嫌顔の亘とニコニコと微笑むおじ様を交互に見比べて、やっと思い当たった。

「つまりホ」

「なんで先輩の閃きっていつも下品なんですかね!」

「あのー、自己紹介しても構いませんか」

不毛なやり取りに痺《しび》れを切らしたのか、おじ様はわざわざ許可を求めると、笑顔で海月に告げた。

「松濤院憲昭といいます。善の父親です」

「おとーさん……？」

脳の働きが一瞬フリーズした後。

「ってことは本部長⁉」

やっと正解にたどり着いた途端、もっと深刻な状況に気がついた。

（あれ？　じゃ、見逃すも何もとっくに捜査本部にばれてるってこと？　それより今朝私が突き飛ばしたのって暴行罪よね。一巡査が県警本部長に暴行傷害で懲戒免職⁉）

「…………もうダメ、眩暈《めまい》が」

思考の限界を超えて脳がオーバーヒートした。少女たちは単純に「刑事さんのお父さん？」「職場参観？」と、いい歳をした大人がなぜ子供の仕事を見に来ているのか不思議がっていたが、百々だけは違う反応を見せた。おじ様、もとい松濤院本部長の前に進み出ると堂々たる態度で話しかけたのだ。

「本部長さんって、県警で一番偉い方ですよね」

（だからなんで知ってるのよ、最近の小学生は！）

百々の予想を上回る反応に、海月は正気を取り戻した。自分が小学生だった頃を思い起こせば、間違いなく百々より数段アホの子だった。これが世代の違いか、もしくは単に海月がお馬鹿なのか。

（なんか悔しい……）

本部長は百々を見下ろすと「そうだけど、何かな」と紳士的な態度で微笑むが、同じく紳士的口調でこう続けた。

「申し訳ないけど、私だって見逃すことはできないよ」

「話、全部聞いてたんですね。盗聴器ですか。それともあの二人が携帯を通話状態にして」

百々が忌々しげな目を海月と亘に向けたので、海月は慌てて「ないない！」と手を横に振り続けた。

「いやいや、これだよお嬢ちゃん」

本部長はそう言ってポケットからマイクとイヤホンが接続された手のひら大の四角い機械を取り出した。

「コンクリートマイクですね。壁越しに室内の音を拾うっていう」

(だからなんでコンクリートマイクを知ってるのよ、この小学生は)

しかし、それであっさりと疑いは晴れたのか、百々は海月を振り返ると「疑ってごめんなさい」と謝った。彼女は謝罪を終えると再び本部長に向き直る。その表情は、何かの決意を秘めているようだった。

「じゃあ、主犯は私だから補導するのは私だけにしてください。みんなはこれが本当の誘拐だと知らずに私のごっこ遊びにつき合ってただけなんです」

明らかだ。

「ふむ」

本部長は目を見張ると興味深げに微笑んだ。友人を庇う少女の心意気に感心したのは
「うんうん、なるほど」

と曖昧な返事をしながら百々の頭を優しく撫でた。

「見逃すことはできないし親御さんには報告するが、塾や学校やマスコミのみんなには、犯人が君たちだと推察できないようにしてあげよう。それでどうかな」

「そんなことが可能なんですか」

鋭く追撃したのは亘だ。彼は父親がいい加減な安請け合いをしていると感じたのか（あるいは単に父親が嫌いなだけなのか）、口調には険があった。

「できるよ。でも善くんには無理だ。私くらい偉くないとできない裏ワザなんでね」

本部長は意地悪くにんまり笑う。明らかに亘をからかっている様子だ。当然のように亘はムッと眉間に皺《しわ》を寄せるが、少女たちを救うのが先決だと堪えたようだ。

「……ということでいいかな、お嬢さん」

「へ？　私ですか！」

急に話を振られておののいたが、海月としても異論はない。お願いしますと頭を下げると、本部長は満足げに微笑んで次々に指示を出した。

「では、まずは捜査本部に事件解決の連絡を入れなさい。なにはともあれ人質の無事を早く皆に知らせないと」

「は、はい」

「次にタクシーで子供たちを全員連れてきて。ただ、大通り署と県警は記者が張り込んでいるから、行き先は意表をついて港みらい署にしよう。捜査本部には私が話をつけておくから」

「はい」

「それと、すまんが私は先に帰るよ。記者会見の準備をしないと」

「会見？」

「うん、楽しみだねぇ。ふふふ」

本部長は絨毯の上に脱ぎ捨ててあった自分の靴を拾うと、うきうきと軽快な足取りで今度はドアから出ていった。閉める前に振り返って「じゃあ善くん、またね」と一言残して。

暫《しばら》くして、家の正面玄関から本部長が出て行く音が聞こえると、海月も少女たちもやっと金縛りが解けたように動きだした。

「…………えーと……信じていいのよね」

「まあ、仕事に関しては有能らしいですよ。あれで」

そう言った時の亘の表情は一瞬、誇らしげに見えたが、すぐにまた例の不機嫌な顔に戻ってしまった。

「刑事さんのお父さんって……」

百々が夢でも見ていたような表情でドアを見つめながら呟いた。

「変な人ですね」

「それ、念を押さなくても、みんなそう思ってるから」

海月が呟くと、その時だけ亘も大いに頷いた。

8. 大団円

　その日の夜遅く、後半の勝手な行動を咎《とが》められ『沙汰《さた》あるまで自分の巣（港みらい署）で待機』を命じられていた海月と亘は、なぜか応接室に呼び出された。

　港みらい署には来客用の応接室が二つある。一つはごく普通のオフィスにあるような、対面式のソファセットが置かれた個室。もう一つは、移築された歴史的建造物部分（二階）にある文化財指定もされている特別応接室だ。

　天井のシャンデリアやマホガニー材で作られたテーブル類は全て明治時代の骨董品《こっとうひん》で、普段は立入禁止の赤い縄を張った上で扉を開け放して、市民が自由に見学できるようにしてある。極《ごく》たまに、本当に限られた特別な来客があった時だけ、応接室として使用するのだ。

　そして今夜、内線電話を通じて二人が呼び出されたのは特別応接室の方だった。この時点で誰が来ているのかは明白だったが、それでもドアから一歩中に踏み入った瞬間、海月は精神攻撃を受けて心臓が潰れそうになった。

　マホガニーのテーブルには、昼間とはまた違うクラシカルスーツを完璧に着こなした松濤院本部長の姿があった。ピンと背筋の伸びた彼の右手には、横浜の歴史を感じさせるボーンチャイナのティーカップがよく似合っていた。

（やっぱり写真撮りたい！）

　彼は海月の心の声なんて当然知らずに、紅茶の香りを楽しむように口元で数秒カップを静止したのち、おもむろに口をつけた。そして。

「うあっちぃ！」

　カップを少し傾けただけなのに慌ててソーサーへ戻すと、両手を口元に添えながらスーハーと冷たい空気を取り込んでいた。どうやら猫舌だったようだ。

「あ、あのー……大丈夫でしょうか」

　海月が探るように訊ねると、やっと自分たちの存在に気がついたらしい。舌を火傷して喋れないのか無言でニッコリ笑うと涙目で頷いていた。

「お一人ですか。てっきり石川さんが同席していると思ったんですが」

　亘が冷淡に口を挟むと、舌を冷まし終えた本部長は困り顔で「うーん。彼、悪い人じゃないんだけどちょっとうるさいし……」と身も蓋もないことを呟いた。

（石川係長。私は優しいから、今の言葉は胸に秘めておいてあげますね！）

　海月は聖母にも似た気持ちで決意した。

　人払いをしてあるのか、その後、応接室の人数が増えることはなかった。二人は本部長に勧められるままに着席すると、予め用意されていた空の茶器にポットから自分で紅茶を移した。

「さて」

と一言前置きをした本部長の雰囲気が、ほんの微《かす》かだが鋭く変化した。

「今日の夕方、捜査本部を解散したあと記者会見を行ったわけだが、それは見てくれたかな」

「はい」

海月は勢いよく答えたあと、小さく付け加えた。

「テレビのニュースでなら、ですけど」

「ああ、それは丁度よかった。画面のテロップを見てもらいたかったのでね。で、どうでしたか。君らの納得がいく形になったと思うんだが」

二人は目を合わせ、若干戸惑いながらも頷いた。


今から五時間ほど遡った本日の夕方、県警ビルのエントランスホールで行われた記者会見は、記者団の間で異例な盛り上がりを見せた。普段ならば所轄の署長あたりが行う発表を県警のトップである松濤院本部長が執り行ったことで多大な注目を集めた。しかし事件内容が『小学生グループによる誘拐』というかなり特殊なものであったことが明かされると、県警のトップが出て来るほどの異常事態だったのだと納得したようだ。

子供たちに同伴して港みらい署に来ていた海月と亘は会見を直接見ることができなかったので、夕方のニュースで編集された映像を見ていた。時間の問題もあってニュースでの会見内容は当然端折《はしょ》られていたが、締めの文言だけは何度も繰り返し流れた。

『……犯人グループが全員少年であることを鑑みて、生活安全課による補導が適切と判断しました。我々は彼らが十分に反省してくれたものと信じております』

本部長が随所で少年、彼らと連呼したお陰か、ニュースのテロップも夕刊の見出しも全部『小学生男子六人グループによる犯行』となっていた。

「記者会見で事件内容をどこまで発表するか決める権限はこちらにあるんだ。必ずしもすべてを明かす必要はないのだよ。マスコミが『男子による犯行』と間違った報道をしたからって訂正させる義務もないしね。そもそも司法用語では六歳から十八歳くらいまでの未成年は男女の区別なく『少年』となっているんだから、嘘を言ったわけでもない」

本部長は白々しく肩を竦めてみせた。

「事情聴取は今日と明日で終わらせるように言ってある。彼女たちも月曜日には普通に学校にも塾にも通えるだろう」

「あ、ありがとうございました」

もう全面的に降参するしかない。なにしろ彼は一切の違反を犯すことなく、少し言葉を選んだだけですべての問題を解決してしまったのだから。いきなり窓から現れた時はどうなることかと思ったが、あの場に彼が来てくれて本当によかった。

「荒木夫妻とレオン君は今後どうなりますか」

一番気になっていたことを海月は訊ねた。少女たちが助かったのは嬉しいが、レオンの待遇が変わってくれなければ意味がない。

「初美さん、夫の浮気が発覚するまではいいお母さんだったそうなんです。処罰ではなく児相への一時預かりなどで対処してあげればきっと」

「ああ、それね。離婚するって」

本部長は紅茶をちびちび口に含みながら、さらっと告げた。

「は？」

「母親が自分から言ったんだよ。やっと踏ん切りがついたってさ。離婚して、実家に頭を下げて子供と一緒に帰らせてもらうって」

そもそも荒木初美が実家の両親と絶縁していたのは、過去に複数回の浮気と離婚歴のある斉三との結婚を反対されたからだった。斉三は結婚当初こそは優しかったが、レオンが生まれた頃から徐々に本性を現して外泊が多くなっていったそうだ。しかし反対を押し切った手前、初美は自分の結婚が失敗だったことを認めるわけにはいかなかったのだ。

「今までは治療も近所の噂になるのが怖くて受けていなかったそうだが、今後は実家できちんと静養するそうだ。私もご両親と電話で話したが大丈夫そうな方たちだったよ」

「電話⁉　したんですか。本部長が直接」

「ああ。もしも行き場がない親子だったら最悪心中なんて考えかねないしね。二人の安全が確認できるまで、私の判断で介入させてもらうことにした」

「そこまでしてくれるものなんですか。誘拐捜査って」

「さぁて、どうだろう」

本部長ははぐらかすように呟いて、ふふふと笑うだけだった。

彼の言い分はもしかすると親切心ではなく、利己的な判断から出ているのかもしれない。今回の誘拐事件の動機が明かされると、一時的にではあるが児童相談所と警察へ批判の電話が相次いだ。世間の注目を集めた親子に万が一の事があれば、警察への批判は今までの比ではなくなる。しかし電話なんて普通なら部下にやらせることだ。

「あと、もう一つ訊きたいことが。捜査本部のみなさんの反応はどうでしたか」

「うん、喜んでたよ。人質も身代金も無事で犯人は既に改心してて。いい事尽くめだね」

「え⁉」

予想外の返事に海月は本気で驚いた。今回の事件は、言ってみれば子供に振り回された一日だったわけだ。少女たちにも事情があってのことだったが、悪質ないたずらと同等と捉える者がいてもおかしくない。

「怒ったり子供たちに腹を立てたりはしなかったんですか？　捜査だって徒労に終わって」

本部長は「そこはね」と前置きすると、優し気に微笑んだ。

「今日の捜査を徒労と感じる者が居たとしたら、それは彼らをきちんと労《ねぎら》わない上役の責任だ。違うかね」

表情は柔和なおじ様のままだが、力強い口調は彼が紛れもなく上に立つ者だと再確認させた。海月は羞恥心からカップに視線を落とした。ベスト・オブ・おじ様は本当の意味で中身も最高の人物だったのだ。今まで名前も知らなかったなんて本当に申し訳ない。

本部長はそれから雑談めいたことを話しながら少しずつ紅茶を空けると、徐《おもむ》ろに席を立った。

「さて。私は県警に戻るが、なにか質問は？」

「そういえば私たちの処罰は」

今回は本部長の慈悲深い面を見たが、それはあくまで一般人に対してだろう。もしかしたら息子に甘くて、ついでに海月もお咎めなしになったりしないかなと淡い期待を抱いたが、「港みらい署の刑事課長に任せたから、そちらに聞きなさい」とさらっと流されてしまった。

(まあそうよね)

「だが、子供たちの信頼を得るために、あえて近い年頃の二人だけで近づいたという事情は説明しておいたから、多少は考慮されるだろうね」

(近い年頃って、私たちは子供扱いなんだろうか……)

ドアに向かった背中をぼんやり見送っていると、本部長の手がノブに触れる直前に、隣の空気が動いた。

「なぜわざわざ来たんですか」

「んー？」

本部長は振り返ると、発言者の亘を黙って見つめた。どちらが会話の糸口を持ち出すか、お互いに相手に押しつける気だったようだが結局は亘が根負けした。

「犯人の潜伏先を知るために僕たちの後をつけてきたのは分かりますが、それ以前にあなた自身が僕を見張っていたのは何故ですか。ついでに先輩をつけ回していたのも」

「それは誤解だ。お嬢さんは、港みらい署に行こうと思って歩いていたら、たまたま進行方向が一緒だったんだよ。善くんの後をつけていたのは本当だけど」

息子にストーカーを見るような冷たい目をされたせいか、本部長は慌てて言い繕った。

「いや、友人に、息子が港みらい署で刑事をやってるんだよ、そのうち会えないかなぁって言ったら『自分で会いに行け』って言われたもんだから、そうしてみたんだよ。そしたら入れ違いで合同捜査に向かったって聞いたからさ」

「そうですか。ではそのご友人に余計なお世話はご無用ですとお伝えください」

「お互い近況報告くらいした方がいいそうだよ」

「相続税問題は解決したのでご心配はいりません。過日は葬儀にご参列くださり誠にありがとうございました。今後二度と顔をお見せにならなくて結構です、それでは」

「あ、そうだ善くん！」

慇懃無礼《いんぎんぶれい》な扱いにもめげず本部長は自分のスマホをポケットから出すと、亘に向かって笑顔で突き出した。

「メアド交換しよう！」

「お疲れさまでした！」

亘はダッシュで駆け寄ると本部長を押し出してドアを閉め、即座に鍵を掛けた。ドアの外では二、三度ノックがなされたがわりとすぐに諦めたようで、あっさりと立ち去る気配がした。

それからたっぷり一分待って、本部長が戻ってこないのを確信した亘は大きく息をつくと、やっと海月に目を向けた。

「すみません。ドアを開けるとまた入ってくるかもしれないので、しばらくこの部屋にいてもらえませんか」

「え……まあいいけど」

(完全に害虫かなにかの扱いだ)

幸いティーポットにまだ紅茶が残っていたので、二人のカップに注いで休憩時間だと思うことにした。亘は席に戻ると海月の注いだ冷めた紅茶を飲み干した。あとはひたすら無言だ。

(うーん。訊くのは野暮かもしれないけど、やっぱり気になる)

相続やら葬式やら、普通に考えたら両親が離婚して、自分を引き取った母親は亡くなったという事情が一番当てはまりそうだが、中華街で訊いた時、亘は両親の離婚は否定していた。

(どういう訊き方なら野次馬っぽくならずに済むんだろう。気になるから、じゃダメよね、あなたが心配なのって雰囲気で押せばいけるかも)

海月はカップを置くと意を決して話しかけた。

「そろそろ教えてくれない？　本部長とはどうして仲違《なかたが》いしてるの」

「それには触れたくないと昼間言いませんでしたっけ」

「だって気になるんだもん」

よし、と力強く頷いた二秒後、海月は自分でテーブルに額をゴスッと打ちつけていた。

（間違えたーーっっ）

そのまま額をテーブルにグリグリ擦りつけている海月の変態な所業に、亘は引きながらも「先輩、そこは嘘でも『心配だから』と言うべきじゃないかと……」とアドバイスしてきた。

「そうなのよ、私もそう言いたかったんだけどね！」

痛む額をさすりながら力説すると、亘はこの部屋に来てから初めて苦笑して、肩の力を抜いた。

「そんなに珍しい話でもないですよ。七歳の時に、僕が母方の祖母の養子になったというだけです」

「そりゃまたなんで」

「相続税対策とか、いろいろありまして。父もあの通り忙しい人間ですが、母も自分の会社をいくつか経営していて子供の面倒を見る暇がなかったんです。祖母は隠居していましたから丁度よかったんでしょう。なので本部長は確かに肉親ですが戸籍上は他人です」

「でも、世話ができないにしても休日はどちらかの家に行き来するとか、そういうのもなかったの？　十五年以上会ったことがなかったなんて」

亘は少し考えるように目線を上に向けたが、深く追及する気はなかったようだ。「僕の知っている限りではなかったですね」とあっさり答えた。

「祖母が彼を嫌っていたので何か言ったのかもしれません。祖母は母とは連絡を取っていたようですが、それも必要な時だけだったようですし」

「じゃあお葬式っていうのは、お祖母《ばあ》様の？」

亘は小さく頷いた。

「亡くなったのは僕が大学に在学中のことでした。祖母はクリスチャンだったので年忌法要のようなものはありませんから、父に会ったのは二年前の葬儀の日が最後です。その時も、お互い弔問の挨拶しかしなかったんですが……ただ、僕はそれを憎いとか悲しいとか、そういう風に感じたことは一切ありません。幼い頃は多少思うところもありましたが、祖母が保護者として必要なものを全て与えてくれましたから」

そう語る亘の表情に嘘は一切感じられなかった。

「父や母に対しては他の親戚と同じような感覚なんです。必要なら会話もしますがプライベートでまでつき合う気にはなれません。それは両親も同じだったはずなんですが」

「友人とやらに諭されたんじゃないの。さっきご本人が言ってたじゃない」

「他人に言われたくらいで応じるような性格なら、そもそも養子に出してないと思うんですが。……だから何で今更父親みたいなことをしたがるのか……本当に、理解不能です」

そう言った時の亘の口調には、戸惑いとは別の複雑な感情が見え隠れしていた。

（やっぱりわだかまりがあるんじゃないの）

でもそれは口にはしなかった。きっと本人自身にも説明できない何かがあるのだろう。だから今は、海月もそれに気がつかないふりをして、明るく「そっか」と呟くだけだった。

翌日の日曜日。

港みらい署に出勤した海月が開けっ放しの大扉から玄関ホールに入ると、見知った顔の三人が正面から歩いてきた。

「あ！」

「昨日の刑事さん！」

三人は森尾親子だった。今日の百々は紺色のスカートにジャケットという正装風で、森尾夫妻は二人ともスーツ姿。百々は満面の笑みを浮かべていて、初めて見る年相応の表情に海月は一瞬面食らったが、考えてみれば昨日の彼女は極度の緊張下にあったわけで大人びたあの表情は無理をしていたのだろう。

「昨日は娘が大変お世話になりました」

二日酔いは快癒したのか、森尾巧は滑舌よく述べた。

「娘から、一番親身に諭してくれたのが亘さんと菱川さんだったと聞きました」

「諭すというか、私たちも一緒になって右往左往していただけなんです」

海月が苦笑しながら本音を漏らすと、百々が「でもそれが嬉しかったの」と告げた。

巧の話によると、森尾親子三人は今回の誘拐事件に携わった県警の特殊捜査犯係や所轄署を回って、朝からお詫びの挨拶回りをしていたのだそうだ。ちなみに発案者は松濤院本部長で、つい先ほどまで森尾親子に同行までしてくれていたという。

「随分面倒見がいいんですね、あの方……」

思わず呟くと、「本当にそうですね」と夫妻も笑顔で頷いていた。

(なんだか底抜けにいい人な気がしてきたけど)

昨日は変人のイメージが強くて若干引いた海月だったが、総合的に見てみれば気さくで仕事もできる素敵なおじ様という気がしないでもない。それだけに、親戚のようなものだと言いながら、その実がっつり嫌っているとしか思えない亘にモヤモヤしたものを感じる。

(亘も、もうちょっと歩み寄ってもいいんじゃないの……?)

物思いに耽《ふけ》っていた海月だが、森尾夫妻に「でも、ここで菱川さんに会えてよかったです」と感謝されて慌てて意識を彼らに戻した。

「さっき刑事課のお部屋に行ったら、まだ出勤してないって言われて帰るところだったの」

「あー、日曜日は本当ならお休みの日だから、ついゆっくり出勤しちゃったんです。ごめんなさい」

　海月はそれらしく言いつくろいながらも、気まずさから明後日の方向へ目を泳がせる。本当は始末書を書くために早出しろと言われていたのだが、寝坊して遅刻したのだ。

（でも悪いのは、散々人を待たせておいてすっぽかした係長と刑事課長よね！）

　昨夜《ゆうべ》はその二名に待機を命じられて待っていたのに、終電がなくなっても二人は現れなかったのだ。要するに忙しさにかまけて忘れられたというわけだ。亘とは気まずい空気のまま駅まで一緒に歩いたが、そこでそれぞれ別方向のタクシーに乗ったので、後のことは知らない。

　それから二、三の言葉を交わしたあと、森尾親子はこれから少女たちのそれぞれの家にお詫びに行くと告げて頭を下げた。

「それでは、亘さんにもよろしくお伝えください」

「あれ？　三階で会わなかったんですか」

　もしや亘も遅刻かと勝手に安心していたら、百々がふと表情を曇らせて言った。

「刑事課のお部屋に行ったら無断欠勤してるって言われて。日曜日だけど、昨日は来るって言ってたんでしょう？　頭がモサモサした刑事さんが連絡がつかないって心配してたけど……」

（え？）

「でも菱川刑事さんみたいに遅刻かも」

「そうかも……じゃあ、百々ちゃんたちが来たこと、ちゃんと伝えておくから」

そう言って無理に笑って三人を送り出した海月だが、にわかに不安に襲われた。

（無断欠勤なうえ連絡がつかないって……亘に限ってなくない？）

失踪？　という不吉な二文字が浮かんだ。

第2話　家庭訪問は事件のはじまり

1．丘の上に行こう

　事件のない平日は、毎朝八時半に出勤するのが一応の決まりになっている。誘拐事件が発生・解決した土曜日の翌々日——つまり月曜の朝のこと。刑事課の自分の机にいた海月は、同じく係長の席に座る石川に呼ばれ、こう言われた。

「くらげちゃん。一緒に善くんの家に行こう」

「え、嫌です」

　即答した。当然だ。しかし石川的にはあり得ない答えだったらしく、彼は勢いよく立ち上がると机を叩《たた》いた。

「冷たいな！　君たちはバディだろう、心配にならないのか！」

「あーそうですすねぇ」

　海月は平坦《へいたん》な口調で呟《つぶや》きながら（この部下バカなんとかならないかなぁ）と上官に対し失礼なことを考えた。

「だってまだ九時ですよ。ただの遅刻でしょう」

　しかし石川は青ざめた顔で、自分のスマホを印籠のように海月に見せつけた。

「善くんが電話にもメールにも応答しないんだ。昨日からだぞ。昨日は日曜だが、例の件で課長に呼び出されていたことは、くらげちゃんも知ってるだろう」

（だから余計にサボったんじゃ……）

と危うく自分基準で語りかけたが、確かに亘は春に辞令が下りて以来、一昨日まで無遅刻無欠勤だった。それに連絡がつかないのは刑事として致命的ミスといえる。

「そうですね、ものすご～～く確率は低いですけど、何かあったのかもしれません」

「だろう！」

「でも家庭訪問なら係長が一人で行けばいいじゃないですか。何で私まで」

「いやしかし」

石川はなんだか歯切れ悪くモゴモゴしている。よくよく聞き耳を立てると「一人で訪問するのは怖いじゃないか」と呟いていた。

「子供ですか」

「だってくらげちゃん、善くんのご実家はものすごいお金持ちなんだぞ。執事とか出てきたらどうするんだ！　テーブルマナーとか俺は知らんぞ！」

「別に会食に行くわけじゃないんだし……」

しかし面倒くさがりやの海月は二回りも年上のおっさんを説得する気にはなれず、結局、帰りに中華街で昼食を奢《おご》ってもらうという条件をつけて同行を承諾した。

さすがに警察車両を使うのは気が引けたのか、亘の自宅へはタクシーで行くことになった。海月は横に座る石川が「山手町××番地」と横浜一の高級住宅街の地名を告げるのをぼんやりしながら聞いていた。

横浜の山手町といえば、頭に浮かぶのは数々の西洋館だ。幕末の開港以来、この地は外国人の居留地だったこともあり、多くの洋館が立ち並んでいた。残念ながら現在一般公開されている西洋館のほとんどは余所《よそ》から移築した物だったが、町全体がかつての洒落《しゃれ》た雰囲気を色濃く残しており、見晴らしの良い丘の上ということもあって観光客に人気の散歩コース、そしてセレブが居を構える高級住宅街となっている。

亘が山手の自宅から自家用車、たまにバスで通っていることは知っていたので、海月は少し前まで（県警本部長ってお給料いいんだな～）と思っていたわけだが……どうも先日の会話からすると、山手の持ち家とは母方の祖母のものだったようだ。

（てことは、お金持ちはお母さんの方だったわけね。まさか本部長が逆玉だったとは）

平日ということもあってタクシーはスムーズに走っていく。運転手は無口な男で車内にはタイヤが路面に擦れる音しか聞こえない。しんと静まった空間が小学生の頃から苦手な海月は、自分から話し始めていた。

「そういえば係長は、亘が本部長の息子だってどうして知ってたんですか。苗字が違うのに」

「ん？　ああ」

石川は鼻の頭を掻《か》いた。

「善くんの辞令が下りた際、本部長が訪ねてきた話はしただろう。小学生の頃に母方の祖母の養子に入ったという話を、その時に本部長から聞かされた」

「私は一昨日聞いたばっかりなんです。で、他人の家庭の事情をどこまで話題にしていいものか、悩んでいるところなんですが」

亘本人に口止めはされなかったが、吹聴されるのはきっと嫌だろう。

「うーん、しかし改めて話したことはないんだが、班のみんな、知ってる感じだぞ。多分本部長と苗字が違うことを誰かが口にして、善くん自身が話したんだろうな」

「そういえば本部長の苗字は松濤院《しょうとういん》でしたね」

とそれらしく相槌《あいづち》を打ったが、本当は一昨日知ったばかりだったりする。

「でもそれなら、私に家庭の事情を漏らしたことを後悔して出勤拒否って線はないですね。良かったー」

「いや良くない。依然、原因不明の音信不通じゃないか」

石川が釘《くぎ》を刺すように、事態は一ミリも進展していない。かといって海月の方は慌てる気は全くないのだが。

「家に行ったら、案外寝坊してるだけかもしれませんよ。今日って事件のない平和な日じゃないですか。そういう時の亘って、わざと馬鹿なことするんですよ」

「なんでまたそんなことを」

「そりゃ勿論《もちろん》、私に叱られるためです！」

海月は胸を張って断言するが、亘の性癖を未《いま》だに信じない石川は胡散臭《うさんくさ》そうに見返してきた。

横浜の山手地区は、港を見下ろす高台の山頂から麓に向かって広がる一帯を指す。先日の取引現場の一つ、港の見える丘公園があるのもこの山手町だ。ただしこれから向かう亘の家は東西方向に長く伸びる丘の真ん中あたりに位置しているようなので、海は望めないだろう。

長い急坂（一昨日走って上らされた谷戸坂だ）を登り切り、丘の稜線《りようせん》上に作られた本通りを更に数キロ進んだ所で二人はタクシーを降りた。このあたりまで来ると、公園や西洋館の数も減り観光客の姿もまばらだ。それでも歩道沿いの石垣や看板には異国を彷彿《ほうふつ》させるデザインが残り、近年新しく建てられた家々も西洋風の洒落た意匠が施されている。

「係長、本当にこの住所で合ってるんですか？」

海月はタブレット上の地図と石川に渡されたメモ書きを何度も見比べた。

亘に買ってもらったこのタブレットには、世帯主名まで細かく記載された有料地図が入っているのだが、入力した住所区画の境界線は公園と間違うレベルに広いのだ。しかもそこは本通りにこそ面していないものの枝道に入って徒歩数分という贅沢《ぜいたく》な場所なので、地価も相当高いはずだ。

（いくらお金持ちでも、個人の住宅なら限度ってものがあるでしょうに）

実際、その周囲に建っている個人所有の邸宅は、亘の家（？）の敷地面積と比べるとどれも五分の一以下だ（それでもどこも百坪以上ありそうなのだが）。

「しかもこの番地だと所有者の名前が空欄だし……ほんと、間違ってません？」

「や、でもここは丘の上だからな。地図上の敷地が広くても、その半分以上が家の建てられない急斜面という可能性もあるぞ。とりあえず住所の場所に行ってみようや、どれ」

そう言うと石川は海月の手からタブレットを取った。

「あ！　勝手に持っていかないでくださいよ！」

「まあまあ。ちょっと貸してくれ」

石川は海月が伸ばす手を軽くいなして歩いて行く。スマホより大きいモバイル端末を持ったことのない石川は大きい画面を覗《のぞ》きたくてウズウズしていたようだが、個人的なデータのあれやこれやが入っている物を持っていかれるのはたまらない。

「ご自分で買えばいいじゃないですか……」

と、自分は亘に買ってもらったことを棚に上げてひと言文句を呟いた。

足取り軽い石川について枝道に入ると、左右を塀に囲まれて徐々に見通しが利かなくなってきた。道幅が車一台分しかないのは、古い時代の道がそのまま残っているからだろうか。五分ほど進んでいくと、左側に一際背の高いレンガ造りの塀が出現した。赤いレンガに鮮やかな緑色の蔦《つた》が絡む姿はなかなか良い被写体になりそうだが、その先にある鉄の門扉はもっと美しかった。

二本の門柱に支えられた鋳鉄の両開きの門は、同じく鉄で作られた蔓《つる》植物の装飾が複雑に絡んでいた。この手の装飾は職人の完全な手作りなので、制作に相当の手間がかかると聞いたことがある。

鉄柵の隙間から覗きこむと、程よく刈り込まれた芝生と背の高い木がまばらに植えられた庭園があり、長くうねった小道の遥《はる》か向こうに大きな洋館が見えた。ここからだと建物の横側しか見えないので全容は不明だが、大きな玄関ポーチのある二階建ての木造建築のようだ。屋根の上には灰色の石瓦が鱗状《うろこじょう》に並び、横向きに張られた白い板壁には濃い緑色に塗られた窓枠や柱がくっきりと浮かび上がっている。観光客向けに開放されている他の洋館にも劣らない立派な建物だが、門が固く閉じられているところからして（これは違うな）と察せられた。

そう思いながら門柱を見上げると、海月の頭の高さに『横濱蠶繭貿易保養所』と鋳造された小さなプレートがあった。

「よこはま…………ま……」

（わからん！）

海月は早々に読み上げるのを諦めた。錆《さ》びのないプレートはわりと最近作られた風だが、この謎な文字は多分旧漢字だろう。

（まあ、どこかの社名なんだろうなぁ）

思わず足を止めてしまったが、これ以上ここにいたら石川に置いていかれてしまう。そう思って門から離れた海月だったが、その石川は戸惑い顔で数歩先で立ち止まっていた。彼はタブレットの画面と、門の向こうの建物を交互に眺めて首を捻《ひね》っている。

「……多分ここだぞ」

「は？」

「住所の番地。この塀の中がそうなんだ」

「え？　まさか」

海月も石川の顔と塀の中の洋館を見比べた。

「いやいや、ここ、保養所って書いてあるじゃないですか。横浜んんん貿易の」

指さすと、石川は初めてプレートに気がついたらしい。一瞥《いちべつ》した後、呆《あき》れた顔で海月に向き直った。

「なんだ、んんんって。蠶繭《さんけん》だろ。蚕《かいこ》の旧字だよ」

「係長読めるんですか！　さすが老境に差しかかってウン十年ですね！」

「いやくらげちゃんって三代前からのハマっ子だって言ってなかった？　逆に何で知らないんだ、開港当時からある会社だぞ。さては貴様、東京都民か！　横浜市歌を歌ってみせろ！」

「歌えますよ！　わーがー日《ひ》の本《もと》はしーまぐによー」

なんて言い合っていると、背後から「何やってるんですか。人の家の前で」と声が聞こえた。二人同時に振り向くと、そこには厚手の黒いオーバーを着込みマスクをした亘が立っていた。オーバーはどう見ても真冬用だ。

「……今日そんなに寒い？」

「いえ、これを着ろって押しつけられたんです。でも暑さに耐えるのもある種の快感なので、これはこれで……って、そんなことより何してるんですか。お二人共」

(押しつけられた？　誰に)

いろいろ突っ込みたい言葉があった気がするが、海月はひとまず石川に場を譲った。

「何って善くんに会いに来たんだよ。無断欠勤するから心配したじゃないか」

石川が珍しく真面目に怒ると、亘は「無断欠勤？　なんですかそれ」と早口に呟いた。

「連絡もよこさずに休むことだよ」

「いえ、言葉の意味じゃなくて、僕はちゃんと……」

話の途中で思いついたのか、亘は「あ」と一言漏らすと門扉を押し開け、早足で中に入っていった。海月と石川はその場に置いてけぼりだ。

「ちょ、ちょちょちょ！」

海月は無意識に叫んでいた。

「ここ保養所でしょ？　勝手に入っちゃダメじゃん、インターホン……は見当たらないか」

「呼び鈴は玄関扉の横ですから押したいなら結局中に入るしか……それ以前に、ここは僕の家なので押す必要はありませんが」

「僕の家？　じゃあ、あのプレートは？　歴史的価値があるから付けたままにしてるの？」

「いえ、保養所で合ってるんですけど……」

わけが分からない。海月と石川が顔を見合わせていると、亘が「ちょっと後でいいですか」と言い残して玄関ポーチへ向かったので、慌てて追いかけた。

左右にうねうね曲がる小道を無視して芝生を一直線に進むと、正方形の玄関ポーチに到着した。屋敷は木造だがこの玄関ポーチだけ石造りのようで、ギリシャの神殿みたいな柱が屋根の四隅を支えている。ただ、玄関扉はまた木造で、明り取りのステンドグラスがいかにも洋館めいていた。

（わーお洒落ー）なんて海月が眺めているうちに、亘はポケットから出した鍵を挿して錠を開けた。

「え！　本当に亘の家なの」

「だからそう言ってるじゃないですか。それより二人共、入ってください。ドア閉めますよ」

こうなったらとことんまでつき合うしかない。海月と石川は亘の指示に従って、屋敷内に踏み込んだ。

入ってすぐの場所は、漆喰《しっくい》の白壁に囲まれた長方形の部屋だった。壁際にソファもあり、リビングとしても使えそうな広さだが、多分ここは玄関ホールだ。壁の腰板や板張りの床は黒に近い茶色をしていたが、天窓があるのか上から入る日光が白壁に反射して暗くはなかった。左側と正面の壁それぞれに奥へ通じるドアが、右側には緩く湾曲しながら登っていく木造の手摺《てすり》付きの階段がある。飴色《あめいろ》の手摺は毎日磨かれているのか、表面が輝いていた。

亘は階段方向へ進んで行くが、その目的は二階ではなく階段下に隠れているもう一つのドアのようだ。他の重厚なドアと違って、このドアは淡い水色のペンキが塗られてサイズも一回り小さく、隠し部屋の入り口といった趣だ。ドアノブは真鍮《しんちゅう》製だが長年使われた物独特のくすみが入っていて、ここが本物の歴史あるお屋敷だと感じられた。

「亘、靴脱ぐとこ、どこ？」

「ないですよ。そのままどうぞ」

「え、土足でいいんだ」

さすがは西洋館、と感心しているうちに亘の背中はドアの向こうに消えた。慌てて追いかけてドアを開くと、そこは建物の外周に沿って設けられた廊下のようで、テラコッタタイルの床が左側に長く伸びていた。壁の片面は等間隔に四角い押し上げ窓が並んでいる。窓枠は外から見た通り緑色だ。

背後に石川を伴ってしばらく歩いていくと、突き当たりを直角に曲がったところで亘に追い着いた。廊下はまだまだ続いていたが、曲がった直後から何やらズンズンと腹に響く低音が聞こえてきた。

（工事……じゃなくて、16ビートのリズム？）

しかも低音だけではなく、明らかにエレキ系の楽器の音も混じっている。

（あれ？　亘って一人暮らしじゃなかったっけ。誰かいるの？）

困惑しているうちに長い廊下は終わり、突き当たりに、入って来たのと同じ水色のドアが出現した。今までなんとなく聞こえていた音楽がドアの振動を伴って伝わってくる。間違いない、音楽はこの扉の向こうで鳴っているのだ。

「蒔《まき》さん！　いるんでしょう入りますよ！」

亘はそう宣言すると返事も待たずに押し入っていく。好奇心が勝って、海月も彼に続いてその部屋に入った。

そこは珍しい八角形の部屋だった。ドアのある面以外の壁には全て緑の枠の押し上げ窓があり、少しだけ開いた隙間から外の涼しい風が入ってきていた。

室内には常緑の鉢植の木がところ狭しと置かれ、天井からはハンギングの花がいくつもぶら下がっている。部屋の真ん中には大きな丸テーブルが置いてあり、白髪を頭の後ろでお団子状にまとめたお婆《ばあ》さんが一人、こちらに背を向けて座っていた。……二十年くらい前に流行《はや》ったヘビィメタルを大声で歌いながら、だが。

（お婆さんがヘビメタ？）

「蒔さん」

亘は背中を揺らして熱唱するお婆さんの背後に立つと、腰をかがめて彼女の耳の位置まで顔を寄せた。

「僕の職場に連絡してなかったんですか！」

「はい？　最近耳が遠くて」

「そりゃこれだけ大音量で聞いていれば難聴にもなります」

そう言って亘はリモコンを取って、床に置かれたオーディオシステムの喧《やかま》しい音を止めた。

「耳が遠いから大音量なのか、大音量のせいで耳が遠くなったのか、それが問題だな」

海月の後ろで石川がぼそっと述べた。

老婆の蒔さんは半身を捻って亘の顔をまじまじと見つめると、「あ」と手を叩いた。

「はいはい、港みらい署に電話するんでしたっけね」

「もう手遅れですよ」

渋い顔をする亘が指で示すと、蒔はやっと海月と石川を見た。蒔は体も小柄で顔も小さい可愛《かわい》いお婆ちゃんで、グレーのワンピースにエプロンをつけている。気まずく会釈すると彼女はしばし思案したのち笑顔になって、「あらじゃあ、電話する手間が省けましたね。よかった」と胸をなでおろした。

「ちっともよくないです」

げんなりと肩を落す亘だが、結局諦めたのか「……お茶、お願いします」と伝えただけだった。

丸テーブルの対面に居心地悪く座ると、「すみません」と亘に頭を下げられた。目の前には蒔が淹《い》れてくれた紅茶がおいしそうに湯気を立てているが、テーブルクロスはビニールではなく本物のレース製だし、茶器も見るからにお高い品なので、海月と石川は怖くて手が出せないでいた。

（の、飲みたい……けど。これ、港みらい署の特別応接室の茶器より高そう）

人の気も知らない亘はさっさと自分の紅茶に口をつけると、早速本題に入った。

「昨日の朝、急に高熱が出まして。普段、風邪をひいてもあまり熱は出ないので不安になったんですよ、インフルエンザかもしれないって」

「全然流行ってもいないと思うけど」

「そうなんですが、万が一インフルエンザなら百々ちゃんたちにも知らせないといけないので……とにかく特定したかったんですが、救急病院に行ったら、熱が出てから十二時間経《た》たないと検査できないと言われて」

「ああ、ウィルスが少なすぎると検査キットが反応しないんだってな」

石川が相槌を打つ。

「それで結局、今日の朝一で近所の病院に改めていく羽目になったんです。幸い、インフルエンザじゃなかったんですけどね」

「昨日の時点で病欠の連絡をくれればよかったのに……って、ああ、あのお婆さんがするはずだったのか」

亘は再度申し訳なさそうに頷《うなず》いた。

「僕も昨日は熱で朦朧《もうろう》としてたので確認まで考えが及ばなくて……それ以前に頼まれたことを忘れないのが普通なんですが、あの通りご老体なので」

「亘、お祖母《ばあ》さんは亡くなったって言ってなかった？」

話の途中だったが、さっきから気になって仕方がなく、つい遮ってしまった。

「それとも亡くなったのは母方のお祖母さんで、さっきの方は父方とか？」

「いえ、蒔さんは祖母の身の回りの世話をしていた通いの家政婦なんです。祖母が亡くなってからはそんなにすることがないので、大体ああやって遊んでいますが」

「それは解雇してもいいんじゃ……」

遠慮しつつ進言すると亘は苦笑した。

「家って、誰か人がいてくれた方が空気が通りますからね。配達物の受け取りとかもありますし。昨日は看病もしてもらったので助かりました」

「そういえば普通にもてなしてもらってるけど、亘、病人なんでしょ？　大丈夫なの」

「熱はもう下がりましたし」

亘は笑顔で答えるが、それは解熱剤が効いてるだけなのでは……と海月は石川に目配せした。

「だな」

石川も同意して、二人で同時に立ち上がった。

「我々は帰るよ。欠勤の理由を知りたかっただけだしな。まあ大事《おおごと》じゃなくてよかった」

「私はそんなこったろうと思ってましたけどね」

すみませんと苦笑する亘に続いて再び直角に曲がる廊下を通り、玄関ホールに戻った。入る時には気づかなかったが、玄関ドアの真横に現役で動いているのっぽのアンティーク柱時計が置いてある。短針は十時を指していた。

「係長。あっさり解決しましたけど、この後どうするつもりですか」

どうする、というのは時刻のことだ。ランチタイムには早すぎる。まさか有耶無耶《うやむや》にする気じゃ……と疑いの目で見ていると、彼は「いやいや」と手を振った。

「実は磯岸《いそぎし》署に少し用事があってな。先日うちの署の連中があっちのシマで大立ち回りやらかしたもんだから、挨拶にいかなきゃならないんだ。ここから近いし、そっちに行って戻ったらちょうど昼ぐらいだよ」

「磯岸署というと……」

海月は頭の中で地図を広げた。この場所から中華街は丘を下ってすぐなので徒歩でも行けるが、磯子《いそご》と根岸《ねぎし》の中間にある磯岸署の場所は六キロは先だ。

「言うほど近所でもないし、方向も全然違うじゃないですか」

「まあまあ、いい時間潰しになるだろ」

大事な用事を時間潰しと呼ぶのもいかがなものかと思うが、直接出向くことが必須なわりには所要時間は三十分もかからないので、何かのついでにしたくなるのも分かる。それに磯岸署は石川の古巣だ。たまには懐かしい顔を見たくなったのかもしれない。

「いいですよ、じゃあタクシーで向かいましょうか」

妥協して提案すると、亘が口を挟んだ。

「この辺、平日はタクシーはあまり通らないですよ。僕が車で送ります」

海月は石川と思わず目を見合わせた。

「いや、病人に運転させるわけには」

「発熱はストレスが原因だったみたいで、昨日一日寝たら今朝はほとんど下がってたんですよ。午後から出勤するつもりだったくらいで」

「いやそこは休んでおきなさいよ。堂々とサボれるチャンスじゃないの」

「あーげほん」

海月が先輩にあるまじき本音を口走ると、石川がわざとらしく咳《せき》こんだ。

「じゃあ、磯岸署まで送ってくれ。そのかわり午後は休養しなさい。善くんになにかあったら本部長に申し訳ない」

(出たな上官バカ。でもあのおじ様は、そんなこと気にしなさそうだけど)

海月は一昨日邂逅《かいこう》した県警の本部長を思い浮かべた。かなり食えない相手だったが、息子が発熱したくらいで取り乱したりはしそうにない。そもそも発熱の原因のストレスも実父が与えたのでは、という気がするが。

「まあ、車なら数分の距離だし、ここはお言葉に甘えてお願いするわね。亘」

丁寧に謝意を述べるとなんだか悲しげな顔をされた。

「どうしたんですか先輩、いつもなら尻を蹴っ飛ばして『送れ』と命令してくれるのに……」

「くらげちゃん、君そんなことを……」

（してない）

多分これは「そうして欲しい」という亘の願望の話なのだが、弁解するのも面倒なので無言で流しておいた。

これだけ広い敷地なのだからガレージもさぞかし豪勢だろうとワクワクしながら外に出た海月だが、亘に導かれた先は門を出てから数十メートル先の月極《つきぎめ》駐車場だった。

「なんでよ！」

「あの家、ガレージがないんですよ。下手に有形文化財になると勝手に増改築できなくて」

そう言って亘は馴染《なじ》みの国産車のロックを開ける。海月は助手席、石川が後部座席に落ち着いて、磯岸署に向けて発進した。といっても丘の稜線に作られた本通りはカーブの連続する狭い道なので、速度は時速三十キロも出ていない。おかげで車窓に流れていく他のお屋敷の外観を楽しむことができたわけだが。

横浜の一等地なだけあって、最近建てられたらしき住宅はどれもお洒落だ。特にその中の一軒の、白いベンチや蔓薔薇《つるばら》の絡まるパーゴラ（東屋《あずまや》）が見える美しい庭園には目を奪われた。庭の奥に緑に包まれた白い木造ガレージが見えるのが、外国の風景写真みたいだった。

（こんな庭を毎日眺められるなんて羨ましい……でもきっと手入れが大変なんだろうな）

と、そこで石川が思い出したように呟いた。

「そういえば善くんの家の『横濱蠶繭貿易保養所』ってプレートは何だったんだ。昔はそうだったのか？　くらげちゃんは蠶繭って読めなかったが」

「私の悪口をわざわざ言う必要なくないですか、係長」

運転中の亘は正面から目を離さずに会話に加わった。

「逆ですよ。祖母の代まで個人の家だったんですが相続税が半端ない額だったもので、祖母の一族に相談して法人に買い取ってもらったんです。で、書類上は保養所ということにして、僕はそのままあの家で暮らしているんです。たまに一族の親睦会に使ったりしているので、保養施設っていうのも嘘《うそ》じゃないんですけどね。僕も名目上は管理人ってことになってますし」

「怪しいなぁ……それ、亘を追い出すための布石じゃないの？　居住権を奪って居座れないようにしてさ」

世間知らずのお坊っちゃんらしく騙《だま》されてるんじゃないかと心配したら「あ、それはないです。僕、うちの会長や重役連中と仲良しなんで」と更に上をいくお坊っちゃんな回答をされた。

（あー思い出した、横濱さんけん貿易って小学校の授業で習った、開港直後に絹の貿易で儲《もう》けた旧財閥企業じゃん。つーか亘って別に警察で働かなくても生活困らないんじゃ……趣味？　刑事は趣味なの？）

複雑な気持ちになって前を見ると、ふと、この車の前方に一台の小型車が走っているのに気がついた。ミントグリーン一色の軽トラックのようだが、後ろ姿が妙に目を引く。

「なんか普通と違う……」

無意識にこぼすと、石川が聞きとがめた。

「なんだ」

「前を走ってる軽トラックです。普通の軽トラより二回りくらい小さいんですよね、荷台の位置も低いし」

「ん？　おおおお」

突如、石川は興奮気味に身を乗り出し、自分のシートベルトで首を締めかけていた。

「オート三輪じゃないか！」

「三輪車？」

「そうとも」

石川は座席の間から顔を出してキラキラした瞳で答えた。

「昭和の初期に大ヒットした大衆車だよ。今でも根強いファンがいるんだが、現存しているのは僅かでな」

「レトロカーですか。三輪車ってことは、前輪が一つ？」

後ろに張りついているので相手のお尻しか見えないが、後輪はちゃんと二つあるようだ。

「ああそうさ。元々はバイクの後ろに荷車と屋根をつけたのが始まりだから、初代の型は一人乗りでバイクと同じバーハンドルだったんだよ。前を走ってるのは、二人乗りで丸いハンドルがついた後期型のようだが」

言われて海月も目を凝らすと、運転席の後ろの窓ガラス越しに黒髪の頭が二つ見えた。

「乗らずに飾るだけのオーナーも多いんだが、ちゃんと整備して乗れるようにしたんだな」

と、ここで亘が口を挟んだ。

「海老沢《えびさわ》さんの車ですよ」

「なんだ知り合いか？」

「さっき通った、庭園とガレージが目立つお宅が海老沢さんの家です。我が家とは十数年前に海老沢さんが引っ越してきた頃から交流があって、僕も小さい頃にあの車に乗せてもらったことがあります」

「なんて羨ましい！」

石川が自分の膝をぴしゃりと叩いた。

「レトロカーを乗り回すなんて最高に贅沢な趣味だよ。で、乗り心地はどうだった」

浮かれて続ける石川に、亘も機嫌よく「はい、最悪でした」と答えていた。

「そこは海老沢さんに気を遣うところじゃないの⁉」「だろ‼」

「え？」

思わず石川と二人で声を揃《そろ》えてつっこむと、亘は本気で困惑の表情をした。

「いやだって、本当に乗り心地悪いんですよ。あのオート三輪、エンジンが車体の下じゃなくて運転席と助手席の間にあるんですよ。しかも4ストじゃなくて2ストエンジンなんです」

「どう違うのよ」

メカには弱い海月が助けを求めると、石川が代わりに教えてくれた。

「簡単に言うと、パワーが二倍になる分、騒音も二倍だ」

「なるほど……」

しかし亘のマイナス評価はまだ続く。

「エンジンには一応保護カバーが掛かってるんですけど、言ってみれば鉄箱の中でバイクを空ぶかしされるようなものですからね。振動もいわんやをやです」

「そりゃそうかもしれないけどさー……」

恐らくは少年を喜ばせてあげようと乗せてくれたんだろうに、海月は見知らぬ海老沢さんに同情した。石川は石川で「レトロカーっていうのはそういうのもひっくるめて愛《いと》おしいんだよ！」とヤケクソ気味に叫んでいた。

「ええ、まあ、僕も大人になってからはそう思えるようになったんですけど、なにぶん当時はひねくれたガキだったので」

「まさか海老沢さん本人に最悪って言ったの？」

「そのまさかです。あ、でも数年後に謝りましたよ」

反省しているのは事実のようで、亘はいささか項垂《うなだ》れた。

そうこう喋《しゃべ》っているうちに前の車の速度が極端に遅いのか、追いついてしまった。

「なんかのろくない？　古い車だから？」

「いや、ちゃんと時速八十キロくらい出ますよ。多分この先が長い下り坂だからスピードを落したんでしょう」

亘の言葉通り、T字路を右折すると急に視界が開けた。どうやらここは山手の丘の、港の見える丘公園とは反対側の先端部分にあたるようで、フロントガラスを通して横浜市街のパノラマ風景が展開したのだ。

「うわすごい！　ここ、夜景とか綺麗《きれい》なんじゃない」

「隠れた人気スポットですよ。晴れた日は富士山も見えます。でも景色より紹介したいのが……先輩、下見てください」

「え……なにこの坂!?」

目線を下に向けると、見事な眺望を軽く凌駕《りょうが》するほどの驚きの風景があった。足元の下り坂がジェットコースターかと言いたくなるほどの長さと勾配だったのだ。

「すごい坂だな。四、五百メートルあるんじゃないか」

石川が感嘆した。横浜が丘陵地だらけで坂の多い街であることは地元民なら既知の事実だが、それでもここまで急角度、かつ長い坂はそうないだろう。

「全長で三百五十メートル、しかもほぼ一直線です。高低差もすごいですよ、標高三十六メートルを一気に下りますから」

「詳しいのね」

思わず感心して呟いた。いくらご近所の名所とはいえ、普通は数値まで知らないだろう。

「実は子供の頃、自転車でどこまでブレーキをかけずに我慢できるかなんて一人チキンレースをしてて坂の下の民家に突っ込んだことがありまして。それであとから気になって長さとか調べたんです」

「あっぶな！　なにバカなことやってんの」

この傾斜角なら冗談抜きで死ぬんじゃないかと心配したら「はい、頭蓋骨骨折で救急車で運ばれました。子供って馬鹿ですよね」と朗らかに言われた。

「あんたが特別バカなのよ！　ガチで死にかけてるじゃん！」

「ええまあ、それくらい危険な坂だという話です」

ヘラヘラと笑う亘を眺めながら（変な性癖がついたのは頭を打ったせいじゃないでしょうね）と考えていると、彼は急に真顔になり、前を行くオート三輪を凝視し始めた。

「どうしたの？」

「……運転してるの、奥さんじゃないかな」

言われてよく目を凝らすと運転席の黒髪は明らかに肩よりも長い。

「そりゃ家族が使うこともあるでしょ」

「いえ、奥さんはAT《オートマ》限定免許しか持っていないはずなんです。あの車、マニュアルでしょう」

「ということは、無免許運転だな」

石川の言葉に、気まずい空気が流れた。しかし警察に身を置く立場上、黙って見逃すわけにもいかない。

「善くん、あの車の前に出られないか？　停止してもらおう」

「そうですね。でも坂を下りてからにしましょう。この坂、片側一車線ずつですから……」

亘はまたも前方を凝視したまま黙り込んでしまった。

「今度はなに？」

「スピード、上がりすぎじゃないですか」

言われて海月も前を見つめると、ほんの僅かな間にもオート三輪とこの車の距離はぐんぐんと開いていく。しかもブレーキランプが何度も激しく点滅しているのに、一向に減速しないのだ。

「あのブレーキの踏み方、普通じゃないぞ！」

石川が荒っぽく唸《うな》った。視線を走らせるとこちらのメーターは既に時速七十キロを超えている。加速度を考えれば、前方の車はとっくに時速八十キロを超えているのではないかと気づき、海月はゾッとなった。

「亘、つまり奥さんはあの車は不慣れなのよね？　ブレーキ操作がいつもと違ってパニクってるってことはない？」

「普通のフットブレーキですよ、ペダルを踏めばいいだけの」

「なんかの発作を起こしたのかもしれんぞ！」

その一声に車内は一瞬で静まりかえった。一秒後、亘がアクセルを大きく踏み、叫んだ。

「前に出てぶつけて止めます！」

「ちょ、もう八十キロ……！」

瞬間、背中がシートに押し付けられた。海月は両足を踏ん張るとスピードメーターの針が滑るように右側へ動いて行くのと、オート三輪の後ろ姿を交互に見た。前の車内では助手席の人物が横を向いて運転手に必死に何かを訴えている。明らかに異常事態だ。

「善くん、坂の下はどうなってるんだ！　交差点か」

石川が訊《たず》ねると亘は早口に答えた。

「緩い左カーブの先に小さな交差点です。車はさほど通りません。ただ」

「ただ、なんだ！」

「十中八九、曲がり切れずに僕が昔激突した民家に突っ込みます！」

海月の脳裏に最悪の事態が浮かんだ。その民家の壁がどの程度の強度か知らないが、掃き出し窓でも突き破れば住民まで巻き込むおそれがある。

「亘、急いで！　あの車の前に出て急ブレーキ踏んで！」

「そのつもりです」

反対車線に出るために亘は急加速と同時にハンドルを大きく切った——が、最悪のタイミングで対向車がやってきて慌てて元の位置に戻った。

「惜しい‼　もう一回」

「いやもう無理だ！」

石川が身を乗り出して吠《ほ》えるのと、坂を下り切ったミントグリーンの車体がカーブした道路から飛び出すのは同時だった。

「衝撃に備えて‼」

亘の警告と共に急ブレーキがかかり車体前部が激しく沈み込む。反動でシートベルトをしてもなお前に引き倒されそうになったが両足を踏んばってギリギリ堪《こら》えた。心臓が自分でもわかるほど激しく鼓動していたが、車が無事止まったことが分かると徐々に治まっていった。

とっさに外を見ると、この車は坂下のカーブの僅か手前で止まっていた。

「オート三輪は⁉」

海月は外に転がり出ると道の向こうに駆けだした。オート三輪は坂下の民家ではなく、そのわずか手前の歩道に乗り上げて止まっているようだ。

（良かった、わりと無事……）

と思えたのは後ろから接近していた時だけだ。助手席側に回った瞬間、一気に血の気が引いた。

海老沢家のオート三輪は電柱に激突して助手席側が完全に陥没していた。歪《ゆが》んだドアから夥《おびただ》しい血が滴り落ちて、見なくても中の人は即死だろうと想像できた。乗員を救出するつもりで来た海月はどうしていいか分からず、アスファルトに溜《た》まっていく血を呆然と見るだけだ。

運転席側から石川が大声で海月を呼んだ。

「おい手伝ってくれ、こっちのドアは頑張れば開きそうだ！」

慌てて車体の右側へと回ると、石川の言うとおり、衝撃の大部分を助手席が吸収したおかげか、運転席側は特徴的な尖《とが》った先端部が原形を留《とど》めていた。石川がフレームの歪みで生じた隙間に手を掛けて唸っているので海月もドアに取りついた。最終的に緊急通報を終えた亘が加わって、やっとドアを全開にできた。普通の車とは逆で前から後ろに向かって開くドアだったので、石川がいなければ分からなかったかもしれない。

「紹子《しょうこ》さん！　喋れますか！」

亘が首を突っ込むようにして運転席に問いかける。海月は邪魔にならないよう横から中を覗き込んだ。

運転席では顔面が蒼白《そうはく》になった髪の長い女性——紹子が口から血を流してシートに寄りかかっていた。息はあるようだが、無傷に見えた運転席も衝撃によってハンドルが内側へと大きく張り出していた。古い車なのでエアバッグなんてものは当然ない、もしハンドルで胸や腹を打っていたら内臓破裂の恐れもある。

「紹子さん！　返事をしてください！」

亘が何度も呼ぶと、紹子の顎が微《かす》かに動いて口から息が吐き出された。二十代前半くらいの整った顔立ちだが、今は顔色の青白さしか印象に残らない。

「………………」

紹子は薄く目を開いて海月たちに気がつくと、何かを必死に話しだした。

「……が……て」

「何ですか⁉」

亘が彼女の口元に耳を寄せる。彼女の次の言葉は、後ろにいる海月にもはっきり聞こえた。

「ブレーキが……踏んでも、利かなくて……」

彼女は力を振り絞ってそれだけ呟くと、再び意識を失った。

「いや、素人が動かさない方がいい。救急隊員に任せよう」

海月に被せるように石川が告げた途端、町中にサイレンの音が鳴り出して一分もしないうちに交差点の向こうにその姿が現れた。

「早！」

「消防署が近いからな」

ふと気がつくと付近の住民が遠巻きにこちらを眺めていた。車通りの少ない道路だが、商店や個人の住宅が適度に建っている。衝突の破壊音は周囲に響き渡ったに違いない。

やがて二台の救急車と消防車が到着した。亘の説明が良かったのか救急車だけでなくクレーンを搭載したレッカー車も来ていた。救急隊員はクレーンを使って潰れたオート三輪を電柱から引き離すと、電動カッターを駆使して瞬く間にキャビンを解体して紹子を運び出していった。

紹子を乗せた救急車が発進した後、倍の時間をかけて助手席も解体されたが、駆け寄った救急隊員は首を横に振っていた。一目で即死だと分かる状態だったのだろう。

最終的に中の人物は運び出されたが、消防隊員がストレッチャーを取り囲み野次馬に見えないようにしているのが印象的だった。病院には運ばれるようだが、数秒で医師が死亡診断を下すに違いない。

救出作業に熱中して気づかなかったが、いつの間にかパトカーも近くの路肩に止まっていた。近隣の派出所か、もしかするとこれから行くつもりだった磯岸署のものかもしれない。

石川が交通事故捜査専門の警官と言葉を交わしている間、救急隊員は既に撤退作業に取りかかっていた。オート三輪もレッカー車に積まれて運ばれていき、おびただしく流れた血の跡以外、元通りの寂しい道路へと戻り始めていた。

長い時間が経ったような気がしたが、一連の出来事は事故発生から三十分という短時間の中で終わっていた。

「あの坂、すごい急だったからブレーキが壊れたのかな……」

何気《なにげ》に呟くと、亘が考えながら答えた。

「だとしたら整備不良ということになります。レトロカーだからって、古いまま乗っているわけじゃありませんよ」

この時は海月たちだけでなく、現場に来た交通事故捜査官も、本件は整備不良による単独の交通事故だろうと考えていた。

それが翌日には翻《ひるがえ》ることを、この時は誰一人予想だにしなかった。

2. 事故か殺人か

翌、火曜日。事故の結果が気になった海月はいつもより早く出勤して石川の席に駆け寄った。彼は昨日、海月と亘が解散したあとも磯岸署に残っていたからだ。病院に運ばれた紹子の容態が聞ければ御の字と思った海月だが、予想外の言葉を聞かされた。

「帳場が立った⁉　磯岸署にですか」

帳場が立つ——それは単純な事故ではなく、何者かが仕組んだ殺人事件であると判断されたことを意味する。

「昨日、紹子さんが『ブレーキが利かなくなった』と証言したのは聞いただろう」

「だから、故障なんですよね？」

「ああ。交通課も最初は整備不良とみてたんだよ。ところが所有者である海老沢貴一《きいち》の証言と、鑑識が事故車両を詳しく調べた結果、ブレーキホースは故意に緩められていた可能性が高いと判断された」

詳細はこうだった。

磯岸署はあのあと、病院で意識の戻った紹子、そして呼び出された紹子の夫、貴一を事情聴取した。しかし捜査員が貴一に「故障の可能性が高い」と告げたところ、それはおかしいと抗議されたのだ。

「貴一はあの車を、懇意にしているレストア業者にまめにメンテナンスしてもらっててな。レストアの際、ブレーキ周りのパーツは互換性のある新品に交換してある上に、外れたボルトも、つい最近の整備で間違いなくきっちり締めてあったんだ」

「そんなこと言って、閉め忘れたのかもしれないじゃないですか」

「合いマークって知ってるか？」

「いえ……？」

そんな海月のために石川が更に説明してくれた。合いマークとは、ネジの締め忘れを防ぐために、ネジとナット、あるいはネジと下地に合わせて付けられる目印のことだ。仮締めの段階でネジとナットに一本の線を引く。のちに増し締めと言ってネジを更にきつく締めるわけだが、その際、当然、ネジ頭の線は下地についた線よりも右方向にずれることになる。

「締め忘れたネジは線がずれていないから一目瞭然ってわけだ。くだんのレストア業者は、重要箇所の修理過程は必ず写真に収めて顧客へ報告の上、社内にも保管もしているんだが、ブレーキ周りのネジの増し締め写真もあったよ。ボルトは複数あるわけだが、緩んだのがホースを繋《つな》ぐボルト一カ所だけだったというのも不自然だしな」

「つまり、誰かが故意にその一つに手を加えた……と」

うむ、と石川は目を光らせた。

「事前にガレージに侵入して細工だけしておけば、犯人はいくらでもアリバイが作れるからな。ただ、そうなると犯人像がややこしいことになるんだ。……まあ、続きは現地に着いてからだ」

「は？　現地？」

「俺とくらげちゃんと善くんの三人は、捜査本部に応援として参加することになったんだよ。というわけで一緒に行こう」

「はい？」

十分後。海月は石川を助手席に乗せ警察車両を走らせていた。目的地はもちろん磯岸署だ。

（あれ？　そういえば亘は……まあいいか）

昨日無理をしてまた熱でも出したのかもしれない。他所様《よそさま》のお宅（磯岸署）で鉄拳制裁をねだられても困るので、たまには別行動もいいかと海月は微笑《ほほえ》んだ。

磯岸署は磯子区の埠頭《ふとう》近くの国道沿いにあり、建物は四階建ての中層ビルディングだ。ちなみに隣にあるのは昨日の事故で出動してくれた消防署で、更に補足するならここは昨日の事故現場から一キロ圏内だった。

署の玄関をくぐった海月は、車の中では話しきれなかった会話――海老沢紹子の容態を歩きながら聞いた。搬送が早かったことも幸いしてか、紹子は今、病院で上半身を起こせるほどに回復したそうだ。ハンドルに胸を強打したことで肋骨《ろっこつ》を骨折していたが、幸い肺は無傷だった。しかし交通事故では後から内臓の損傷が発見されることも多いため、引き続き入院してＣＴ検査などを行うそうだ。

「じゃあ検査結果に異状がなければ、数日後に退院できるんですね」

海月はひとまず胸をなでおろした。

「でも、ニュースで出てましたけど、助手席の方はやっぱり亡くなったんですね」

「ああ。海老沢絹《きぬ》……あのお宅のご主人の母親、つまり紹子の姑《しゅうとめ》だ。昨日は姑を病院に送る最中だったそうだ」

「そういえば、どうしてＡＴ限定免許しか持っていない紹子さんがあの車を運転してたんでしょうか。もう事情は聞いたんですよね？」

「そこなんだよ、くらげちゃん！」

石川が階段を上っている途中なのに突然振り向いたので、海月は反射的にのけぞった。

ら、足を踏み外した。

「ら？　らららラッ!?」

「くらげちゃん！」

（まずいこれは受け身の取りようがないわ）

なんて冷静に考えながら衝撃に備えて頭を抱えていたら、コンクリートの床とは思えない適度な弾力のある物体の上に落ちた。多分人だ。

「大丈夫ですか!?　……なんだ」

海月を受け止めるためにマットレス代わりに床に転がっていたのは亘だった。海月が座り直すと、亘は苦しそうに咳をした後、にへらと笑った。

「おはようございます、先輩。偶然僕が背後に居て良かったですね」

「あんた病欠じゃなかったの」

「違いますよ、自宅から直接こっちに来たんです。その方が近いですから」

「ああ、なる……」

「お、おい、くらげちゃん。いつまで善くんの腹に座ってるつもりだ」

その声に顔を上げると、存在を忘れ去られた石川が踊り場で身の置きどころもなく佇《たたず》んでいた。

「あ、そうでした」

確かに磯岸署の人に見られでもしたら大変だ。しかし海月は馬乗りになっていた自分が降りた時の、亘の残念そうな表情を見逃さなかった。

「じゃ、捜査本部に行きましょうか」

三人で階段を上り始めると、石川がすかさず「STOP後輩いじめ」と耳打ちしてくる。

（いやどう見ても本人喜んでたじゃないの）

石川は本当に亘のことになると、脳のどこかが誤作動を起こすらしい。

（これ、また私の評価が下がるのかぁ）と海月はため息をついた。


捜査本部は、最上階の武道場に折りたたみの机を並べたものだった。先日赴いた大通り署もそうだったが、これが所轄署における一般的な捜査本部で、港みらい署のように最初から会議室が用意されているのは珍しい部類に入る。

到着した時には既に朝の会議は終わっており、連絡係以外の捜査員はみな出払っていた。海月たちは隅の机に招かれて、石川のかつての上官でもある坊主頭の副署長から話を聞いた。

「何者かにブレーキホースを細工されたようだ、というのは石川から聞いたな？」

亘はまだ知らなかったはずだが、海月と一緒に頷いていた。

「実は犯人像について、意見が大きく割れているんだ」

「と言いますと……」

海月たちが食いついたことで、制服に身を固めた副署長は表情を一層引き締めた。

「昨日、紹子と絹がオート三輪に乗ったのは本来ならあり得ない出来事だったんだ」

海老沢家の住人のうち、マニュアル運転の免許を所有しているのは夫の貴一だけで、紹子はAT限定免許のみ、母の絹は一度も免許を取ったことがないという。息子の勇太に至ってはまだ五歳だ。

「そもそもあのオート三輪は趣味の車だからな。貴一は通勤用に、紹子も専業主婦だが幼稚園の送り迎えや買い物用にそれぞれ別の国産車を持っているんだ。ところが昨日は、姑の絹の血圧が突然上がって病院に行く必要が生じたんだが、紹子の車はたまたま修理に出していて家になかったんだ」

「それでオート三輪を？　紹子さんは無免許運転に当たるって知らなかったんですか」

「いや、ちゃんと知ってたよ。だから姑に、それならタクシーを呼ぶと言ったんだそうだ。ところが姑から、車があるのにタクシーだなんて無駄遣いする嫁だとか、私のために運転するのがそんなに嫌かとか、嫁に見殺しにされる〜とか、とにかく責められたんだそうだ」

「要するに嫁イビリだな」

石川が口を挟んだ。

「免許を取ったことのない絹は運転を甘く見ていたんだろうな。あるいは限定免許の意味が分かっていなかったのか……なんにせよ、文字通り墓穴を掘ったわけだ」

「でも病気なら切羽詰まるのも仕方ないかも」と絹を擁護してみたが、「だからタクシーでいいじゃないか」と言われて撃沈された。これは庇《かば》いようがない。

「そんなわけで、紹子は病院に姑を連れて行く羽目になった。息子はこの日、幼稚園を休んでいたが隣家に預けていったんだそうだ。オート三輪が二人乗りで幸いだったな」

「でもそうなると……」

「そうだ」

海月の言わんとすることを察した石川は険しい表情で頷いた。

「犯人が狙ったのは貴一ということになる。貴一は銀行で融資を決定する役職についているんだ。彼のせいではないが、融資を断られて倒産した企業から逆恨みされることが多々あるそうだ。だからそっち関係で狙われたのかもしれん」

「そこで問題になるのは、海老沢家のセキュリティシステムなんだ」

副署長が話を引き継いだ。

海老沢家は不在中に作動する赤外線感知センサーのほかに、敷地内に複数の監視カメラを設けていた。そのうちの一つがガレージの出入り口を二十四時間撮影していたのだが、オート三輪が直近の整備から帰ってきた日から昨日までの全記録を見ても、海老沢家の人間以外、誰一人として近づいた者はいなかったのだ。

「つまり犯人は複数ある監視カメラや赤外線をかいくぐり、更に鍵をどうにかしてガレージに侵入し、車に細工をしてまた去っていったことになるが、そんなのは第三者には不可能だ。そこで出た意見は、家族犯人説だ」

「家族って、まさか夫の貴一が？」

思わず口に出たが、それはおかしいとすぐ思い直した。あの車は、本当なら貴一以外が運転するはずはなかったのだ。

「じゃあ紹子が夫の殺害を目論《もくろ》んで……」

「確かに、妻が夫の殺害を狙って車を細工する事件はよくある。実母が息子の殺害を狙うことも、まあ、なくもない。しかしそれなら紹子にしろ絹にしろ、自分がオート三輪に乗ることを頑なに拒むはずだ」

「紹子の息子……はさすがにないですね、幼稚園児ですもんね」

「ああ。今朝の会議でもみな同様に首を捻っててな。かろうじて出された仮説が二つ」

副署長は人差し指をピンと立てた。

「犯人は貴一で、理由は妻の殺害を狙ったもの。動機は、愛人と再婚したいとか保険金狙いとか、まあ探せば出て来るだろう。母親は共犯で、紹子がオート三輪を運転するように仕向けたんだ」

「でも死んだのは母親です」

「そうなんだよ」

ふぅ、と副署長は息をついた。

「運転するのは紹子だ。仮に姑が道連れを覚悟していたとしても、妻だけが生き残るかもしれない方法を取るとは思えない」

「そうですね。どの程度の怪我を負わせられるか、同乗者にはコントロールのしようがないですもんね……」

「それに貴一は、あの車の整備工場のレベルを良く知っている。整備不良を理由に事故に見せるのは無謀だと判断するはずだ。実際彼は、自分から業者の整備レベルの高さを訴えている」

（合いマークの件かぁ……）

海月は黙って頷いた。

「もう一つの仮説は」

副署長が二本目の指を立てたので、海月はすぐに気持ちを切り替えた。

「妻の紹子犯人説だ。姑のイビリに耐えきれなくなった紹子が交通事故に見せかけて姑を殺したんだ。姑に病院に連れて行けと言われたというのは嘘で、彼女の方から何か理由をつけてドライブに誘ったんだ」

（なるほど……それは筋が通りそう）

感心して頷いていると、自分の横から空気を読まない発言が聞こえてきた。

「お嫁さんの言うことに従うような人じゃなかったですよ、あの絹さん」

唐突な横槍《よこやり》に副署長はムッと発言者の亘を睨《にら》んだが、石川から、亘が海老沢家とは近所で旧知の間柄だという説明を受けると「ほぅ」と表情を緩めた。

「じゃあ聞き込みにはうってつけじゃないか。君だけでも朝の会議から呼べばよかったな」

「亘は絹さんとも親しかったの？」

海月が何気に訊ねると、後輩は大仰に頷いた。

「そりゃ、うちによく来てましたからね、絹さん。祖母の友達……なんだろうか？」

「なんで疑問系なのよ」

「うちに来る理由が大抵クレームか言い掛かりだったので。うちの祖母と女学校時代からのライバルだったらしくて何かと喧嘩《けんか》を売りにくるんですが、最終的にはサンルームで一緒にお茶を飲んで『また来てやるんだからね！』だったので、今考えるとただのツンデレお婆ちゃんでした」

「ツンデレを発揮して、実はお嫁さんと仲良くしたいと思ってたってことはない？」

亘は記憶を辿《たど》るように遠い目をしたあと、首を横に振った。

「それが困ったことに、お嫁さんのことは本気でいびっていたようです。生前の祖母がよく嘆いていました。あともう一つ、紹子さんは極度の機械音痴だったので、ブレーキの仕組みどころかナットの緩め方すら知らないと思います。今はなんでもネットで調べられますけど、パソコンやスマホすら使わない人なので」

「そこまで⁉」

「まあまあ、一応可能性は考慮しておこう。嫁姑問題か……愛人や保険金よりも動機としてはありそうだな」

石川が頷いた。

「でも捜査って言っても、私たちは具体的に何を調べればいいんですか？」

「ああ、うちの係のそれぞれの班に加わって貰《もら》おうかと思ってたんだが……」

どうやら純粋に人手不足を補う助っ人だったようだが、副署長は亘に視線を定めると意気揚々と告げた。

「予定変更だ。君たち三人で海老沢一家のご近所での評判を調べてきてほしい。適任だろ」

（それ、亘一人で十分なんじゃ……）

色よい返事をする石川の横で、自分の存在意義に思い悩む海月だった。

磯岸署を出た三人は協議の末、海月たちが乗って来た車両を置いて亘の私用車に乗りこんだ。山手町付近に駐車場が少ないのは誘拐事件の際に経験済なので、亘の契約している駐車場に車を停《と》めて徒歩で移動することにした。

「今、まだ十時ですね。イレブンジズには少し早いけど、まあいいか」

謎の独り言を呟きながら亘は運転席に座る。十数秒後、車が発進した直後に亘は再び口を開いた。

「石川さん。山手に行く前に、オート三輪が運び込まれた修理工場に寄ってもいいですか？　そこの工員に直接話を聞きたいんです。伊藤《いとう》オートサービスといって、ちょうど行く途中に通りますので」

「おお、いいぞ」

「あと、ケーキ屋にも。これも通り道にあります」

後部座席の石川は満面の笑みを浮かべた。

「いやあ、土地勘のある善くんがいて本当に助かった。副署長も喜んでたな。前々から善くんの活躍はよく話してたから、今回も期待されてると思うぞ」

「係長……そんなこと言ってると亘、磯岸署に引き抜かれちゃいますよ。いいんですか」

冗談だったのに石川は途端に顔色を変え、運転席の亘に「善くん！　行かないで！」と身も蓋もなく懇願し始めた。

仮の話なのに、と海月が呆れていると、亘はさらりと「え、行きませんよ」と告げた。

「そうか、うちの署は居心地がいいものな！」

「いえ、磯岸署の刑事課には女性刑事がいないので」

あまりに真剣な亘の顔に、赤信号になるのを待ってから裏拳をかましたのは言うまでもない。

3. 伊藤オートサービス

伊藤オートサービスは、川沿いの道路に面した寂れた修理工場だった。鉄骨にコンクリートボードが張られた簡易な造りのガレージの中、開け放たれたシャッターの向こうに三つの作業スペースが空いているのが見えた。屋根の下の長い看板には店名の他に車検・修理・板金塗装……などの多数のメニューが書き並べてあるが、今は客の車も工員の姿も見えず静まり返っていた。

店舗の前は道路なのでやむを得ずガレージ内に車を入れると、奥のガラス戸が開いて男が一人やってきた。グレーのつなぎを着た、まばらな顎髭《あごひげ》の目立つ体格のいい三十代くらいの男性だ。身長も百九十センチくらいありそうだ。

「いらっしゃ……」

「すみません、客じゃなくてこういう者ですが」

石川が警察バッジを見せると、既に何人かの刑事の訪問を受けていたのだろう、男は「ああ」と落胆の表情を見せた。

「まだ、何か？」

「何度もお手数をおかけして申し訳ありません。こちらに置いてある事故車両をもう一度拝見したいのですが」

「またですか？　まあいいですけど……」

男の顔は明らかに不満げだ。無理もない。既に交通課の鑑識が何度も訪れて、その度に応対を迫られたのだろう。海月は精一杯申し訳なさそうな顔を作って頭を下げた。

男は顎でついてこいというジェスチャーをすると無言で歩き出す。彼が目指す先、ガレージの一番奥に青いビニールシートのかかった小さな山があった。

男が背伸びをしてシートを剥がすとミントグリーンの車体が現れた。電柱にめり込んで凹んだ鼻先も、電動カッターで外されてしまったドアのないキャビンも、全て昨日見たそのままの状態だ。

「あんたたちは鑑識の人間じゃなさそうだけど、これ見て何か分かんのかい？」

男の少し苛《いら》ついた声に、亘は穏やかに切り返した。

「実は僕たちはこの車が事故を起こした時、偶然現場に居合わせたんです。だから気になっていて」

「ああ、そう……」

「事後処理は他の者たちが当たっていたので、現場からこの車が運ばれた後のことは知らないんですよ。レッカー車がここへ運んで来たんですよね、その時、交通課は何て言ってこの車を置いていったんですか」

「警察署にはスペースがないからここに置かせてくれって。保管料は支払うからって。……まあ見ての通りうちは零細で作業場にも空きがあるから、構わないんだけど」

「故障箇所を調べておくように頼まれたりはしませんでした？」

男は大げさに手を振ってＮＯを示した。

「むしろ、鑑識が来るまで絶対触らないでくれって言われたよ。まあ助手席も足回りも血まみれで、頼まれても触りたくないけど。……乗ってた姑、亡くなったんだって？」

「はい」

神妙に頷く亘だが、海月はつい口を挟んだ。

「あの、もしかしてお知り合いだったんですか？」

「え？」

男の視線が石川を通り越して海月に向いた。敵意を感じさせる視線に一瞬たじろいだが、女に意見されるのを嫌がる男は多い。彼もそのタイプなのかもしれない。

「ニュースでは名前と年齢しか読み上げられなかったと思うんです。亡くなった方が運転手のお姑さんだったこと、どうして知ってたのかなと。ご近所ですし、もしかして海老沢さんと面識があったんですか」

男は「はっ」、と吐き捨てるように声を出した。威嚇《いかく》というより苛立ちを海月にぶつけないための自制行動だったようだ。

「面識はねぇよ。うちみたいな零細企業に丘の上のセレブなご家庭が修理を頼んだりするもんか。俺のおふくろが町内じゃ顔が広いもんで、良くも悪くも噂《うわさ》を拾ってくるんだ。オート三輪を持ってる家なんて珍しいし」

「噂って、あの家のお姑さんがお嫁さんをいびっていた話とかですか？」

　今度は亘が会話に加わった。聞き咎《とが》めるというより世間話の延長みたいなのんびり加減で、工員は毒気を抜かれたようだ。

「……嫁さんが若くて美人だから姑が嫌ってるとか、旦那が仕事一辺倒で全然防波堤にならないとか、その程度だがな。よくある話だろうよ」

「今回の事故は、奥さんが嫁イビリに耐えかねて意図的に姑を死なせたんじゃないかという噂もあるんですが、ご存知ですか」

　海月は思わず石川に（それ言っちゃっていいの？）とテレパシーを送った。ちゃんと受信したらしく石川はプルプルと首を横に振る。確かに海月たちの知らないところでそんな噂が出ていてもおかしくないが、確定事項みたいに誤解されたら困るのだが……。

（やっぱり失言でしょ、これは）

　そっと亘の背後に近づいて、アキレス腱《けん》でも蹴ろうかと構えた時、工員が突如大声を放った。

「知らねぇよ、そんな噂！　聞いたこともない」

(え⁉　そこまで激高する？)

海月は驚きから身を固くした。確かに不謹慎な話だが、あり得ない噂ではないのに。

(もしかして本当に海老沢一家と知り合いだったとか？)

それにしても過剰反応だ。工員は亘を睨んだまま早口に続けた。

「そもそも、ブレーキホースに細工がしてあったそうじゃねぇか。あの奥さんは家電の操作すら怪しいほどの機械音痴だっていうぜ。ホースへの細工も、ブレーキの利かない車を運転する度胸もあの奥さんにはねぇよ」

しかし亘は「奥さんの人物像にどうしてそこまで詳しいんですか」と更につっこんだ。

工員は一瞬ひるんだが、低い声でこぼした。

「あの家の姑が周囲に愚痴を触れ回ってたからだよ。それをおふくろがいちいち俺に伝えてくるんだ。俺のおふくろみたいな連中には、丘の上の人たちの暮らしぶりが格好の話の種だからな……」

亘は納得したように頷いていたが、顔を上げると「それじゃ、横濱蠶繭貿易の洋館のご家族についても何かご存知ですか」と笑顔で訊《き》き始めた。

(ちょ、亘。なについでに聞いてんの)

声の明るい調子からして、明らかに興味本位の質問だろう。工員は「あー……」と斜め上を仰ぎ見た後、「婆さんと孫の二人暮らしだったけど、何年か前に婆さんが亡くなって孫が全部相続したって聞いたな」と呟いた。

「そうみたいですね」

「孫がよー、たんまり遺産もらったんだろうな、毎日一階のサンルームでヘビメタ聞いて過ごしてるんだってな。いいよな、金持ってる無職はよ」

「ぶっ！」

吹き出したのは当然亘ではなく、海月と、予想外に石川もだった。噂の本人は目を見開いたまま絶句していたので海月はますますおかしくてたまらない。

（語るに落ちるとはこういうことかぁ）

慰める代わりに背中に喝でも入れてやろうと近寄ったら、工場内に電話のコール音が鳴り響いた。ありがちな電子音だったが音源はすぐ判明した。工員がつなぎのポケットから携帯電話を取り出したからだ。

「はい…………いえ、その日はちょっと。あの、ちょっとお待ちを」

話が長くなると思ったのか、工員は携帯電話を口元から離すと石川の顔を見た。

「すみません、ちょっと電話してきてますので……」

「ああ、お気になさらずに」

工員は最初に出てきたガラス戸の向こう（おそらく事務所か自宅なのだろう）に消えていった。

つなぎ姿が完全に見えなくなるのを待ち構えてから、海月はやっと大笑いした。

「ちょ……っ……亘ニート説……っ。係長、どれだけ広まってるか聞き込みしましょうよ」

「酷《ひど》い風評被害です」

「いやいやいや、まあまあまあ」

真顔で肩を落とした亘を、石川が慌てて慰めはじめる。面白いので二人を眺めてニヤニヤしていた海月だが、数分も経つとさすがに飽きてきた。

(工場のお兄さん、遅いなぁ)とガラス戸を見るが、開く気配はない。

「係長ー、この車体、勝手に見たら駄目なんですか」

海月の声に、ようやく石川の甘やかしが止まった。

「いや、もう鑑識が指紋採取も済ませたから好きにしていいって」

「じゃあさっさとやりましょうよ。亘、ここに寄りたいって言ったのあんたじゃん。見たいものがあるなら……」

「僕は車両じゃなくて、ここの工員の話を聞きたかっただけです」

まだ落ち込んでいるのか、亘が不貞腐《ふてくさ》れた感じで呟いた。

「それにしてもここ、工員は彼一人しかいないんでしょうか」

「聞けばいいでしょ、聞けば。すみませーん」

奥へ向かって声を張り上げても工場内はシーンとしたままだ。ラジオの音すらない店内というのはどこか居心地が悪く、海月はガラス戸に向かって早足に歩き出した。

（いくら電話だからって、待たせすぎでしょう）

若干の怒りと共に、それでも一応遠慮してそっとガラス戸を押し開けると、やはりそこは事務室だった。といっても壁に囲まれた十二畳ほどのスペースに、灰色の事務デスクが三つ押し込められただけの殺風景さだったが。しかもパソコンや書類ファイルらしきものが置いてある机は一つだけで、向かいの机の上にはなにもなく、残る一つは電子レンジやコーヒーメーカー置き場と化していた。

（ここって、本当に従業員一人だけなのかも……ん？）

机の上に目を走らせていると、コーヒーメーカーの横にミントグリーン色の小さな物体を見つけた。灰色と黒だけの室内でそこだけ明るい色だから目立ったのだろう。

（これってあのオート三輪と同じ色……まさか、車体の破片？）

まさかとは思うが、この工員が車体の重要なパーツを隠しているということはないだろうか。海月は反射的に工員の姿を探した。室内に姿はないが、奥にある暖簾《のれん》で仕切られただけの隣室（おそらく給湯室だろう）から、耳を澄ますまでもなく彼の声が聞こえてくる。

「その言い分は全面的に認めますが、だからといってこちらの条件を変えるのは……。

いえ、もちろんです。先方には今から電話します」

（なんか揉《も》めてそう。これは時間、まだかかるわね）

これ幸いと、海月は探索を開始した。机の島をぐるっと回って目標物の正面に立つと、破片だと思っていた物体の正体は一瞬で判明した。

（ミニカー？）

それは子供の頃、誰もが一度は遊んだことがある、片手に収まるサイズのミニカーだった。しかし海月が目を見張ったのは拍子抜けしたからではなく、その逆だ。先端が尖った特徴的なボディ、三つしかないタイヤ……それはあの事故車両とそっくりなオート三輪のミニカーだったのだ。しかも色も同じミントグリーンだ。

（え？　これって……）

背筋がぞくりとそそけだった。海月の脳裏に、あの工員が坂道の模型を前に淀《よど》んだ目で立っている姿がありありと浮かんだ。彼は坂の上でミニカーの手を離しては、それが麓で激突する様を何度も繰り返し確認するのだ。その表情には殺人者特有の歪んだ笑みが薄っすらと浮かんでいる……。

（え、えーー！　確かにプロの工員なら細工はお手の物だろうけど、監視カメラの問題が……。それ以前に海老沢さんに何の恨みが）

これは石川と亘にも伝えなければ。静かに後戻りをしてガラス戸に手を伸ばすと、隣室の声が少し大きくなった。

「……え？　事件番号ですか？　ちょっと待ってください」

キュッという足音と同時に、彼がこちら側へ来る気配がした。

（ちょ、ちょっと待……っ）

とりあえずしゃがんでみたが、机の陰ならいざしらず、ここはガラス戸の目の前である。暖簾を掻き分けて出てきた工員は床に座り込んでいる海月を見て固まった。

「え？」

（まずいまずい、何か言わなきゃ！）

背中に汗を流しながら咄嗟《とっさ》に口を突いたのはこんな言葉だった。

「そっその電話、磯岸署からですか⁉」

「え？　なんで」

「今、事件って言ってたので」

「いやこれは別件で……」

工員は携帯電話を耳に当てたまま「すみません後でまた電話します」と詫《わ》びを入れてから通話を切った。

「ええと、どうしてここに」

彼の表情は一見穏やかだが、目の奥が明らかに警戒していた。ドラマなら口封じに殺される場面だ。

「あ、あのっ！　お電話まだかなーと思いまして！　勝手に入ってごめんなさい。あとこれは転んだだけです」

「はあ」

「それで、さきほどの続きをお願いしたいので、来てください」

海月は立ち上がるとガラス戸を全開にした。とりあえず、これで口封じは防止できるだろう。しかし一緒に事務室を出てくれるものと思った彼は、なぜかコーヒーメーカーの方へと移動した。そしてあろうことか、海月を見ながら例のミニカーを鷲掴《わしづか》みにしたのだ。

「あんた、これを……」

（ひぇっ！）

見ーたーなー、とホラー映画にありがちな展開になるかと身構えると、工員は普通に歩いてきてミニカーを差し出した。

「海老沢さん家の坊やの物だと思うんだ。あんたから返してやってくれないか」

「はぃ？　……それが、どうしてここに……」

「あの事故車の床に落ちてた。車は多分スクラップになるだろうが、ミニカーはどこも傷んじゃいないから」

「あ、はい、私たちも、このあと海老沢さんのお宅に行くので構いませんが」

海月が手を出すとミニカーがそっと乗せられた。随分と優しい手つきだ。

「子供が探してると思う。できるだけ早く持っていってくれ」

「お優しいんですね」

思わず本心が漏れると、工員は急に人間くさい表情になった。

「俺にも小さい子供がいるからな……」

彼はそう呟くと海月を置いて工場の方へと戻っていった。慌てて海月も後を追う。

（今の、照れた……のかな）

工員が戻ると亘は急に元気を取り戻したようで、熱心に話し始めた。質問内容はさっき海月も聞いた「工員は一人だけなのか？」とか「事故車が運び込まれた時、あなたの他にも誰かいましたか」などだったが。ちなみに彼の回答は、つい最近もう一人いた工員が辞めてしまったので今は作業は一人だが、事故車が運び込まれた時は母親が裏の母屋から出てきて一緒に見ていた、だった。

「ブレーキが故障しているらしいと知ったのはいつ頃でしたか？」

「いつって……車体が運ばれてきた時だよ。一緒に来た警官がそう言ったんだ」

「なるほど。わかりました、ありがとうございました」

あっさり引き下がったので、むしろ工員の彼の方が「え？　車体見なくていいのか」

と不思議がっていた。

「はい、そこは鑑識の資料を信頼しているので」

亘は爽やかな笑顔で頭を上げて、ついでのように訊ねた。

「そういえば、あなたのお名前を伺っていませんでした。伊藤……？」

「伊藤武志《たけし》だ。名刺は、悪いが切らしている」

気まずそうに口を引き結ぶ武志に、亘は笑いかけた。

「いえ、ここの電話番号は知っていますし、それに近いうちに必ずまた来ますから」

それだけ言うと、亘はさっさと自分の車に向かう。拍子抜けした武志は狼狽《うろた》えながらも「まいどー……」と見送っていた。

（なによ、またって。用事なら一度に済ませなさいよ）

心で文句を言いながら、海月も車に乗りこんだ。


伊藤オートサービスを出た車は川沿いの道を更に進行すると、小さな交差点で右折した。そのすぐ先が事故現場であり坂の登り口なので思わず握る手に力が入る。通り過ぎる時に横目で見ると、電柱の足元には新鮮な花束が複数立てかけられていた。

「亘、もしかしてこの坂って事故が多い？」

「そりゃこんな坂ですから。路面が凍結した時なんか、結構玉突き事故がありますね。

「……突然どうしました？」

「さっき伊藤さんがうちとは別の事件について電話してたから、あの工場ってしょっちゅう事故車が持ち込まれるのかな、と思って」

「そうだろうな。あそこはこの坂から一番近い修理工場だし」

　石川がしたり顔で頷いた。

「ところでこの後だが、まず海老沢氏に会うのか？　今日は自宅にいるそうだが」

　それならミニカーを、と海月が口を開く前に亘が上機嫌に語り出した。

「いえ、その前にケーキを買って、地域で一番の情報通に話を聞きに行こうと思います。既に約束は取りつけてあります」

「ほぉ、さすがだな善くん」

　しかし海月は（その情報通って伊藤さんの母親じゃないでしょうね……）と不安になった。

4．最強★お婆ちゃんズ

駐車場を出た後、ケーキの箱を手に「情報屋のところへ行きましょう」と言う亘につ
いて行くと、辿り着いたのは彼の自宅の玄関だった。

「ふざけんな！」

反射的に脛《すね》を蹴ると、ケーキの箱を腹に抱えながら蹲《うずくま》った亘は涙目で訴えてきた。

「蒔さんって本当に詳しいんですよ。家政婦協会の古株で面倒見もいいから、この辺に
勤めている家政婦のほとんど全員と顔見知りなんです」

「それを先に言いなさいよ！　なにも泣かなくても」

「いえ、先輩が思い切り蹴ってくれたから嬉《うれ》しくて……」

（あ、そ……）

なんだか脱力してどうでもよくなった。しかし石川に背後から「後輩いじめ……後輩
いじめ……」と怨霊のごとく呟かれて、居心地が悪い。

「じゃ、じゃあ行きましょうか」

無理に声を張り上げて、昨日訪れた時と同じように三人で中へ入った。

長い廊下を経てサンルームへ向かうと、今日はヘビメタは聞こえてこなかったが、代わりに、やはり一昔前に流行ったポピュラーソングと女性たちの明るい笑い声が聞こえてきた。

「亘、来客中なら事件の話はまずくない？」

前を行く背中を突くも、亘は一向に気にしない様子で前へ前へと進んで行く。結局、何も答えないまま彼はドアを開けてしまった。

八角形のサンルームの中は、昨日と同じように窓から差し込む温かい日差しに満ちていた。室内のあちこちの隙間を埋める観葉植物も、部屋の中央に大きな丸テーブルが置かれているのも昨日と同じ。ただし今日は、そのテーブルの上に昨日の比にならないほど多数の茶器とクッキー、サンドイッチ、果物などのお茶の友が並んでいた。

そして小柄で置物のような姿の蒔を筆頭に、ふくよかで猫みたいな細い目のお婆さん、和装のお婆さん、洋装のお婆さん、ワンピース姿のお婆さん、ギャル並みに化粧の濃いお婆さんに、逆にノーメイクで肌の綺麗なお婆さんと、バラエティに富んだ七人のお婆さんがテーブルを囲んで座っていた。ついつい、（お婆さんの見本市……）と失礼なことを考えたのは秘密だ。

お婆ちゃんズは亘の姿を認めると、「おじゃましてま～す」と明るく挨拶した。亘も同様に「お久しぶりです、みなさん」と笑顔で返し、軽い時候の挨拶を交わし始めた。

蒔だけが海月と石川に目を向けた。

「全員、私と同じ家政婦協会からこの近くのお家に働きに来ている人なんですよ」

(ああ、亘がさっき言ってた)

確かに家政婦ならば各家庭の内情に精通しているだろうが……。

「今は勤務中ではないのですか？」

石川が恐縮して訊ねると、四人は笑顔で首を横に振った。

「私たちは午後からの契約だから、お昼前のこの時間は出勤前の自由時間なんですよ」

「私たちは朝からですけど、この時間なら仕事も一段落しているから、中抜けさせて貰えるのよね」

残りの二名が互いに顔を見合わせ頷いた。

「みんなここで英気を養って、昼からの仕事をがんばるわけ」

(あ、イレブンジズって午前十一時のお茶会の名称か！)

出発前の亘の呟きを思い出して海月は手のひらを叩いた。確か、お茶会の本場イギリスで、忙しくて昼ごはんを食べられない労働者たちがその時刻に軽食をとったのが始まりだとか。

「これ、お土産です」

亘がケーキの箱を差し出すと、お婆さんが一斉に「あらまあ」「気を使わなくても」

「いつもありがとう」「善ちゃん大きくなったわねぇ」「ほんと、毎日悪さをしては朱鷺《とき》絵《え》さんに教鞭《きょうべん》で打たれていた善くんがねぇ」と喋りだすので収集がつかなくなった。しかもぽろっと変な情報まで混じっている。

お婆さん軍団はひとしきりお礼を告げると一斉に口を噤《つぐ》むので急に静かになった。妙に明るいポップスの曲が流れる中、全員から「で、後ろの二人は何者？」といった目を向けられた。非常に気まずいので、皆様から見えないように亘の脛をゴッゴッ蹴った。

「紹介しなさいよ」

「あ、はい。みなさん、こちらが僕の上官の石川さんと、先輩の菱川さんです。菱川さんはくらげちゃんと呼んであげてくだ……はぅっ！」

海月は亘の尻を浮くほど膝で蹴り上げた。

「そのあだ名、広めないでよ！」

「だって石川と菱川じゃ紛らわしいですよ！」

小声で争っているうちに石川はちゃっかり蒔さんの隣に用意された議長席に座ってしまい、海月はその対面に用意されたミニソファ（お婆さんが四人掛かりで運んだそうな）に、亘と並んで腰かける羽目になった。

「なんかカップル席みたいですね！　……うっ」

ふざけた事を言うのでもう一度脛を蹴った。

そんなこんなで事情聴取ならぬ、奇妙なお茶会が始まった。

まず、石川が咳払いしながら口を開いた。

「ええと、すみません、みなさんは我々がなぜここへ来たのか聞いているのでしょうか」

「お茶会でしょう。私たち、常連以外の参加者も大歓迎よ」とギャル風お婆さん。化粧だけでなく服装も若々しいが、もしかして孫とお揃いとかそういうのだろうか。

「いえ、みなさんはそうでしょうが」

石川は眉毛をハの字に下げて、亘に助けてくれと救難信号を送る。亘は蒔が用意した紅茶のカップを皿ごと手のひらに乗せると、飲みながら告げた。

「海老沢さんの家の噂を知りたいんですが」

「直球だな！」と慌てる石川。海月も冷や汗が出そうになった。

（えぇー……あとで海老沢さんに、私たちが嗅《か》ぎまわってたと知られたらどうすんのよ）

しかし亘はご機嫌な様子でお婆ちゃんズを見渡した。

「え、いけませんか？　みなさん素直に話してくれますよね。もちろんここで話したことは、ここだけの秘密ってことで」

全員が笑顔で頷いた。奴《やつ》はお婆さんキラーなのかもしれない。

「海老沢さんの奥様は支配欲が強すぎたんよね……」

亘持参のケーキを頬張りながら話し出したのは、丸顔でふくよかなお婆さんだった。色白で細目なうえに白い割烹着《かっぽうぎ》を着ているので、ぱっと見、招き猫っぽい。

「奥様って、紹子さんがですか？」

訊き返すと、違う違うと否定された。彼女たちの間では亡くなった絹婆さんが奥様で、紹子さんはお嫁さんと呼んでいるそうだ。ちなみに貴一は息子さんだ。

「つまり絹さんは一家を支配しようと……」

「じゃなくて、息子をね。理想の学校、理想の就職と奥様が決めた通りに進ませていたのに、結婚だけつまずいてね。奥様が選んでくる見合い相手を息子さんは悉《ことごと》く拒否したの。それで婚期が遅れちゃって息子さん五十路になったのよね」

「遅れてきた反抗期だったんでしょうな」

石川の呟きに、招き猫婆さんは「いえいえ」と手をひらひらと動かした。

「それが、息子さんが連れて来たお嫁さんを見て、私たちみんな納得したの。お嫁さんは控え目で恥ずかしがり屋でとっても大人しい人なの。息子さんはああいう子が好みだったわけ。お見合いの相手は派手な美人ばかりだったから」

「だったら最初から母親に自分の好みを伝えておけばいいのに……」と海月が横槍を入

れると、どうも貴一は、もともと結婚には無関心だったらしい。紹子と出会わなければ結婚なんてする気がなかったと本人が言っていたそうだ。

「お嫁さんは職場の近くにできたコンビニの店員で、たまたまお店に来た息子さんがビビッときたんだって。いわゆるビビビ婚の上に、年の差婚で格差婚よ。お嫁さんのご実家は裕福とはいえないお家だったからね……」

「はあ。ビビビですか」

なんか懐かしい擬音だな、と思いながら海月は相槌を打った。

「でもそれなら絹さんは反対したんじゃないですか？　家格《かかく》が合わないとか言って」

「もちろんしましたよ。でも息子さんがこの人じゃなきゃ一生結婚しないと言い切って、さすがに孫は欲しかったんでしょうね、渋々承諾したのよ。でも内心面白くなかったんでしょうね。お嫁さんが息子さんの希望で専業主婦で、奥様はよく冗談めかして『家政婦だと思うことにしてるわ』って言ってたんだけど、目が本気だったねぇ」

「じゃあ嫁いびりの噂は事実だと……」

「そうよ」

お婆さん七人が声を揃えて同時に頷いた。

海月は三段重ねのケーキスタンドからサンドイッチを取りながら考えた。

（じゃあ、紹子さんには姑の絹を狙う動機ががっつりあったわけね。大人しい性格っていうけど、そういう人ほど追い詰められると最悪の方法を取ることもあるし……）

「その、紹子さんは納得して結婚してたんでしょうか」

「というと？」

「お金持ちのご主人に結婚を迫られて断りきれなくて、とかいうことは」

「それはないわ」

と今度は薄い紫色のワンピースを着たお婆さんが口を開いた。真っ白でふわふわしたロングの髪と、ほんのりとお化粧したピンク色の頬が可憐《かれん》な乙女のようなお婆さんだ。

「紹子さんはね、あれなのよ、ほら、ファザコン」

「はあ」

「小さい頃からお父さんがいなかったとかで、年上のお父さんみたいな男性が大好きなんだって。だから貴一さん以上に紹子さんの方がお熱なのよ」

「そうそう、アッチッチなのよ。あの夫婦」

（なんかまた懐かしい擬音が……）

「でもそれじゃ、夫婦のどちらかが自分の妻、あるいは夫を殺そうとしたという可能性は低くなるかな……むしろ絹さんが共通の敵、夫婦二人が共犯で実母を殺害、あ、それなら貴一さんが自分で運転した方が確実だ」

「先輩、声に出てますよ」

亘に指摘されてあやうく紅茶を吹きそうになった。しかしお婆さんたちにはしっかり聞かれてしまい、全員から興味深げに見つめられた。

「あら、あの事故、ブレーキの故障だって聞いたけど、もしかして殺人事件なの？」

「あら、これもしかして殺人事件の聞き込みなの？」

（やば、あくまで海老沢家の噂を調べるって名目での聴取だったっけ）

「うぼぅ」と苦しそうな音が聞こえたので真向かいを見ると、石川がクッキーを口に含んだまま咳払いをしようとして失敗した音だった。まず飲み込めよ、と海月は白い目を向ける。

亘がすかさず助け船を出してくれた。

「いえ、十中八九事故です。ですが警察は全ての可能性について、念のために調べるものなんです」

「あらそう。大変ねー」

お婆さんたちは案外あっさり納得してくれた。しかしこれを機に、「殺人ならもっといい方法があるものねぇ。奥さん血圧高かったから、ちょいと塩を毎日増量しておくとか」「階段の途中に空のワイン瓶を置いておくという手もあるわねぇ」と殺人談義が始まり、石川がこっそり「怖《こ》えぇ婆さんどもだな」と呟いていた。

（なんとか話を元に戻さないと）と焦ったところで、気を利かせた石川が軽く手を上げてみなの注目を集めた。

「その話とは別件なんですが、紹子さんが機械類が苦手だったというのは本当でしょうか」

（それ全然別件じゃない）

つっこみたいところだが海月は黙った。幸いお婆さんたちは何も疑問に思わなかったのか、石川の問いにあれこれと語りだした。

「あのお家の家族全員、機械いじりなんて全然ダメダメだったと思うわ」

と、ノーメイクのお婆さん——なんと職場は海老沢家のお隣さん——がダメを連発した。

「息子さんはレトロカー好きであの車を買ったようだけど、整備は専門の工場にお任せだって。私のところの坊っちゃんが自分で車やバイクをいじるのが大好きな人なんだけど、一度一緒に整備させてくださいって言ったら『実はうちには工具すらないんだよ』って言われたそうよ。わりと親しかったからガレージには招かれていたけど、掃除は行き届いていたけど自分でいじるような工具はなにもなかったってこぼしていたわ。ショールーム的な感じだったって」

「車好きっていってもいろんなタイプがありますものね」

海月は頷いた。貴一は機械の構造へ興味を持つよりも、見て使って道具として楽しむタイプだったのだろう。ガレージについては、あとで海老沢家に行ったら実際に確かめてみるといいだろう。

「お嫁さんがパソコンも使えない人だと聞いたのですが……」

海月が言うと、石川もクッキーを頬張りながら付け足した。

「お年寄りならともかく、若い娘さんがパソコンを使えないというのは信じ難いですな」

「あらーでも、うちの孫もスマホしか使いませんよ」

とギャル婆ちゃん。孫とはかなり親しいようだ。

「キーボードを打つのが面倒とか言って。授業で少しはやるらしいけど、必要なのは友達とのメッセージやらメールやらですからねー、ネットの検索もスマホからだって。でもお嫁さんはそれに輪をかけてダメだったみたい、なにせ未だにガラケー派ですから」

「それもまた逆に珍しいような……」

「結婚してから貴一くんがスマホを買ってあげようとしたけど、スマホにするとSNSのおつき合いをしなくちゃいけなくなるから、持ちたくないんだって。幼稚園のママ友とか、あんまり作りたくなかったみたい。話が合わないんでしょうね」

さもありなん、と海月は思った。きっと子供が通っているのは私立の有名幼稚園なのだろう。そういったところは親も卒業生ばかりで、他校出身者は肩身が狭いという話をよく聞く。紹子が大人しい人という評価は、人づき合いが苦手なのも含まれているかもしれない。

「まあでも、自宅にパソコンはありますよね、きっと」

「貴一さんの部屋にはあるんじゃないかしらねぇ。お仕事で使うもの。でも設定は業者任せだって、ほら、インターネットに繋ぐ作業とか」

「それってノートタイプでしょうか？」

デスクトップなら持ち出されることもないから、貴一が不在の時に紹子にも使う機会があるのだが、ギャル婆ちゃんほか全員に「さあねぇ」と首を傾げられて終わった。海老沢家は『紹子が家政婦だ』なんて絹が言ったくらいだから、当然本当の意味での家政婦はいない。そんな細かなところまで知る者は流石《さすが》にいないようだ。

（まあそれも後で確かめればいいのかな？　あとは……）

海月は石川に視線を送る。彼は議長役を海月に譲ったようで、今はスコーンを食べるのに専念していた。左隣を見ると、亘も亘で紅茶に没頭中だが、こちらは何やら考えこんでいる様子だ。この場は自分が頑張るしかないと海月は気を引き締めた。

「今度は貴一さんのことなんですが、何者かに恨まれているような噂はありませんでしたか？」

一応、貴一を狙った第三者の可能性も探っておこうと切りだした。しかしこれもまた、全員一様に首を横に振るだけだ。

「ご近所トラブルは一切なかったわねぇ」

一人だけが、思い出したように呟いた。

「ああでも、十年以上前だけど、窓ガラスから石を投げ込まれたことがあったそうよ。融資を断った企業の逆恨みだったそうだけど、それがあったからあのお宅は監視カメラをいっぱい付けているのよね」

「そういったトラブルは最近もあったんですか？」

「いいえ。投石の犯人はとっくに捕まっているし、ここ数年は何事もなく平和でしたよ」

「職業上のトラブルなら、私たちより警察の方が詳しいのではないの？」

それもそうか、と納得して、この質問は引き下がった。

さて他に確かめなければならないことは何だろうか。海月は改めて考えてみた。紹子と絹の確執、貴一の家庭内での立ち位置、それらは十分な情報が得られた気がする。

（あと何か……せっかくこんなに情報通がいるんだから、他にも聞いておかないと）

貧乏根性を発揮して唸っていると、亘がおもむろに顔を上げた。

「それじゃ僕が質問してもいいですか、先輩」

まだ聞くものがあったかと思いつつ「どうぞ」と頷いた。石川も感心したようで、微笑みながらうんうん頷いている。

「伊藤オートサービスの武志さんなんですが」

（え？　あの修理工場の？）

お婆さんたちは「誰？」とも言わずに耳をそばだてている。全員知っていて当然という反応だ。

「紹子さんと親しい間柄なんでしょうか？」

「え？」

「は？」

咄嗟に声が出たのは海月、そして石川だ。なんでそんな質問がと口をつきかけて、そこで閃いた。

（そっか！　紹子さんが武志さんにブレーキホースの細工を依頼したなら機械音痴の紹子さんでも殺害が可能……って、駄目だ監視カメラ……あっ、じゃあ武志さんに細工の仕方を教わって紹子さんが自分でやったのかも！）

と矢継ぎ早に考えドキドキしながら答えを待つと、和装の上品そうなお婆様にこう言われた。

「あのお二人は全く面識がありまへんよ」

「えーー！」

思わず不平を漏らすと亘に「先輩、しーっ！」と子供にするみたいに注意された。生意気な、といささかむっとする。

「貴一さんには新横浜に贔屓《ひいき》にしているディーラーがあって、紹子さんの車も同じ所へ出していたから、伊藤オートサービスに車を預けたことは一度もないでしょうねぇ。奥さんの病院へ行く時も、坂の下で橋を渡るから伊藤さんの店の前は通過もしまへんし」

「えー……じゃあ紹子さんがブレーキの細工の仕方を教わることもないかぁ……」

「先輩また声に出てますって」

慌てて紅茶を口に含んでごまかしたが、このお婆さんは優しいのか、聞かぬふりをして先を続ける。

「でも、伊藤さんとこの息子さんは紹子さんのこと、知ってはいるでしょうね。なにせ『囁《ささや》き千里《せんり》』の息子やし……」

「なんですか囁き千里って」

海月に代わって亘が答えた。

「ことわざですよ。内緒話はまたたく間に千里の先までも広まるものだ、っていう意味の。でもこの場合は人の名前……ですか。もしかして」

「そうや。伊藤千里《いとうちさと》。あそこのオババがね、無類の噂話好きなんよ」

いやそれ貴方たちもでは……と海月が心の中で呟くと、心を読んだかのように続けられた。

「うちらは内輪でこっそり話すだけやけど、千里《せんり》オババは吹聴《ふいちょう》するのが大好きなの。あちこちで噂を聞きつけては、別の場所にわざわざ話して回るわけ。だからうちらとはちょーっと違うのよね……まあうちらの情報の半分はあの人のお陰ってところもあるから、あまり悪くも言えまへんけど」

「とにかくお喋りなオババだから、家庭でも四六時中噂を吐いてるのは間違いないわね」

　ほかのお婆さんも口々に追従する。そういえば伊藤武志本人も母親が噂好きでげんなりしていたし、よほど酷いのだろう。

「ということは、千里オババは息子さんと同居なんですか」

「そうや。あの伊藤オートサービスの裏の家で息子さん夫婦と孫と同居……あら、海老沢さん一家と似てはるわ」

　和装お婆さんが感心していると、クラシカルなシルクのブラウスにスカートの、洋服ではなく洋装という言い方が似合うお婆さんが「ほんとね」と相槌を打った。

「武ちゃんとお嫁さんは高校時代の同級生で同い年だから、そこだけは違うけど、夫婦がラブラブなのと子供が男の子なのも一緒だわねぇ」

　その後は千里オババから聞いたという最新噂情報で場が盛り上がったが（一応聞いて

いたが、事件とは関係のないご近所話だった）、海月や石川にとってはいささか退屈な時間だった。

皆のお喋りの熱も若干下がり、そろそろお開きかな……という空気が流れだした頃、紅茶を睨んで考えごとに没頭していた亘が再び柔らかく切り出した。

「最後に、もう一ついいですか？」

どうぞどうぞ、とみんなが目で応じる。亘は、今までの質問なんて取るに足らない、まるでこれこそが重要なのだと言わんばかりにゆっくり告げた。

「みなさんは、あの事故がブレーキの故障で起きたことを、どうやって知ったんでしょうか？」

（んん？）

その区切るような言い回しは、海月にはどこかわざとらしく聞こえた。そう、予《あらかじ》め返ってくる答えを知っている癖に、わざと質問を投げかけたような……。

お婆さんたちはそんな亘に疑問を感じることなく、今までと同じように素直に語った。

「そりゃ、千里オババが触れ回ったからですよ。『今うちに坂の下で事故を起こした車が運ばれてきたの、ブレーキの故障で電柱に激突したんだって！』って。タイムリーでホットなニュースだもの、千里オババ大興奮よ。さすがに乗っていた方が亡くなったって聞いてからは、自重したようだけど」

その答えは亘にとっては満足のいくものだったらしく、彼は笑顔で相槌を打った。

「口を噤んでも時既に遅しで、その時には町中に広まっていたわけですね。ありがとうございました」

「それじゃあ、我々はそろそろお暇《いとま》しよう」

石川の言葉を契機に、海月と亘も席を立つ。お婆さんたちはまだまったりとお茶会を続けるらしく、蒔だけが亘を見送りに一緒に廊下へ出てきた。

「そうだ蒔さん、ヘビメタを聞く時はもっと音量を絞ってくれませんか」

歩きながら亘が苦情を述べだしたので、事情を知る石川と海月は引きつる頬を抑えた。

「でもね、耳が遠いのよ」

「じゃあいっそ庭に出て外から見える場所で聞いてください。デッキチェア出してあげますから」

「お婆さんが庭のデッキチェアでヘビメタ聞いていたら観光客が見にくるぞ」

石川が苦言を呈すると、蒔さんが「ヘビメタはいけませんか」とうつむいた後、目を輝かせて顔を上げた。

「善さん、デスメタならどうでしょう」

「そういう問題じゃないです」

このお婆さん絶対わざとやってるなと海月は確信した。

靴を履いたままなので玄関ホールに来たからと特にすることもなく、蒔に頭を下げてそのまま出ていこうとした一行だったが、「善さん」と呼び止められた。振り返ると、蒔は小さい目を開いてじっとこちらを見ている。

「はい？」

亘が視線を下ろすと、蒔はまっすぐに彼を見上げた。

「間違えないで。紹子ちゃんは人殺しを企てるような子じゃありませんよ」

「…………」

「あと、嘘を言う子でもありません」

そう言って菩薩《ぼさつ》地蔵のようににこにこ笑う老婆を前に、亘はふと真顔になった。おそらく、この捜査が始まって以来初めての真剣な顔だ。

「それは、誰かの受け売りではなく蒔さんの判断ですか？」

「はい」

蒔は小さい頭を大きく上下に動かした。

二人は笑顔と沈んだ顔のまま十数秒視線を交えていたが、やがて亘の方から視線をそらし、こう告げた。

「分かりました。よく考えてみます」

「さっきの蒔さん、なんか迫力があったねー……亘？　おりゃ」

自宅を出てから無言で考えこんでしまった後輩があまりに返事をしないので後頭部を叩いたが、現在も思考中なのか何の反応もない。庭の中であるのをいいことに、調子に乗って前後左右からペシペシ叩いていると石川に咳払いを連発された。

「情報提供はありがたかったが、結局犯人は絞り込めそうにないな」

渋面の石川が呟いた。絞り込むといっても、貴一か紹子、大穴で絹の三人しか犯人候補はいないわけだが。

「海老沢家に行けば何かつかめるかもしれませんよ。がんばりましょう！」

海月は先頭に立って表通りへ向かった。

5. 二つの嘘

海老沢家までは徒歩で十分の距離だった。インターフォンを通じて門扉をオートで開けてもらい中に入ると、亘の家ほどの長さはないが、緩く湾曲したアプローチが玄関まで延びていた。

昨日車で通りがかった時に目にしたとおり、無造作に配置された灌木《かんぼく》の向こうに白いパーゴラや薔薇のアーチが見え隠れしていた。庭にはプランターや柵で仕切られているような花壇はないが、その代わりハーブや花の咲く多年草が自然に生えてきたかのようにあちこちに植えられていた。亘の家のだだっ広い庭に比べれば敷地は半分以下だが、木や草花の数は多く細かな所まできちんと手が入れられている、見事なイングリッシュガーデンだった。

玄関に着くと家主の貴一は既に扉を開けて待ち構えていて、リビングへと案内してくれた。

海老沢家の内装は、築十五年だというのに新築のようにきれいだった。一般的な住宅より天井の高い造りの上にリビングは吹き抜けになっていて、床は白い大理石のタイル張り。南側の壁は庭が見渡せるよう、全面にガラスがはまっていた。

（ホテルのラウンジみたいでかっこいいけど、真夏になったら暑そう……）

と考えていたら海月の目線から察したのか、「天井付近に電動のカーテンが巻き取られていて、室温に合わせて自動で下りてくるんですよ」と貴一が教えてくれた。

（亘の家とは違ったベクトルで豪華な家だわ。……うーん、それにしても、これは嬉しい誤算）

海月はソファの対面に座る貴一をまじまじと見つめた。

お茶会で聞いた貴一の印象は、女性に全くもてない、くたびれた感の男性だった。しかし実際の貴一は白髪まじりの髪をオールバックにして銀縁メガネを掛けた知的な男性だった。お婆ちゃんズの情報によると既に五十代ということだが、奥さんの料理の栄養バランスが良いのかはたまた運動をしているのか、中年太りとは無縁のスリムな体型をしている。着ている服もベストにネクタイと自宅にいながらにしてトラディショナルだが、それがいかにも自然体で嫌味がなかった。

要するに貴一は海月の好みど真ん中の渋いおじ様だったのだ。海月は思わず胸の前でグッと拳を握った。

（ほら、ちゃんといる所にはいるんじゃん！　理想的なおじ様が！）

「どうしました先輩。拳なんか握りしめて、海老沢さんを殴らないでくださいね」

「しないわよ！　いやあ、やっぱり素敵な家には素敵な人が住むんだなーと思ってさ」

「……………そうですか？」

と海月は、隣に座る後輩の家が素敵な西洋館であることをさっぱり忘れてはしゃいでいた。

元々の知り合いということもあって、この場は石川ではなく亘が話を進めた。

「それでは、いくつかお伺いしたいのですが……」

お悔やみの挨拶を終えた亘が早速質問を開始した。内容はお茶会で訊いた噂話を失礼にならないように薄めた感じだったが、家族間の確執、紹子の運転能力と反射神経、懇意にしている整備工場についてなど、多岐にわたった。その過程で紹子は普段から運転が下手だったと分かり、ますますただの事故だったのではと思いたくなった。

（いっそ、整備不良だったら話は早いのに……でも修理業者の調査結果はお墨付きだし……むむむ）

貴一は質問に淡々とではあるが淀みなく答えてくれた。しかし亘が伊藤オートサービスの名を出した時だけ、本気で首を傾げた。

「知らない店名ですが、今回の件に何か関係が？」

「事故のあと車体を保管してくれている修理工場です。坂の下の」

「ああ……」

そう言うと理解したようだが、警察に任せっぱなしにしていたので、工場の名前も今初めて知ったそうだ。

「僕はその辺りには普段から用がないので、足を向けないんです。妻が母を病院へ送る時だけじゃないかな、近くを通るのは」

「もしかして紹子さんなら、その工場のお世話になったことがありませんか。病院へ行く途中、急に車の調子が悪くなったりとかで」

さり気なく二人の接点を探る亘だが、貴一の返答は「妻も馴染みのディーラー以外に車を整備に出したことはありません」という素っ気ないものだった。

なんとなく質問も尽き、亘が「パソコンを見せてもらってもいいですか」と切り出して全員で移動することになった。

「この家でパソコンは僕の部屋にしかないんです」と言いながら貴一は階段に向かう。ちなみに階段はリビングの中にあるのだが、部屋自体が広いので全く邪魔になっていないという素晴らしさだ。

床と同じ大理石タイルの白い階段を上ると、リビングの上には片側に柵が設けられた廊下が一直線に延びていた。体育館のギャラリーのような作りになっていて、ここからリビングを見下ろせるというわけだ。廊下にはドアが四つ並んでいて、手前が貴一の書斎、その隣が子供部屋、続いて夫婦の寝室と納戸と紹介された。亡くなった絹の部屋は一階の奥、ここからは見えない場所にあるそうだ。

「そういえば今日、勇太くんは」

ミニカーのことを思い出した。こんな状況なので紹子の実家にでも預けているのではと思ったら、毎日ママのお見舞いに行けるようにと家に留まっているそうだ。

「え、じゃ、今いるんですか？　この家に」

「いますよ。お客さんが来ているので子供部屋でおとなしくしています」

「じゃあ私、勇太くんに会ってきていいですか？　パソコン見るのは亘の方が詳しいだろうし」

貴一は最初は怪訝《けげん》な顔をしたが、母親と離れて寂しがっている息子を女性の海月が構ってやるのは丁度よいと考えたのかもしれない。笑みを浮かべると「お願いします」と頭を下げた。


「こんにちは勇太くん」

声をかけて薄くドアを開けると、床にペタンと座っていた男の子が振り向いた。マッシュルームを彷彿させるボブカットに丸い頰の、女の子に間違えられそうな可愛い子だ。着ているセーターの青色が辛うじて男子だと主張している。

「はじめまして。お姉さんはパパのお知り合いで、海月っていいます。よろしくね」

「みづちゃん？」

「そう」

勇太の子供らしい縮め方に、海月は思わず口元を綻ばせた。

（そうよ、職場のみんなもみづちゃんでいいじゃない！　なんでくらげなのよ）

「お姉さん、勇太くんに持ってきたものがあるの。お部屋に入ってもいい？」

勇太が頷くのを待ってから、海月は子供部屋に足を踏み入れた。

中は二十畳ほどで小さな子供が一人で使うにしては広いと感じたが、水色の家具や壁に掛けられたお絵かきボードが子供部屋らしさを醸していた。

勇太は部屋の真ん中で、ラグの上におもちゃの道路を長く繋げて街の建造に勤《いそ》しんでいた。彼の横には道路の完成を待つミニカー数十台が並んでいる。海月は丁度よかったとバッグから例のミニカーを取り出した。

「はい、これ。預かってきたの。勇太くんのでしょう？」

手に乗せて差し出すと、勇太は目を丸く見開いてからすぐに飛びついた。

「僕のオートくん！」

やっぱりだ。きっとお気に入りだったのだろう、勇太はまだ建造途中の道路にオート三輪のミニカーを乗せると、手を使って動かし始めた。海月は隣に座ってそんな彼をしばらく眺めていたが、ひとしきり遊んだ頃、勇太が思い出したように顔を上げた。

「ねえ僕のオートくん、どこにあったの？」

「パパの車の中にあったんだって。ほら、本物のオート三輪の方」

「パパのオートくんも帰ってきたの？」

この質問には一瞬悩んだが、結局、本当のことを言った。

「パパのオート三輪は事故で壊れて、もう元に戻せないらしいの。悲しいけれど……」

「死んじゃったの？」

できるだけ真剣な顔で頷いた。物にも命があるように思う、それは子供が持つ純粋な心だ。できるだけ否定しないであげたいと海月は思った。

勇太は一瞬泣きそうになったが、大人びた顔をすると自分のミニカーを大事そうに撫でながら、「オートくんのパパ、死んじゃったんだって……でも僕がいるよ」と優しく語りかけた。本物とそっくりのミニカーは、車の親子という設定だったのだろう。

「ババちゃんも死んじゃったんだって……」

ミニカーに視線を落としたまま、思い出したかのように勇太が呟いた。悪い噂ばかり聞く絹だが、彼には優しいお婆さんだったのだろう、声に寂しさが滲《にじ》んでいた。

「でもママはもうすぐ退院できるんでしょう？」

なんとか明るい話題を出そうと多少嘘をついた。紹子の入院は、万が一内臓の損傷が見つかれば、手術のために数週間は続くおそれがある。それでもママの話はやはり彼の安心材料だったらしく、少し笑みを見せた。

それからしばらくの間、勇太が道路を繋げるのを手伝って一緒に遊んでいると、ドアがノックされた。

「先輩、今からガレージを見にいきますけど」

「あ、私も行きます！　勇太くんも一緒に行く？」

勇太は小さく首を横に振った。

「僕、オートくんとここにいる」

「うん、分かった」

そんなわけで、別れの言葉を告げて海月は子供部屋を後にした。

ガレージは敷地内だが母屋からは完全に独立して建っているそうで、一同は一旦外に出て庭の裏にまわった。そこには数本の高い木に囲まれるようにして、白いペンキ塗りの木造ガレージが収まっていた。

「そうそう、こういうのがいいのよ！」

海月は思わず口に出す。車三台が楽々入るという平屋のガレージはそれなりの大きさがあり、下手をすると普通の一軒家に見える。白い板チョコを並べたように見える扉は一枚に繋がっていて、電動で上にスライドして開くのだという。貴一によると、ガレージ自体は新品で、扉の開閉機構や中の空調設備も定期的に業者が点検しているから何も異常はないはずだとのこと。

新品でありながらも外壁はレトロ調の仕上げがされていて、わざとペンキが剝《は》げて煤《すす》けたように塗られていた。オート三輪といい、このへんが貴一の好みのツボなのだろう。

「出入り口はここだけですか？」と石川が訊ねた。

「そうです。もちろん鍵もついています。あと、軒下に監視カメラも」

扉を全部開け放つとガレージ内の全容が見渡せた。床は打ちっぱなしのコンクリートだが、それ以外は全部木造で壁や天井は梁《はり》や柱が剝《む》き出《だ》しのままになっている。だがその剝き出し状態がむしろ様になっていた。今は二台の車が停まっていて、一台分だけスペースが空いていた。

（あっちは貴一さんと紹子さんが普段使う車か……）

どちらも国産のハイブリッドカーだった。衝突したのがこの車であれば間違いなくエアバッグが作動しただろうし、車体も頑丈だから、少なくとも乗員の命は守られただろう。絹の血圧上昇がどの程度の頻度で起きていたのかは分からないが、別の日だったなら紹子がオート三輪を運転することはなかっただろう。そして貴一ならば、運転中にブレーキが制御不能になっても、紹子よりは冷静に対処できたかもしれない。全てもしもの話だが……。

「くらげちゃん。さっき貴一のパソコンのインターネット検索の履歴を調べたんだが」

貴一と亘が奥で話し込んでいる隙をついて、石川が囁いてきた。

「ブレーキの細工に関係した閲覧記録はなかった。それ以前に紹子はあのパソコンを使えない、貴一がパスワードを設定していたからな」

「パスワードが誕生日だったとか、まぬけな抜け穴があるのかもしれませんよ」

「そこは俺たちも考えて、善くんもいろいろ見てみたんだがな。多分これは無関係だと思うって言ってたぞ」

「ふーん……。ところで、パソコンってことは監視カメラの映像も見たんですよね？どうでした」

「それなんだよなぁ」

石川はさも大げさにため息をついた。

「第三者がガレージに侵入して、のちに映像もすり替えたって仮説も考えたんだが、そもそも録画ファイルは母屋の貴一のパソコンに保管されているわけで、母屋への侵入の方がよっぽど難しいんだ。外部犯の可能性は万に一つもないな」

「そうですね。このガレージも、壁も天井もしっかりしてて隙間はないし、窓もないし」

「しかも母屋から完全に独立しているから、家族であってもこっそり出入りすることができない。科捜研は過去一ヶ月分の監視映像を検証したそうだが、紹子も貴一もガレージに入った時は短時間で出て来てるんだ。二人がここでブレーキを細工をした可能性は、限りなくゼロだ」

「じゃあ……事故に遭う前に、貴一さんがオート三輪を最後に使ったのはいつなんですか。例えばその日、外に持っていって細工をすれば」

海月の仮説に、石川は眉を顰《ひそ》めて「無理だろうな」と呟いた。

「外でなら確かに時間は作れたかもしれないが、かなり無茶だぞ。息子と一緒だったからな」

石川によると、貴一が最後にオート三輪を使ったのは事故日の前日の日曜日だったそうだ。その日は助手席に息子の勇太を乗せて、二人でガーデニングセンターに買い出しに行ったということだ。

「あの見事な庭、全部貴一の趣味のガーデニングらしいぞ。すごいもんだ」

「ああ、それでオートくんも一緒に連れてったのね、勇太くん。ダブル親子デートだったんだ」

「オートくん？」

「勇太くんがオート三輪をそう呼んでて……」

と、そこで亘と貴一がこちらへ向かって来たため、内緒話は一旦収めた。

「どう亘？　なんかいいものあった？」

「いえ。事前に聞いていた通りですね」

亘の渋い顔を見るまでもない。ガレージ内にはジャッキどころか工具箱すら見当たらず、お茶会で得た情報通りだった。

海月たちは貴一に丁寧に礼を述べると、海老沢家を後にした。


「…………絹さんの通夜と葬式は明後日行うそうです」

運転席のドアを閉めて早々に亘が告げた。車に戻ったのは一旦磯岸署へ戻るためだが、三人とも表情は晴れない。ロクな手土産もない空振り状態だからだ。

今日の聞き込み捜査は、副署長から事前に聞かされた情報を確実にしたという点では有意義だったが、さてそれで事件は解決するのかといえばノーだ。車に細工なんて誰にも不可能だった、海月の頭ではそうとしか考えられない。聞き込みに行ってもほとんどの捜査員が手ぶらで帰る羽目になるのは捜査の宿命だが、今回は副署長に期待されて来ただけに気まずさもひとしおだ。

全員同じ気持ちだからか、車に乗り込んで数十秒経《た》つというのに亘はエンジンを掛ける素振りも見せないし、石川も急かさなかった。

（……とはいえ、いつまでもここで黙り込んでてもねぇ）

時刻はもう正午をだいぶ過ぎている。そういえば昨日食べ損ねた中華街ランチの約束はどうなったんだろう……などと考えているうちに、ふと思い出した。

「ねえ亘。そういえばあれ、どんな意図があって言ったの」

「あれ、とは？」

亘は車のキーを手で弄びながら気のない返事をした。

「お茶会の席で。みなさんはどうやってブレーキの故障を知ったんですか、ってやつ。亘、分かってて訊いたんでしょ」

「まあ、予想はしてましたよ」

「予想って、伊藤千里が噂を触れ回ったことを？　それってそんなに重要なこと？」

「ええ。千里オババの行動如何《いかん》によっては、そもそも事件なんて起きなかったはずなので」

「ふーー……んっ⁉」

海月だけでなく石川も後部座席から身を乗り出していた。

「亘まさか、犯人誰だか分かってるの？」

「ええ、まあ。でも証拠はまだないですよ」

「…………えっ？」

この言葉には当然だが海月だけじゃなく石川もいきりたった。

「まあじゃない！　何で目星がついた時点で言わないのよ！」

「いつ！　どこで分かったんだ！」

「ちょ、二人とも落ち着いてください！」

「一緒に捜査してるのになに情報隠してるのよ、さあ吐け、全部吐け！」

「ええ〜……」

二人揃ってシートを跨《また》ぐ勢いで詰め寄ると、亘は渋々語り始めた。

「磯岸署で副署長からあらましを聞いた時ですけど……」

海月の代わりに石川ががっくりとシートに崩れ落ちた。

「朝一じゃないか！　じゃあなんでわざわざ聞き込みに出たんだ、お茶飲みたかったのか！」

「だから確認のためですよ。それと証拠を見つけたかったんです。……ただ、ちょっと今、困っているんです。確認をしたことで逆に分からなくなってきて」

「何が」

「紹子さんが嘘をついた理由です」

「それって……やっぱり紹子さんが犯人なの？」

身を乗り出す海月に、亘は頷くでも否定するでもなく、曖昧に首を動かした。

「この事件は、二つの嘘から成り立っているんです」

全部話す気になったのだろう。亘は鍵をポケットに仕舞いこむと、ゆったり腕を組んだ。

「言うまでもなく、一つ目は紹子さんのついた嘘です。紹子さんが計画殺人の犯人だった場合も、そうじゃなくて不運な被害者だった場合でも、嘘をつく理由は思いつくので僕の中では辻褄《つじつま》は合っていたんですが」

「その前に、紹子さんのついている嘘って何なの？」

海月としては当たり前すぎる質問だったが、亘には予想外だったのか、一瞬口を噤んだ。

「……ここまできてまだ分かりませんか？」

「悪かったわね」

開き直って胸を張ると、後部座席の石川も同様に胸を張って頷いていた。自分と同じことをしているだけなのに何故か腹立たしい。子供みたいな態度の先輩と上官に呆れたのかは知らないが、亘は巻き戻して話し始めた。

「そもそもこの事件は、誰もが最初は単純な交通事故だと思っていました。それが覆されたのはなぜでしたか、先輩」

「そりゃ、ブレーキへの細工が見つかったからでしょ」

「そうです。何者かがブレーキホースが緩むように細工を施し、その結果、オート三輪はノーブレーキのまま坂道を疾走して電柱に突き刺さる羽目になった。これが磯岸署の見解です。ところが、防犯カメラの映像を精査した結果、何者かが事前にブレーキホースを細工するのは不可能ということになった。となれば結論は一つです。犯人がブレーキホースを細工したのは、事故の後だった」

「え？」

「は？」

海月と石川は同時に間抜けな声を出して、再び亘に何を今更という顔をされた。

「だ、だってそれじゃ、紹子さんのブレーキが利かなかったって証言は？」

「だから、それが嘘なんです。絹さんの事故死が紹子さんの計画的犯行だったなら、ブレーキが最初から壊れていたと周囲に思わせるために。殺人の意図は全くなく、本当にただの事故だったとしたら、自分の運転ミスで絹さんを死なせてしまったという罪悪感から咄嗟に車のせいにしてしまったんでしょう。古い車ですから突然故障してもおかしくないと紹子さんは思ったのかもしれない。実際にはブレーキ関連のパーツはレストアされて新品でしたが、紹子さんは知らなかったと思います。そして二つ目の嘘をついたのは」

亘は口を閉じ、さすがにもう分かるでしょう、という目線を海月に送った。こいつめとむかっ腹を立てながらも海月は答える。

「伊藤武志ね」

「そうです。彼のついた嘘は、もちろん、鑑識が来るまでオート三輪には触らなかったというあの言葉です。ブレーキホースを緩めておいたのは彼でしょうね。千里オババが噂を吹聴しに出ていったお陰で、一人きりになった武志には時間が十分《じゅうぶん》ありました」

「どうしてそんなことを」

ここで亘は初めて困ったように眉を顰めた。多分これが、彼がさっき言った、逆に分からなくなった部分なのだろう。

「……一番納得がいく理由は、彼と紹子さんが共犯の計画殺人です。二人の繋がりが不倫か友情か金銭関係か知りませんが、あの坂の下で事故があったら事故車はあの工場に運ばれますから、武志の役割はうってつけでした。『ブレーキが利かなかった』と嘘をついて事故を起こせば、整備不良と見なされると思ったんでしょう。あのオート三輪の整備工場が高レベルだったため実際にはそんなことになりませんでしたが、もし別の工場だったら、あの事故は有耶無耶になったかもしれませんね」

「しかし紹子と武志には接点がなかったんだろう？」

石川の台詞《せりふ》は、当然亘も承知のうえだったのだろう。彼は表情を曇らせた。

「だから困ったんです。二人が共犯関係にないなら、計画は成り立ちません。純粋な事故でも紹子さん単独の嘘なら咄嗟の責任逃れで説明がつきますが、無関係の武志がなぜホースを緩め嘘をついたのかが分かりません。それに蒔さんの評価もあるし」

「蒔さんがどうかした？」

「蒔さんの人物評価はかなり信頼できるんです。絶対と言っていいくらい。なので、蒔さんが『紹子ちゃんは嘘をつかない』と評したなら、紹子さんはどんな状況であれ責任逃れの嘘をつくような人ではないってことです。『運転を誤った、ごめんなさい』とか言ったはずです」

「しかし根拠が一《いち》お婆さんの人物評価じゃなあ……」

石川の渋る声に、亘は了承するように頷いた。

「そこは僕も自重してるつもりです。蒔さんの言葉を信じるなら、あれは純粋な交通事故ですが、二人の計画した殺人である可能性も同時に考えてきました。でもあの二人、本当に接点がないんですよ。海老沢さんに見せてもらった紹子さんの携帯も、家族としか通話してませんでしたし」

「……もしかしたら私、接点見つけたかも」

ふと海月が漏らすと、亘の目がゆっくり見開かれた。

「伊藤オートサービスの事務室に忍び込んだ時、オートくん……勇太くんのミニカーを武志から預かったんだけど、その時あの人、『俺にも小さな子供がいるから』って言ってたの。ほら、お茶会でもその話が出たでしょ。もし子供同士が友達なら、親が面識があっても」

「先輩」

「おかしくないかなって。でもそれならお婆ちゃんズが知らないはずないか」

「先輩！」

「なによ」

「なんですかミニカーって、聞いてませんよ‼」

話の途中で遮られてムッとしたものの、亘のあまりの剣幕に思わず固まった。怒っているのか、亘は目を大きく見開いたまま瞬きもせず海月を睨んでいる。

「え、だって」

「これだから先輩は！　一緒に捜査しているんですから、情報を隠すのはやめてくれませんか」

「それさっき私が言った台詞……」

「さあ、知ってること全部吐いてください、さあさあ‼」

「分かったから瞳孔開いて迫るのやめて！」

いつも自分がやっている、身を乗り出して詰め寄る姿は案外怖いものだと思い知った。

結局海月は、促されるままに事務室で見たもの、聞いたものを全部話した。

「オート三輪のミニカー……ですか」

「多分日曜日にパパと買い物に行った時にオート三輪の中に持ち込んで、置き忘れたんじゃない？」

亘は手で煩《うるさ》そうに払って海月の発言を止めると「そんなことより、まだ隠していることありますよね？」と睨《ね》めつけてきた。

「えー……」

意図的に隠したというより、今回の事件に関係のない事だと思って言わなかっただけなのだが……。しかしどうやらそういう態度がいけないようなので、記憶の蓋を必死にこじ開けて、なんとか詳細を語ってみた。

「えーと……武志さんが電話で誰かと話していて……『その日は都合が悪いから先方にはこっちから連絡します』とか」

「それで？」

「事件番号がどうとか言ってたから、『磯岸署からですか？』って聞いたら『別件です』って言われて。あの工場って事故車がよく運び込まれるみたいだから、他の事件にも関わってるのかなーと」

「…………はぁ」

突如、ため息と共に亘がハンドルに突っ伏した。

「え、大丈夫⁉」

「……先輩のせいで無駄に時間を費やしました」

亘はハンドルにもたれたまま、顔を横に向けて海月を睨んだ。

「どうしてくれるんですか」

「えーどうって……中華街でランチを奢る、とか？」

石川に自分と亘の二人分奢らせればいいかと考えながら告げると、亘はようやく体を起こした。

「まあいいでしょう。それじゃ行きましょうか」

「ランチに？」

「何言ってるんですか」

完全に呆れた目を向けたあと、亘はエンジンを掛けた。

「伊藤オートサービスに決まってるでしょう。武志を追及できる証拠が見つかりましたからね」

6．五分間解答

亘の車で伊藤オートサービスに再び乗りつけると、グレーのつなぎを着た武志が最初の訪問と全く同じように事務室から走り出してきた。時刻は今、午後一時過ぎ。最初の訪問からおよそ三時間が経過していたが、工場の様子は当時と全く同じで既視感すら覚えた。

「またあんたらか」

困惑顔で走り寄ってきた武志に、車外に降り立った亘はにこやかに告げた。

「はい。さっき訪問した時に言いましたよね、近いうちに必ずまた来ますと。お約束通りまた来ました」

「別に約束したわけじゃ……」

「面倒なので単刀直入に言います。僕らは今から磯岸署へ戻るのですが、あなたも任意同行してくれませんか。そして副署長に言ってください、あなたがオート三輪のブレーキに細工をした犯人だと」

「は？」

何を言われたのか脳が受けつけなかったようで、武志は口を開いたまま瞬きを繰り返した。もっともその場に立ち尽くしたのは武志だけではなく、海月も石川も、だったが。

三人の中でいち早く思考の回復した海月は、迷わず亘の太もも横（急所）に回し蹴りを入れた。この急所はピンポイントで打撃を食らうと、立っていられないほどの激痛が走るのだ。

「ストレート過ぎんのよ！」

「痛いです！　ありがとうございます！」

が、亘はしっかり両足を踏ん張って倒れなかった。

「ちっ、相変わらず打たれ強い……」

「くらげちゃんいじめは――」

「あんたら、ふざけるんなら余所でやれよ」

武志の額に青筋が浮かぶ。露骨に顔を顰《しか》めて威嚇してくるが、そんなことで引き下がるわけがない。亘は不敵な笑みを浮かべると、武志に人差し指を突きつけた。

「では五分だけ僕の話を聞いてくれませんか。断言しますが、五分後、あなたは自分から『磯岸署に連れていってくれ』と言うでしょう」

（なにそのバトル漫画みたいな予告は）

「つまり五分間喋らせてやれば、あんたらは帰ってくれるのか？」

「そう解釈しても構いません」

結局、武志は渋々だが亘の申し出を受け入れた。

亘は嬉しそうに武志に笑いかけると、スーツの内ポケットからA5サイズのタブレットを取り出してストップウォッチを起動させ、ボンネットの上に見えるように置いた。

「昨日の午前十時半ごろ、坂の下で事故を起こしたオート三輪がこの工場に運ばれてきました」

五分で終わらせると宣言したせいか、亘はずいぶんと早口だ。武志は一応聞く心づもりはあるのか、そんな亘の正面に立ち、腕を組んで耳を傾けていた。

「この辺でオート三輪を持っているご家庭は海老沢さんだけです。直接面識がなくても、あなたはその事を知っていた。そして運んで来た警官たちの会話から、あなたは『運転者は紹子さんで、助手席の姑が即死したこと』『その紹子さんはブレーキの故障を訴えていたこと』を知りました」

ここまでは合っているのか、武志は無言で頷いた。

「警察が引き上げて、ついでにお母さんの千里さんが噂話をしに飛び出したあと、一人残されたあなたは何らかの直感でもあったのでしょう、オート三輪の車体を調べたんです。そしてブレーキがどこも壊れていないことに気づいたあなたは、咄嗟にこう思い込んでしまった。紹子さんがブレーキの故障を偽って姑を事故死させたに違いない、と」

絹さんの嫁イビリは有名でしたから、と亘がつけ加えても、武志は否定しなかった。

「問題はここからです。彼女を庇ってやりたいと思ったあなたは、彼女の証言を本当にするために、鑑識が来る前に自らの手でブレーキホースを緩めておいたんです」

「なんでそんなことする必要が」

「あの車は元々夫の貴一の物です。細工をしておけば、あの事故は貴一に危害を加えようとした何者かのせいだと警察が判断する、そう思ったんじゃないですか？　貴一さんが逆恨みを買いやすい役職についていることは、勿論知っていたでしょうから。ただ、武志さんは海老沢家のセキュリティ事情まではご存知なかったみたいですね。あるいは単純に整備不良扱いになると踏んだのか」

「セキュリティ？」

「海老沢家は母屋だけじゃなく、ガレージにも監視カメラがついていたんです。まあその件は置いといて。以上が、昨日、鑑識が来る前にあなたがやったことだ。違いますか？」

武志は火のような激しい視線で亘を睨んでいたが、努めて冷静に言った。

「違う。俺は警察に言われた通り、鑑識が来るまで車体には近づかなかった。大体、赤の他人の奥さんをなんで庇わなきゃならないんだ。調べりゃ分かることだが、俺と奥さんは一度も会ったことがない、それ以前に顔も知らない。インターネットで交流してたってこともないぞ。俺は実際の知り合いとしかSNSはやってないからな」

「接点が無いのは調査済みです」

「ほらみろ。庇う理由がないだろ」

武志は反論するが、その顔には隠しきれない焦りが浮かんでいた。亘の言ったことは事実なのだと、その場にいる者が納得するくらいに。

(問題はどうやって本人に認めさせるかよね。だから証拠が……あ。ああ、そっか)

偶然のタイミングだったが、海月の脳内で今やっと、バラバラだった情報が収まるべき箇所にぴたりと収納された。そしてようやく理解した。自分が見つけた物の重要性を。

(ああ、そりゃー亘怒るわ、ごめん)

海月は息を吸いこむと、一言発した。

「オート三輪のミニカー」

武志は振り返りはしたが、不思議そうな顔をしている。少し前までの海月同様、彼もまだ気づいていないのだろう。だから躊躇《ちゅうちょ》なく海月に託したのだろうけど。

「武志さん。あのミニカーを私に預ける時、事故車両の中にあったたって言いましたよね」

「それがどうかし……」

武志の表情が見る間に変わった。どうやら伝わったようだ。

「あなたが本当に事故車に近づいていないなら、あのミニカーは鑑識が見つけたはずです。あのミニカーを持っていた、それが即ちあなたが鑑識が来る前に車内を調べたことの証明になるんです。そしたら次に私たちは当然こう訊きますよ。なぜ車内に入ったのか、そしてなぜそのことを隠しているのか。答えられますか？」

「………………」

（あら？　しくじった？）

海月は思わず目を泳がせた。自白させるのが目的だったのに、話し運びが悪かったのか彼は逆に口を閉ざしてしまった。

（それもそうか。車体の中を漁った事は認めてもブレーキホースは知らないって言えば、逃れられるもんね。……困った）

助けを求めて目線を亘に向けると、半ば呆れた顔で「先輩が喋った時間はノーカウントでいいですよね」と返された。

「あんた律儀に五分を守ってたの？」

「当然です、約束ですから。……それじゃあ、残りは二分程度ですが話してみましょうか」

「何を」

亘は口角を上げ、得意げに海月を見つめた。

「武志さんが紹子さんを庇った理由――二人の接点です」

「接点？　どこに？」

本気で驚きの声を上げたのは、海月でも石川でもなく、なぜか当の本人である武志だった。

「俺は奥さんのことは本当に噂でしか知らないぞ！」

「そうですね。でも、人は時として全く知らない誰かに感情移入することがあります。ニュースで見た犯罪被害者に同情したり、友人の友人の悩みを心配したり……特に自分と似た境遇の人物に対しては」

「似た境遇？」

「はい。あなたと紹子さんには接点、正確には共通点がありました」

「なんだよそれは」

（そうよ、なによ）

今、海月と武志の気持ちは一つになっていた。赤の他人同士を結ぶ一本の線とは、何か。亘は海月が焦れているのをちらりと目で見てから、絶対わざとだが、勿体ぶって口を開いた。

「嫁イビリです。想像ですが、あなたの奥さんも姑の千里さんにいびられていたのでは？　そしてつい最近、それが原因で奥さんは子供を連れて家を出ていった」

「うそぉ！」

　思わず叫んだ海月を、亘は「なんですか？」と迷惑そうに見た。

「だって伊藤さんは仲良し夫婦だってお婆ちゃんズが話してたじゃん！　奥さんが出て行った話なんて誰から聞いたのよ」

「先輩からですけど」

「は⁉」

「そもそも先輩が手に入れた情報を隠したりしなければ、最初にここに来た時点で全部解決していたんですけどね。……武志さん」

　亘は武志に再び目を合わせると、気の毒そうに言った。

「現在、離婚調停中なんですよね？」

　亘が言い切った瞬間、武志は認めるかのようにがっくり肩を落とした。

「え、うそ、本当に？」

　海月と、ついでに石川の二人だけがこの場で狼狽《うろた》えていた。

「最初に来た時に、もう一人いた工員が最近辞めてしまったと言ってましたよね。それが奥さんなんじゃないですか」

「……ああ、そうだよ。妻と俺は同じ工業高校出身で、あいつは俺より技術があったよ……。でも俺はそこの刑事にミニカーは渡しても、妻が出ていったなんて話はしてねぇぞ」

「そうよ、小さい子供がいるとしか聞いてない」

一緒になって文句を言うと、亘は会話の相手を武志から海月に切り替えた。その態度はどことなく尊大だ。

「事件番号」

（は？）

「先輩が耳にした会話で、武志さんは誰かと電話で日付の調整をしていて、事件番号を聞かれていたんですよね？　それ、多分武志さんは裁判所に調停日の変更を申し込んでいたんです」

「え、だって事件でしょ。離婚とか調停って関係なくない？」

更に白い目で見つめられて、海月は黙った。

「先輩。僕ら、専門職ではないですが一応法律を覚えなきゃならない立場にいるんですから、少しは勉強しましょうよ。事件というのは法令上、公官庁や裁判所が扱う案件の全てを『事件』と呼ぶんです。僕らは普段その中の刑事事件を扱っているに過ぎません。事件＝《イコール》殺人や強盗って考え、短絡的ですよ」

「ううう」

ぐうの音も出なかった。亘はタブレットに目を走らせると「ああもう、先輩のせいでまた時間がなくなった」と文句を言って再び武志に向き直った。

「あなたは自分の妻がいびられていることに気づかなかった、あるいは知っていたのに助けられなかった。だから同じ年頃の子供を抱えた紹子さんがいびられている噂を聞くたびに、彼女と自分の奥さんを重ねて自責の念に駆られていたんです。……そんな時、あなたの前に、姑を死なせた車が運ばれてきた。前々から噂を聞いていたあなたは、虐げられていた嫁がとうとう姑を殺してしまったと思い込んだ。だからブレーキの件も、嫁の嘘だと決めつけてしまったんです。実際には、紹子さんは本当のことしか言ってなかったのに」

「え？」

武志の目が大きく見開かれる。一瞬聞き間違いかと思った海月も、彼のその反応に同じ言葉を聞いたと理解した。

(紹子さんは本当のことを言っていた？)

「そんなはずない！　あの車体は助手席以外は無事だったから、俺は実際にエンジンをかけて確かめたんだ。ブレーキに異常は本当になかったんだよ！」

「亘。蒔さんの言葉を信用したいのかもしれないけど、車体に関しては武志さんの方がプロでしょ。むしろ紹子さんの思い違いってことは——」

その言葉をなんとなく口にした海月に、亘が目で笑いかけた。

（ん？　そういうことだったの⁉）

「そうです先輩、ブレーキそのものが正常でも、紹子さんが故障したと思い込む理由がブレーキペダルの下にあったんです。それはおそらく事故の衝撃で別の場所に飛ばされて、だから武志さんは気づかなかった。しかし本当に余計なことをしてくれましたよね。あなたが勝手に拾わなければ、鑑識が事故の原因くらい尽き止めていたでしょうに」

そう言って見つめられた武志は、さすがに全てを悟ったのだろう。驚きの表情のままパクパク口を動かして、最後にやっと声を出した。

「……オート三輪の、ミニカーか？」

海月の脳裏に、見てきたかのようにそのイメージが映し出された。前日にパパと買い物に出た勇太がミニカーを偶然、運転席のシートの下に落とした。翌日、紹子が車を出した直後、それはまだ邪魔にならない所に潜んでいたのだろう。しかしあの急坂に差し掛かったことでミニカーは運転席の床を滑りブレーキペダルの下に嵌《はま》りこんだ。元々運転が下手な上に初めてのマニュアルカー……足元を確かめる余裕など紹子にはなく、パニックになってしまったのだ。

「本当は単純な事故だったのに、誤解が重なってややこしいことになったのね……」

なんとなく決め台詞っぽく呟いてみる海月だったが、冷めた目でこちらを見る亘に

「最初から情報が全部揃っていれば誤解も簡単に解けたんですけどね……」と言われたのは聞こえないふりをした。

「まあ、そんなわけで車中にミニカーがあったことと、ホースに細工をしたタイミングを犯人が明らかにしてくれれば、紹子さんも容疑者から外れると思うのですが」

うなだれていた武志は「えっ」と顔を上げた。

「容疑者？」

「そうです。いろいろあって、事故より前にホースが緩められていたと想定した場合、最有力容疑者が紹子さんになってしまったんです。まったく真犯人は余計なことをしてくれました」

「そんなつもりじゃ……」

「まあそうでしょうね。庇ったつもりが逆効果になっただけのことですよ。このままだと磯岸署は退院と同時に紹子さんを逮捕するかもしれませんが、真犯人が名乗り出ないので仕方ないですね」

「え、いや」

「そういえばお約束の五分はとっくに過ぎているので、僕らはもう帰ります。石川さん！　車に乗ってください」

「おう、そうか！　よしくらげちゃん、帰るぞ」

ほぼ空気と化していた石川だが急にノリノリで亘に応じ始めた。どうやら亘が武志に言ったあの予告を聞きたくてわざとやっているようだ。（係長、大人げないっ！）と思いつつ、「そうですね～」なんて言っている海月も大概だが。

武志は三人それぞれの方向に手を伸ばしては空を切るということを繰り返していたが、海月たちが車のドアを閉めると慌てて運転席に駆け寄ってきた。

「おい待ってくれ！　さっきの話は、あんたたちの口から警察に言ってくれるんだろ⁉」

亘は運転席のウィンドウを下ろすと、肩を揺らして笑いながら、顔は困ってみせるという特技をかました。

「いえそれが、僕が話したのは全部、状況証拠に基づく仮説でしかないんです。これだけじゃ捜査本部を納得させるなんて到底できません」

「分かったよ、じゃあ俺も！」

武志は叫びながら後部座席のドアノブに手を掛けるが一向に開かない。よく見ると亘がドア全てにいつの間にかロックを掛けていた。

（……鬼だ）

「駄目ですよ武志さん。言いたいことがあるなら、ちゃんと言ってくれないと」

「言いたいって何を……。あ」

『あなたは自分から「磯岸署に連れていってくれ」と言うでしょう』

ここにきて彼はようやく、数分前の会話と、車中からの期待に満ちた眼差しに気がついたようだ。その言葉を言わないとドアが開かないことも。

「てってめえら……」

呼吸すら忘れて絶句している武志に対し、亘は耳の横に手を添えて「はい？」と訊き返していた。ドヤ顔で。

（忘れてた。亘って犯人に対してだけ、なぜかドS根性を発揮するんだった）

武志は顔を真っ赤にして運転席を睨んでいたが、やがてドアを手の平で叩くと「俺を磯岸署に連れてってくれよ！」と悔しそうに叫んだ。

「お願いされたら、仕方ありませんね」

ドアロックを解除する亘は実に爽やかに、かつ、えげつない笑顔をしていた。

7．〇〇の会

二週間後の日曜日、海月は山手の横濱蠶繭貿易保養所、つまり亘の家を訪れていた。

生憎と本人は手が離せないということで（これは事前に聞いていたので問題ない）、接待は蒔がしてくれた。通されたサンルームには、蒔の手作りだという菓子類が先日のお茶会に負けないほどたくさん、海月を待っていた。

（ホテルのアフタヌーンティーより豪華だわ）

しかしこれらは序の口だ。本当の主役はまだ冷蔵庫に眠っている……。

上質の紅茶を淹れられ、二人だけのお茶会が始まった。流れる音楽は相変わらずのへビメタだったが、音量は今日は小さく絞られていた。

「海月さん、こちらが例のブツです」

そう言って蒔は、レストランで給仕がサーブに使う銀の長方形のトレーを運んできた。

そこには一口サイズの小さな、しかし絞り口や色合いの全て違うチョコレートが五十個、綺麗に並んでいる。蒔の顔に浮かんだ含み笑いは今にも「そちも悪よのぉ」と言いそうだったが、実際グレーゾーンな品なので海月も悪代官っぽいしかつめらしい態度で頷いてみせた。

「じゃあ早速だけど、一列目を全部」

「畏《かしこ》まりましたお嬢様。いひひひひ……」

蒔はいそいそとチョコレートのサーブを始めた。


海老沢家から品物を預かっているという亘からのＳＮＳメッセージを受け取ったのは、昨日の夜だった。事件を解決したお礼らしいです、と言われたが一つ問題があった。

『それって賄賂になっちゃうじゃん』

警察官は公務員なので、職務に関連して金品を受け取ることは禁止されている。しかし貴一と亘はもともとご近所づき合いがあるので、捜査と関係ないお裾分けだと言われて断れなかったそうだ。

『じゃあ亘だけ受け取っておけば？　署に持ってこなければ問題にならないでしょ』

『でも先輩、いただいた品って先輩が大好きなブランドのチョコの詰め合わせなんですが……』

『はあああああマジ⁉︎』

そして石川も交えて話し合った末に、出た結論が「善くんの家で食っちまえば証拠は残らん！」だった。

美味しいチョコを堪能しながら、先日の事故について蒔と情報交換を行った。武志は結局、厳重注意で済んだようだとか、紹子はどこに異常も発見されず無事退院できたことなどを。

ひとしきり話し終えた頃、息をついた海月に蒔が話しかけてきた。

「でも良かったんですか、こんなババと二人きりでお茶会なんて」

「あ、いいんです。私も蒔さんとゆっくりお話がしたくて」

実は今回は友人を連れてきてもいいと言われていたのだが、海月は一人で来ることにした。ちょうど蒔にだけ聞きたいことがあったからだ。対面で一緒にお茶を飲みながら、抱える疑問をぽつぽつと口にしてみた。

「あの、蒔さん。こんなこと聞いていいものか分からないんですけど……、知らないでいるともっと失礼なことを言いかねなくて」

話の途中なのに、蒔はふわっと笑って頷いた。

「善さんのご両親のこと？」

緊張でガチガチに固くなっていた海月は無意識に息をついた。蒔の察し力のすごさに感謝するしかない。

「亘のお父様、つまりうちの本部長とはつい先日会ったんです。それで亘も、父親に対する感情みたいなものは私に話してくれたんですが……もしかしてお母様とも、うまくいってないんですか？」

「うーんそうねぇ……」

　蒔は少し思案げに首を左右に傾けながら微笑んでいた。

「何をもって『うまくいっている』と思うかによりますよね。確かに奥様と善さんは頻繁に会ってお茶会をするような関係ではありません。でも必要がある時は、わだかまりなく互いに連絡を入れているようですよ」

「でもそれって、親戚に対する態度と一緒ですよね。なんて言うか、亘がご両親の話をする時って、親という名の他人だと思ってるみたいで」

「そもそも、親ってなんでしょうね？」

「え」

　急に始まった謎かけに答えられずにいると、もう話す言葉は決まっていたのだろう、蒔は返事を待たずに唇を開いた。

「私はね、子供に愛情をもって厳しく叱ることのできる存在が親だと思いますよ。そういう意味では、朱鷺絵さんは紛れもなく善さんの良き親でした。法律上とか生物学上とか、そんな区分はどうでもいいのではないかしらね」

（本部長、どうでもいい人にされちゃった……）

「一般的でないからといって、不幸なわけではありませんよ」

「……はい」

海月は小さく頷いて紅茶に口をつけた。詳細は結局不明なままだが、一番重要なこと――今、彼は不幸ではないのだと分かったから、それで十分だ。

それからしばらくは、美味しいチョコレートと四方山《よもやま》話《ばなし》をお茶請けに楽しい時を過ごした。

「そういえば亘って、今日は何してるんでしょうね……」

三列目のチョコレートを平らげながら無意識に呟いた。昨夜のメッセージで彼には『自宅にはいるが顔は出せない』と前置きされたわけだが、訊ねても何の用事かはぐらかされたのだ。きっと曖昧に返されるだけだろうと、特に期待もせずに放った独り言なのだが、蒔はさらりと告げた。

「本日は二階で、横濱蠶繭貿易グループの重役たちと親睦会なんですよ。レストランの出張スタッフを呼んでいるので、私の出番はありませんけどもね」

「はい？」

「それに親睦会といっても、会長もグループ各社の社長もみんな朱鷺絵さんのご兄弟や息子さんなので、単なる親戚の集いに過ぎませんしね」

「へえぇぇ……じゃあ会長さんと仲良しって本当だったんですね。でもそんな重役連の中で亘だけ保養所の管理人って、肩身が狭いんじゃ」

すると蒔はとんでもないとばかりに微笑むのだった。

「いいえ。むしろあのメンバーの中では善さんが実質トップですよ。あの中で善さんに敵う人はいません」

「あ、もしかしてチェスとか将棋みたいな遊戯の集いなんですか」

蒔は「はずれ」と楽しげに笑う。

(なんだろう……気になる)

考えが顔に出たのだろう、蒔はいたずらめいた顔で微笑んだ。

「こっそり覗いてみます？」


大きく湾曲した飴色の階段を上って行くと、二階もまた一階と同じ広さのホールがあった。そこから廊下は三方向に延びていたが、行くべき場所はすぐに分かった。階段を上がって一番近いドアの横に、花と立看板を置いた小テーブルがあったからだ。看板には捜査本部を彷彿させる達筆の筆書きでこう書かれていた。

『第八回　偲朱会《ししゅかい》』

(偲朱会……朱鷺絵さんを偲《しの》ぶ会ってことかな？)

ドアは閉じていたので、海月は本当になんとなく、ポケットに入れっぱなしになっていた物を取り出してドアに押し当てた。海月が持ってきた物、それは高性能のコンクリートマイクだ。先日の誘拐事件で本部長が使っているのを見た海月は、その渋さに心臓を鷲掴みされ（品物ではなく使っている人が渋かっただけだが）、その日の夜に「刑事たるものこれくらい持たなくちゃ！」とネット通販で注文していたのだ。

（まさかこれを使う機会が訪れるとはね）

遊び気分でイヤホンを耳に装着、集音マイクのボリュームを徐々に上げていくと、こちらもティータイムなのかカップが皿に当たる音がいくつか響く中、会話が鮮明に聞こえてきた。

（亘の他に……五人か六人、なかなか素敵な声のおじ様たちだわ）

複数人の会話の中から何度も聞こえてくる単語は「姉上」「お母さん」で、やはり話題の中心はかつてのこの家の主、朱鷺絵さんのようだ。

海月は更にボリュームを上げた。

『……本当に美しかったんだよ。蹲る私を見下ろす、氷の女王のような目をした姉上は』

『そうそう、いつも眉の一つも動かさない鉄面皮だった。だからこそ微笑んだ時の薔薇の顔《かんばせ》は今も心に残っている』

『ああ、教鞭で打たれて真っ赤になった私の手を優しく撫《な》でてくれたんだ。あの焼けつくような痛みは生涯忘れない』

海月は一旦マイクを離した。少し頭を整理する必要がありそうだ。

（……なんか、思ってたのと違う）

とりあえずチェスや将棋みたいな健全な会ではないということだけ分かった。恐る恐るもう一度マイクを当てると、次の発言者はよく知っている相手だった。

『実は僕、あまり教鞭で打ってもらってないんです。お祖母さんに打たれるのが嬉しくてニコニコしてたら効き目がないと思われたみたいで』

『なんだ、かわいそうな奴だな』

『でもその代わりなのか、直接ビンタされてましたから。頬に手形が残るんですよ、二日くらい』

『なっなんだとっ‼』

なぜかガタガタと椅子がぶつかる音がした。おそらく参加者たちが席を立ち、亘に詰め寄ったのだろう。

『姉上の御手で直《じか》に触れられただと‼　あの白魚の様な手で！』

『あとですね、食事を前に犬みたいに待てをされて三十分とかありました。なにかの罰だったらしいんですけど逆に気分が高揚してしまって多分逆効果だったかと』

『そんな高度なプレイを！　ええい羨ましいぞ貴様ぁーーーー！』

『うおおぉその役を代わりたかったぁぁぁ！』

海月はアホらしくなってドアから離れた。

（……ドＭの会か）

確かにこれは亘がトップだ。忠誠度の問題じゃない、彼らが奉る女王様にしてもらった お仕置きの量と質で、おそらくぶっちぎりで勝ち逃げしているのが亘なのだ。

（これが日本で十本の指に入るグループ企業のトップたちか……）

そう考えると日本の未来に不安を感じざるを得ないが、とりあえず亘がこの家を追い出されることは死ぬまでなさそうだ。

「ま、めでたしめでたし？」

なにをもって幸せと思うかは人によりけりだ。海月にも分かる、亘は祖母と暮らして間違いなく幸せだったと。

（その後遺症がドＭってのは、代償が大きすぎる気もするんだけど……まあいいか）

海月は足音をたてないよう静かに階段を下りると、自分の幸せが待つサンルームへ向かった。

第3話　ＳＭ倶楽部殺人事件

1. 十二月二十八日

亘の様子がおかしくなったのは、クリスマスを過ぎた頃からだった。

カップルに人気の高い観光地の宿命ともいえるが、港みらい署はイブおよびクリスマス当日の二日間は一年の仕事を総決算したような忙しさに見舞われる。渋滞に対処する交通課、迷子や落とし物担当の地域課は言わずもがな、スリや置き引き、小さな喧嘩沙汰《けんかざた》など刑事課の仕事も発生件数はうなぎのぼりだ。

二日間が過ぎても書類作成に明け暮れて、気がつけばショッピングモールのきらびやかなツリーは姿を消して巨大な正月飾りが取って代わっていた。新年になれば初売りでこの街はまた賑《にぎ》わいを見せるが、とりあえずあと二、三日は束の間の落ち着きを味わえそうだ。

そんな年の瀬、十二月二十八日の夜九時のこと。刑事課の自分の席で残業の手を休めた海月の背後に、先輩刑事の菅田が椅子のタイヤを転がして座ったまま近づいてきた。

「おい、くらげ」

「海月です」

「いやそのツッコミはもういいって。亘、どうしたんだ」

（どうって？）

ツッコミじゃなくて訂正なんですが、という言葉はとりあえず保留し、海月は体を捻《ひね》って部屋の隅を見た。そこでは窓際に椅子を寄せた亘が出窓に頬杖《ほおづえ》をついて険しい表情のまま座っている。向かい側にある観覧車でも眺めているのだろうが、顔どころか視線も動かないその様子は、なまじ顔が整っているだけにマネキン人形みたいで不気味だ。

「クリスマスからこっち、あんな感じでぼーっとしてるんだよな。忙しさの反動ってわけでもなさそうだし。お前あいつになんかした？」

「なんで私が悪いって前提なんですか。知りませんよ。大体クリスマスから今日まで私たちみんな一緒にここで残業してたじゃないですか」

「それもそうか」

甞田は納得したようだが自分の席に戻ろうとしない。まだ何か？　と軽く睨《にら》むと「じゃあ、ちょっと聞いてこいよ」と指図された。

「なんで私が」

「だってお前の相棒だろ」

確かに。面倒くさいが仕方ない、海月は渋々立ち上がると部屋の隅に移動した。

「どうかしたの、亘」

まずは事情聴取だと思い声をかけると、振り向いた亘は、よくぞ聞いてくれましたという風に瞳を輝かせた。

（こいつ……話しかけられるのを待ってたな）

　相変わらずの構ってちゃんだ。しかし気になるのもまた事実。なので海月は、なかなか口を開かない亘の脛《すね》をゴスゴスと蹴りつけて「早く話しなさいよ」と促した。

「あ、はい。実は、父からメールが来るんです」

「ふーん、お父さんから……って、それって本部長ってこと⁉」

「生憎《あいにく》と他に父を持った覚えはありませんが」

　亘は心底嫌そうに頷《うなず》いた。

「三ヶ月近く無視しているのに未《いま》だに懲りずに送ってくるんですよ。迷惑フォルダーに自動振り分けしているんですが、いい加減鬱陶《うっとう》しいですし、どうしたものかなぁと」

「鬱陶しいって、仮にも職場のトップに……」

　言いかけた台詞《せりふ》は尻切れトンボになって消えていった。十月の誘拐騒ぎを経て、亘が実の父を毛嫌いしていることを海月はなんとなく察していた。しかし一方で（あのおじ様、そんなに悪い人じゃないんじゃ）という想《おも》いもあるので、全面的に同調する気にはなれない。

「ちなみにどういう類《たぐい》のメールがくるの？　仲直りしよう、とか？」

「そういうまともな内容じゃな……ああ、実際に見てもらった方が早いですね」

亘は懐からタブレットを取り出すと海月に差し出した。即座にその画面が出てくるところからして海月に見せようと待ち構えていたのがバレバレなのだが、その辺は追及しないことにする。そんなことより気になるのはメールだ。海月は早速タブレットに目を落とした。

『やっふー善くん　お父さんですよー(^o^)ノ
昨日は警察庁の偉い人たちとの忘年会でしたが、ちっとも面白くありませんでした。今の時期、所轄は大忙しですね。せいぜいお気張りやす。ほなまたあしたー』

「…………ウザい」

思わず呟《つぶや》くと、「でしょう!」と全力で相槌《あいづち》を打たれた。

「こんな感じの返答しようのないメールが毎日届くんですよ。迷惑だからやめてくださいと返信しても無視されるので、もうウイルスでも送りつけてやろうかと思っているんですが」

「いやそれ犯罪だから」

そう言って後輩をたしなめる海月だが、気持ちは理解できなくもない。それにしても容姿はかっこいいのに中身が残念なのはそういう遺伝なんだろうか、この親子は……。

「まぁでも、毎日といっても三行程度なんでしょ。適当にイイね！　とか返してあげればいいじゃない。簡単でしょ。私たち一応お世話になった身なんだし」

「御免被ります」

　分かってはいたが、せっかく出したアドバイスをこうも即座に否定されるとむかつく。せめて検討するふりくらいしたらどうなんだ、と恨みがましく亘を見ていると、彼はなぜか急に笑顔になった。

「あ、そうか。先輩が代わってくれればいいんですよ」

「え？　代わるってなにをどう？」

　しかし亘は立ち上がると返事もせずに強行犯係の島へと行ってしまった。呆気《あっけ》にとられて見ていると、海月の机に座って何かしている。

「ちょ、なにしてんのよ」

　しかし慌てた海月が自席に戻った頃には亘の作業は終わっており、「はい先輩」と笑顔と共にタブレットを差し出された。海月のタブレットを、だ。

「本部長のメール、別アカウントで先輩のタブレットに届くようにしておきましたから。今夜から先輩が僕のふりして返信してくださいね」

　そう言って天使の微笑《ほほえ》みを向けられたが、冗談ではない。

「いや無理無理無理。昔話とか始まっちゃったらどうするのよ、答えられるわけないじゃん」

「面と向かって会話するわけじゃないんですから、どうしても必要な時だけ、僕に折り返し聞いてください。あとは基本向こうの言葉は無視して、今日食べた物とか箇条書きしておけばいいんですよ。簡単です」

「いやでもね、本部長は息子と会話したくてやってるわけでしょ。騙《だま》すのはちょっと……」

海月はもっともらしい言葉で説得を続けるが、本音をいえば本部長への同情心はごくわずかで、断る理由の大部分は面倒くさいからだった。

(だってお姿を拝みながら会話できるならまだしも、文章だけだと本部長ってただのアレな人でしかないし)

しかしそんな考えは見透かされたのか、亘は鼻で笑うと意地悪く言い放った。

「先輩。そのタブレットって僕が購入して、先輩には貸与しているだけってことを忘れていませんか？　いいんですよ、返してもらっても」

「くっ……この卑怯者《ひきょうもの》！」

「なんとでも言ってください。大体、先日本部長にお世話になったのは先輩も同じなんですから、ご恩に報いるべきですよ先輩も。じゃあお先に！」

そう言って亘は壁際のロッカーに向かったので、慌てて声をかけた。

「じゃあって仕事は？　あれとかこれとかそれとか」

「僕の分はとっくに終わりました」

「あっそ……」

（じゃあなんで残ってたのよ。私に本部長を押しつけるためか）

釈然としない海月は亘に対し、後ろから蹴ってやろうか、でもここで蹴ると石川が煩《うるさ》いからお見送りするふりして廊下で、なんて具体的な制裁方法を考え始めた（もちろんあとで確実に実行する）。

変死体発生の通信が入ったのは、そんな時だった。


残業していた強行犯係の全員が石川のもとに集合した。

一一〇番通報が県警の通信指令センターに入ると、まず近場を巡回中のパトカーや交番の警官に現場に向かうよう指示がでる。次に港みらい署のような所轄署に連絡が入り、鑑識係と強行犯係が駆けつけて初動捜査を行い、殺人などの事件性が認められると県警の刑事課も含めた特別捜査本部が設置される。

……というのが一般的な流れなわけだが、今日の石川はこう告げた。

「既に県警の刑事課員数名が現場にいるそうだ」

「え？　何でですか」

条件反射で海月が口走ったのは前述のことが頭にあったからだ。

「うん。県警の検視官と一課の刑事が別件からパトカーで帰ってくる途中に通信が入ってな、たまたま近くにいたので『じゃあ寄ってく？』となったそうだ」

「そんな飲み会みたいなノリで……」

「いやまあ、検視官が即座に来てくれるなんて有り難いじゃないか。通報者は事故か病死だと言ったそうだが、死体の主と一緒にいたはずの女性がいつのまにか姿を消していたそうで、我々は殺人も念頭においてその女性を探す必要がある」

事故か病死か殺人か。はっきりしないということは、目立つ外傷がなかったのだろう。死亡理由が事故や病気だったとしても、傍《そば》にいながら救急車を呼ぶなどの適切な対応を取らなかった場合は遺棄等致死傷罪がつく。なので、失踪した女性を見つけることは必須だ。

「判定がコロシで女性が明日の朝までに捕まらない場合は、正式に帳場が立つだろうな」

「どっちにしろ今夜は帰れねぇな」

海月の後ろでベテランの平林が呟いた。逃亡犯を追いかけるのに最初の数時間が勝負なのは言わずもがなだ。海月たちは今から徹夜で失踪した女性を追跡することになるのだろう。

「そんなわけで現場は既に県警一課が指揮を執っているので、港みらい署からは鑑識と応援要員を二名ほど現場に行かせる。残りは全員で逃げた女性の追跡捜査班に加わる。女性の身元は既に判明している、自宅や実家、洗い出せるだけの友人の家を夜駆けで虱潰《しらみつぶ》しにする」

（私はどっちかなぁ……）

強行犯係で下から二番目の海月は仕事を選べる立場にはない。名前を呼ばれるのを待つばかりだが、ここで石川が思い出したように口にした。

「あ、それと、善くんは追跡班ではなく、現場の方へ寄越してくれとのご指名だ」

「ご指名？」

係内は一瞬ざわついた。というのも、県警から名指しで呼ばれるような者は後に引き抜かれることが多々あるからだ。刑事になってまだ一年未満の亘にそれはない……と思うが、聞かずにはいられなかった。

「係長、亘を指名したのって、どなたですか。まさか本部長……」

ゴクリと喉が鳴る。しかし予想外にも石川はあっさり教えてくれた。

「捜査一課の百鬼《なきり》さんだ」

「あー……」

海月の脳裏に、四角い顔をした鬼軍曹の姿が浮かんだ。以前、サッカークラブの社長が殺された事件で海月と亘は彼の下について捜査に同行し、亘はそこで犯行に使われたSM道具について熱く解説したのだった。しかし海月たちはその時、彼から酷評されている。いわく、「お前たちは二人とも半人前だ」と。

「じゃあ亘は一人前と認められたってこと？　先輩の私を差し置いて。なんかむかつく」

心の中で呟いたつもりが声に出てしまい、皆の視線が一斉に海月に向いた。いつもならここで得意げに海月を煽《あお》ってくる亘が今日は珍しく申し訳なさそうな顔をしてるので、余計に海月が悪者に見える。

「すみません……今のは無意識の声といいますか」

つまり本音なので、全然言い訳になっていない。

石川は（分かっている、皆まで言うな）という態度で頷いてから、バラエティ番組の司会者もかくやという大げさな口調で発表した。

「善くんが呼ばれたのは特殊な知識を買われてのことだ。なんと今回の事件現場は、万国橋近くにあるSM倶楽部なんだ」

「えっ！」「なるほど」「ついに趣味と実益を兼ねたか」

納得の事情に海月は胸をなでおろした。しかし同僚が口々に面白がっている中、当の本人は冷ややかな顔で「ああ、牢獄館《ろうごくかん》ですか」と呟くのみだった。

（こいつまさか常連客か……！）

全員がごくりと唾を飲み込んだのは言うまでもない。

「……って、結局二人一組で呼ばれてるんじゃん。なんなのよ係長の誤解を招くあの言い方！」

「よかったですね、先輩」

「よくないわよ！　あんたも私も、まだ半人前扱いってことじゃない！」

そう、百鬼には例の台詞の前にこうも言われたのだ。「半人前だから二人一セットで寄越されたのか」と。

助手席で怒りをぶちまける海月だが、運転中の亘は半笑いで返すだけだった。

亘が指名されたという話でひとしきり盛り上がったあと、石川は、「お、そういえばくらげちゃんもご指名だった」と、ついでのようにつけ足したのだ。同時に言わなかったのは絶対にわざとだろう。

海月が呼ばれた理由はもっと単純なものだった。牢獄館の従業員、つまり女王様が当たり前だが全員女性ということもあり、取り調べをするのが男性刑事だけではセクハラになりかねないと配慮されたわけだ。そんなわけで今の二人は、県警から送られてきたリストの住所に散らばる先輩たちを尻目に、車で万国橋へと向かっていた。運転しているのは当然のように後輩の亘《げぼく》である。

「でもあんたと私じゃ、呼ばれた理由が微妙に違うのよね。亘は知識を買われて、私は性別がたまたま女性だったから。他に女性警官がいたら呼ばれなかったってことよね」

「そんなこと気にしてたんですか」

「するわよ！」

亘に対する嫉妬発言の気まずさを払拭するためにも、海月は語気を強めた。

「必要とされるだけましなのかもしれないけど、そろそろ性別以外のものを身につけないといつまでも半人前だもの。私も知識をつけなきゃ」

「なんだ、簡単なことですよ」

いつの間にか明るさを取り戻していた亘は爽やかな笑顔で答えた。

「先輩もＳＭを始めればいいんですよ。道具なら僕が貸しますから一緒に始めましょう！」

「そうね、そしたら知識も増えるし一石二鳥！　ってその手にのるかぁっ」

赤信号なのを確認して亘の顔に裏拳をお見舞いすると「ありがとうございます！」とお礼を言われた。ここまでが二人のお約束だ。

「とりあえず今日行くお店の情報だけでも頭に入れるから、しばらく黙ってて」

海月は膝の上のバッグから自分のタブレットを取り出した。

「かまいませんけど、この交差点を曲がったらもう着きますよ」

埋立地みなとみらい地区は大きく三つのブロックに分けられるが、港みらい署と万国橋は同じブロック内にあり、直線距離なら四キロメートルも離れていない。車なら五分以内で着いてしまう。そもそも、歩いていける距離なのだ。

「じゃあ覚えられるだけ、覚えとくから！」

海月は大急ぎでこれから向かうSM倶楽部のWeb《ウェブ》サイトを開いた。

SM倶楽部『牢獄館』は、横浜のその筋の人の間で知らぬ者はいない人気店舗であり、開業三十年以上の歴史があるという。小規模雑居ビルの地下のワンフロアを丸々使い、中世ヨーロッパの城の地下牢に入れられた囚人（お客さん）を女王様が拷問するというコンセプトで経営されている。地階の暗い雰囲気をうまく利用した牢屋風の個室は全部で六つあり、それぞれに専属の女王様がいて日々囚人を罰しているのだ。とサイトに書いてあった。

（で、部屋が六つなので女王様も六人いる……と）

女王様紹介ページをざっと流し見した。六人の女王様は全員、ボンデージという革製のファッションに身を包み、鞭《むち》や痛そうな器具を手にポーズを取って写真に収まっている。写真の下には名前と得意なプレイスタイルが載っており、客はこのページを見て自分好みの女王様を指名するらしい。一口にボンデージファッションといってもいろいろな種類があるようで、女性らしさを強調したエロティックなものから、露出の少ない軍服風レザースーツと様々だ。

海月は一番上に載っている女王様、レベッカに注目した。日本人離れした顔立ちとスタイルを持ち、大きく巻いたロングの髪は染めているのかもしれないが金髪だ。西洋人風の外見だが、他の日本人顔の女王様たちも皆カタカナネームなところから察するに、レベッカというのも源氏名だろう。

レベッカは背中と太腿《ふともも》の大部分が丸見えになっている赤い革の編み上げワンピースを着て、白い網タイツに真っ赤なハイヒールを履いて立っていた。おそらく全女王様の中で一番露出の高い衣装だろう。威嚇ともとれる気の強そうな瞳が、画面越しに海月をじっと見つめている。そして、他の女王様が「女王〇〇」と書いてある中、彼女だけは「店長」の肩書が載っていた。

(店長……つまり、彼女が逃亡中の被疑者ってわけね……)

港みらい署を出る前に聞かされた事件概要は『SM倶楽部のオーナーの男性が死んでいて、一緒にプレイをしていたはずの店長兼女王様が姿を消した』というものだった。レベッカ店長は自ら姿を消したのか、あるいは何者かに連れ去られたのか。それは捜査をすれば明らかになるだろう。

（オーナーの紹介は……載ってないか。ま、行けば分かるか。それじゃあとは）

他の女王様の紹介文を読む時間はもうないが、せめて名前だけでも覚えておこうと思い、ページを流すようにスクロールさせた。

「店長レベッカ以外の女王様は、リザ、キャシー、クロエ、デボラ、マリア……へぇ、こんな名前つけるんだ。ねえ亘、マリア女王様だって」

「え？」

質問の意図が摑《つか》めなかったのか亘がなにか呆然《ぼうぜん》としているので、もう一度読み上げた。

「マリアだって。拷問人に聖母の名前つけるのってなんか不思議だなと思って。よくあることなの？」

「ああ……そうですね、多分」

（ん？）

フロントガラスに向き直った亘の表情が、どことなく思案げに見えた。何かを考えている？

問い質《ただ》そうかと口を開いた刹那、目的地へ到着してしまった。

観光地、そしてオフィス街として賑やかな場所ばかりが目につくみなとみらいだが、未だ昭和のままの場所も多い。ここ万国橋付近もこれから生まれ変わることが予想されるが、今はまだ再開発計画以前の古い中層ビルが歯抜けの櫛《くし》のようにぽつりぽつりと建つのみだ。ところどころに大きく空いた更地は観光客用の駐車場になっており、夜間はあまり人気《ひとけ》がない。

車を降りると目の前に、外壁が本物のレンガでできている中層ビルが建っていた。このビルの地下に今回の現場、牢獄館が入っているのだ。

正面玄関は車道に面していたが地下フロアだけ出入り口が別で、ビルの横に設けられた専用階段で直接店舗入り口に下りるようになっていた。海月は亘のあとについて、狭い階段を踏み外さないよう気をつけて足を運んだ。

「そういえばさ、亘はここのお店に来たことあるの？」

「えっ？」

階段を下りながら振り向いた亘は、その姿勢のまま三段くらい滑り落ちていった。

「ちょっと大丈夫!?」

慌てて後を追うと、彼は後ろ向きのまま華麗に着地して「ふぅ」と息をついた。

「危ないじゃないですか！　というか、なんで僕がＳＭ倶楽部の常連ということになっているんですか」

「違うの!?」

海月は思わず声を張り上げた。今年一年の中で最大級の驚愕《きょうがく》ポイントだ。亘は本気で腑《ふ》に落ちないという顔をしているが、海月的にはその表情をするべきは自分だ。

「亘ってば、今更隠さなくても」

「あの、確かに僕はこの分野に興味があって昔からいろいろ調べたりしてましたけど、あと年上の女性に叱られるのも大好きですけど、実際にこの手の店舗で女王様とプレイをしたことは一度もありませんよ。一度も……も？」

亘は不意に斜め上に視線を走らせて、何やら思い出したらしく「あー……」と小さく声をあげた。が、我に返ると「いやあれはノーカウントなんで」と言い切った。

（あるんじゃないの！）

海月としては、彼がこの店舗の人間関係に精通していれば捜査が楽だなと思った程度なので、正直この話題を引っ張るつもりはないのだが……隠されるとなんだか腹が立つ。

「ま、まあいいわ。とりあえず亘は器具とかプレイの内容について解説してくれればいーんじゃないの。行きましょ」

呼び出された立場でこれ以上遅れるわけにもいかない。海月は先頭きって半地下の廊下を進んだ。

廊下の半ばまで進むと、アンティーク調の重そうな扉の前で見張りの制服警官が二人を出迎えた。扉を開けると一坪程度の小さな玄関ホールがあり、十人ほどの男性が身動きが困難なほど、ぎゅうぎゅうに詰まっていた。

(なんなのこの満員エレベーター状態は)

「やっと来たか」

男の山から満員電車を無理やり降りる乗客みたいな格好で、鬼瓦そっくりな四角い顔の五十路男が出てきた。彼こそが、亘と海月を呼び出した県警捜査一課の百鬼だ。苗字にちなんで鬼軍曹と呼ばれているのが、これ以上なくはまる男だ。

「お久しぶりです、百鬼警部補……」

海月が話しかけた途端、彼の背後からキツネ並みに眼の細い長身の刑事が出てきて、わざとらしく咳払《せきばら》いした。いかにもエリートっぽい風情の彼は海月を睨み、こう告げた。

「こちらは百鬼警部だ」

「し、失礼しました！」

海月は慌てて敬礼する。警察組織は階級と上下関係に厳しいのだ。

「昇進されたんですね。おめでとうございます」

確認の意を込めて伝えると、百鬼の厳つい顔が少しだけ緩んだ。

「ああ……刑事部長に『お前は検視官にするから最低でも警部になっとけ』と言われて仕方なくな」

「じゃあ検視官って百鬼警部のことだったんですか！　でも百鬼警部なら、いつかなるだろうと思っていました」

　厳密にいえば、日本の警察に検視官という役職は存在しない。しかし死体が発見された時、現場で即座に死因を判定できる人物は必要だ。そんなわけで経験の長い刑事に法医学の研修を受けさせて検視官に任命するのが慣習となっているのだが、知識は一朝一夕で身につくものではない。以前捜査で一緒になった当時、百鬼はまだ検視官ではなかったが法医学に関する豊富な知識を披露してみせた。彼の場合、なるべくしてなったといえよう。

「今、ちょうど鑑識捜査が始まったところだ。事情聴取はこれからだが、事前に対象者を客と従業員の二手に分けておいた。これはそのまま男性と女性という分け方にもなるんだが、男性客はここ、待合室の中だ」

　そう言って百鬼は真横の扉を指し示した。

　なるほどつまり、客用の待合室の出入り口が玄関ホールにあり、そこに客の全員と刑事が出たり入ったりしていたため、ホールがごった返していたようだ。

「女性従業員……女王様たちはどちらにいるんですか？」

　多分自分はそっちに行かされるのだろうと思い、先回りして訊《たず》ねた。

「従業員控室だ。この受付カウンターの裏にある」

　百鬼に指さされた刑事が慌ててその場を退くと、待合室の対面に小さなカウンタールームが現れた。

「この店舗の構造は左右対称で、待合室と同程度の広さの部屋がこの裏にあるんだ。ただし従業員控室のドアの位置は店内側だが」

「じゃ、私はそっちに……」

「その前に、現場を案内していただけないでしょうか」

後ろにいた亘が随分久しぶりに声を発した。

「事件概要と店内の見取り図を頭に入れてから事情聴取に臨みたいんです」

爽やかな笑みを浮かべる亘に、百鬼は「それもそうだな」と頷き踵《きびす》を返した。


玄関ホールから店舗内へ通じる扉は、観音開きの錆《さ》びついた鉄の大扉だった。木の表面に鉄板を貼っただけだろうと思うのだが、百鬼が重そうに押し開けている様子からすると本当に鉄製なのかもしれない。

扉が閉まると急に薄暗くなった。牢獄をイメージしているだけあって天井に照明はなく、壁の窪《くぼ》みに置かれた燭台《しょくだい》風の灯《あか》りが雰囲気を出していた。床に貼られているのは黒い大理石風タイルだが、壁や天井は灰色の花崗岩《かこうがん》をわざと凸凹に加工しており、防空壕《ぼうくうごう》や戦前の地下通路のようだった。

「……なんか、お化け屋敷みたい」

「設定が古城の地下牢だからな、似たようなものだろう」

海月の独り言を聞きつけた百鬼が律儀に答えたので、少し驚いた。以前より随分と態度が軟化したとみえる。

ここが本物の地下牢なら淀《よど》んだ空気が漂うところだが、さすがに見えないところで設備が整っているのか空調はよく、コートを羽織ったままでは暑いくらいの室温だった。

今、海月たちの目の前には真っ直ぐに延びる広い通路が店舗奥の壁まで続いている。いや、通路ではなくこれはホールだろうか。そう思ったのは長方形の空間のほぼど真ん中に巨大なクリスマスツリーがあったからだ。地下牢にツリーというのもおかしな話だが昨今はお寺がクリスマス会を開くこともあるというし、これくらい許容範囲なのだろう。

ツリーは赤や金色の巨大なボールが下がっているだけのシンプルな飾り付けだったが、高さが三メートルほどあり頂上は天井に着いて曲がっていた。一番下の枝がホールの幅いっぱいに広がっているせいで左右の隙間は人ひとりがやっと通れる程度しか空いていない。狭い場所に無理やり詰め込まれているせいで、ある種異様な迫力があった。

（レンタル品を頼む時にサイズを間違えたのかしら。というかよく入ったもんだわ）

身も蓋もないことを考えていると、百鬼が部屋の位置と数を説明しだした。

「大雑把に言うとだな、このホールを挟んで左右対称、片側に四部屋ずつ、計八つの個室が設けられている」

八つの個室のうち一番手前側の二つは、ホール左側が女性、右側が男性用のトイレとシャワールームに充てられており、残りの六つが牢屋、つまりプレイルームということだった。

オーナーの死体があったのは左側の真ん中、巨大ツリーの真ん前の牢屋だそうだ。言われてみればツリーの土台の四角い箱にはさっきから撮影用のフラッシュが何度も映り込んでいる。ホール内はしんと静まりかえっていたが、耳をすませば鑑識係のたてる微《かす》かな音が聞こえてきた。

「現場は鑑識捜査中なので一つ手前の牢屋の中を見せてやろう。構造はほとんど同じだ」

「はい、お願いします」

牢屋という設定だからか、部屋の前面は壁ではなく留置場のような鉄格子が嵌《は》まっている。背の低い扉には錠はかかっておらず、手前に引くとすぐに開いた。

身を屈《かが》めて中に入ると、岩壁に固定されたX字型の磔《はりつけ》台《だい》や、三角木馬などの大型道具が海月たちを出迎えた。天井からはアンティーク風のシャンデリアが下がっているが、それは単なる飾りのようで灯りはついていない。代わりに、床の四隅に積み上げられた何百本もの蠟燭《ろうそく》が怪しく揺らめき（もちろん本物ではなくフェイクの火だろうが）、壁や天井に拷問器具の影を不気味に浮かび上がらせていた。

個々の牢屋は幅は一間半（三メートル弱）程度と手狭だが、その代わり奥行きはその三倍ほどある。左右の仕切りの壁は天井まで届いておらず、欄間のような四角い穴が口を開けていた。亘によると、空調と消防法との兼ね合いだろうとのことだった。

（うーん。やっぱり雰囲気が全然違う……）

海月がＳＭ倶楽部へ来るのはもちろん初めてだが、以前、別の事件でＳＭサークルを開催していた個人宅を訪ねたことがあった。しかしここと比較すれば、あの家の設備は控え目だったのがよく分かる。

そんな暗い牢屋の中で燦然《さんぜん》と輝いて見えるのが、おそらく女王様が座るのであろう豪勢な椅子だ。金色の枠にはロココ朝の彫り物が施され、真っ赤なクッション部分は柔らかそうで、それでいて威厳があった。ここに足を組んで悠然と座る女王様と、その足元にひれ伏す客の姿が見えるようだ。

「遺体はまだ隣にあるんですか」

亘が問うと、百鬼は首を横に振った。

「お前たちとほぼ入れ違いに大学病院へ送った。死因以上のことは医者が解剖しなければ分からん」

「そういえば病死の可能性もあると聞きましたが」

海月が口を挟むと、その点だけ百鬼はハッキリ否定した。

「それはないな。眼瞼結膜《がんけんけつまく》の溢血《いっけつ》のほか、鼻や口の周囲の皮膚に皮下出血の痕が認められた。手形はついていないのでクッション状の道具を使ったようだが、死因は鼻と口を塞がれたことによる窒息で間違いない」

「じゃあやっぱり殺しなんですね」

海月が念押しすると、百鬼は静かに頷いた。

「そうだな……まず、今現在判明していることをざっと話そう」


「通報が入ったのは本日午後九時五分、この店のオーナーが店内の個室で死んでいるという内容だった。通報者はリザという従業員だ」

(リザさんって、小柄でかわいい感じの女王様……だったかな)

海月は流し見した紹介ページを思い出した。かっこいい女王様が並ぶ中、彼女だけがフリルのついた甘い印象のボディスーツをつけていたので記憶に残っていたのだ。

駆けつけた百鬼は検死を行い、オーナーは窒息死させられたものと判断した。その間、百鬼と共に来た県警一課の刑事は客や従業員から一通りの事情を聞き出していた。彼らの話を総合すると、事件の概要は以下のようなものだった。

牢獄館は今日が今年最後の営業日ということもあって、プレイ終了後に客と女王様が一緒に参加するクリスマスパーティーが予定されていた。そのため、普段は顔を出さないオーナーもパーティーに参加するために、たまたま店に来ており……、

「あのすみません！」

思わず口をはさむと百鬼に軽く睨まれた。しかし海月はどうしても突っ込まずにはいられなかったのだ。

「SM倶楽部なのにクリスマスパーティーをやるんですか」

「その辺は俺も奇妙に感じたが、女王様によると、とてもアットホームな店なんだそうだ。この牢獄館は」

「アットホームとSMって両立するの!?」

発作的に亘に問いかけると、百鬼も気になるのか「するのか？」と視線を向けた。亘はなぜか困惑気味に「はぁ」と前置きして頷いた。

「そりゃするでしょう。逆にアットホームじゃないSM倶楽部ってあるんですか？」

「いやそれは……」

海月は口ごもった。もしかすると亘と自分たちとはアットホームの定義が違うのだろうか。百鬼も同じことを思ったのか、小さくため息をつくと事件概要を再び語り始めた。どうやら先程の質問はなかったことにしたようだ。賢明な判断だ。

「……特別な日ということで、六つある牢屋は全て予約で埋まっていたそうだ」

客の来店時刻には多少のズレがあったが、各部屋とも午後七時前後にはプレイが始まっていた。というのも、八時半にはパーティーを始めようと事前に知らせてあったからだ（牢獄館では、一プレイが一時間と決まっていた）。

ただ、オーナーと店長のレベッカだけは到着が遅れており、七時二十五分を過ぎてからようやく店にやってきた。二人は受付に残っていたリザに声をかけると、レベッカは女王様用の更衣室へコートやバッグを置きに行き、オーナーはコート姿のまま鉄扉の向こう、ホールの中へと消えた。その直後、レベッカも出てきて同じくホールへと向かった。その後、リザもすぐに自分の牢屋へ向かったため、オーナーの生きている姿を見たのはこれが最後となった。

「最後って……プレイ中の二人を目撃した者はいないんですか」

「ああ。他の組も、みな自分たちのプレイに耽《ふけ》っていたからな」

「従業員はどうですか？　受付でお客さんや電話に対応する人がいそうなものですが」

「残念ながら女王様以外の従業員はいない。この店は最小限の人手で回すため完全予約制で、客が全員やってきた時点で玄関の鍵を閉めるんだそうだ。予約の電話は午前中のみ受付となっている。もっとも最近はネット予約が主流だそうだが」

「じゃあ店内を巡回するような人はいなかったんですね」

「プレイ中に牢屋を出たり入ったりしていた女王様もいることはいるんだが」

百鬼は歯切れが悪そうに続けた。

「この牢屋、実は目隠し用の板戸を閉めることが可能でな」

「そうなんですか？」

驚いて振り返ると、たしかに左右の壁に、吊《つ》りレールでぶら下げるタイプの仕切板が寄せられていた。板もレールも古びたように塗装されていたが、試しに動かしてみると曲線状のレールをスムーズに移動した。

「じゃあ、オーナーとレベッカ店長はこの目隠し板を閉めていたんですか」

「そうだ。だから中で何があったのか、ホールからは窺《うかが》い知れなかったということだ」

(それじゃ同じ店内に十人以上の人物がいたのに、目撃者はゼロってこと？　板一枚隔てた向こうで殺人が行われていたっていうのに)

百鬼の話は続く。午後八時をすぎると、他の五つの牢屋の女王様と客はプレイを終わらせて、必要な者はシャワーを使ったりして、パーティー会場となっている待合室に順次移動して行った。オーナーとレベッカの組だけがいつまでも姿を見せなかったが、二人は開始時刻が遅かったので遅れてくるのだろうと誰もが思ったそうだ。

しかし、八時四十五分を過ぎても二人は待合室に現れない。そこで皆を代表してリザが様子を見に来ると、相変わらず目隠し板が閉まっており呼びかけても返事がない。それどころか物音一つしない。シャワールームにいるのだろうかとそちらを覗《のぞ》いたが、女性用のトイレにもシャワールームにもレベッカはいなかった。

リザはそこで初めて何かあったのかもしれないと思い、意を決して牢屋の中に入った（外開きなので目隠し板が閉まっていても、扉の開閉に影響はしないそうだ）。

すると、床のマットの上にパンツ姿のオーナーが横たわっており、牢屋内に隠れるような場所はないにもかかわらず、レベッカの姿はそこになかった。

「リザはすぐに待合室に駆け込んで事情を説明した。話を聞いた皆がぞろぞろと出てきて確認したが、オーナーが息をしていないのは明らかだった。すぐに手分けして店内を探したがレベッカは完全に消え失せていた。ただし、普段は閉まっている非常口の錠が開いているのを発見したそうだ」

「非常口？　あったんですか」

「ああ、ツリーの陰に隠れて気づかなかったろうが、あのホールの突き当たりに非常口のドアがあってビルの内階段につながっているんだ。階段を上れば裏口に出る。ちなみに裏口に警備員はいない」

「なるほど……」

海月が黙り込むと、代わりに待っていたかのように亘が口を開いた。

「話を聞いた限りでは、レベッカ店長がオーナーを殺害して逃げたという筋書きが一番しっくりきますが」

「そうだな。だが、その筋書きでは不可解な点が一つある」

「不可解？」

海月と亘が関心を示すと、百鬼は大きく頷いた。

「それについては隣の現場を見てから話そう」


海月たちは一旦ホールに出ると、ツリーの枝に髪を引っ掛けないよう気をつけて隣の牢屋の正面にと移動した。

鉄格子越しに中を覗くと、百鬼の言ったとおり内部の構造と広さは今までいた牢屋と全く同じだった。調度品の類もほぼ同一だが、こちらの部屋は床の中央に黒いマットが敷かれていた。その上にチョークの跡があったので、オーナーはこのマットの上で死んでいたのだろう。

牢屋内に五人ほどいる鑑識捜査員は手元を照らすためか、みな帽子の上にヘッドライトを装着している。写真を撮影する者、小型の掃除機で塵《ちり》を集める者、指紋を採取する者と行動は様々だが、みな、海月たちを気にもとめずに黙々と自分の仕事をしていた。

「それで、不可解な点というのは」

鑑識の邪魔にならないよう小声で促すと、百鬼はようやく話しだした。

「うむ。通常、窒息死体には抵抗した跡が必ず残るものだ。しかしオーナーの死体にはそれが一切なかったんだ。手足が縛られていた痕跡もないのに、だ」

「オーナーは小柄な人だったんですか」

「いいや。腹は出ていたが身長は百八十センチ以上あった。店長は女性にしては背の高い方だがスリムな体型で、格闘技の経験はなしだ。成人男性が本気を出して勝てない相手ではない」

「アルコールか薬で眠らされていたとかは」

海月が思いつきを話すと、百鬼も「そうかもしれんな」と頷いた。

「もしかすると複数の人間がオーナーを押さえつける手伝いをしたのかもしれん。そうなると逃げた店長だけじゃない、客と従業員も被疑者の仲間入りだ。今から行う事情聴取の重要性が分かるな？」

「はい」

「どちらにしろ、これ以上の推察は鑑識の分析か解剖結果が出ないことには不可能だろう……」

百鬼が悔しそうに呟くと、場違いなほど無神経な「えっ？」という声が響いた。海月は反射的に声の主の脛に蹴りを叩《たた》き込んでいた。

「痛いです、先輩」

「何よ『えっ』て！　このタイミングで『えっ』って百鬼警部に失礼なんだけど」

「すみません。でも、先輩も百鬼さんも本当に分からないんですか？」

亘の涙ながらの訴えに（涙は海月のせいだが）、百鬼は鬼軍曹に相応《ふさわ》しい険しい顔つきへと変貌する。

「言ってみろ」

亘は体重を片足に乗せて姿勢を正すと、こちらも真剣な面持ちで上官に告げた。

「この事件、殺しではなく事故だと思われます。業務上過失致死に当たるかと。そしておそらく店長以外の人物は関与していません」

亘の自信たっぷりな物言いに、海月も百鬼も思わず目を見合わせた。

（あれ？　今までの話の中に事故って言えるだけの材料ってあった？）

百鬼も動揺しているのか、無意識に大声を出して鑑識係からの視線を浴びていた。

「他の客や従業員は関わっていないだと？　では貴様はオーナーが抵抗できなかった理由が分かるのか」

「はい。オーナーが無抵抗なのも当然ですし、凶器もクッションではありません」

「では何を使ったんだ」

百鬼の声が一際大きくなったところで亘が告げた。

「お尻です」

場が静まりかえってしまった。今や鑑識係まで手を止めて亘の言うことに耳をそばだてて（ついでに困惑して）いる始末だ。

本人以外の全員が引き気味になっているのも構わずに、亘は饒舌《じょうぜつ》に続けた。

「女王様の顔面騎乗による窒息プレイ中の事故は多いんですよ。男性のソロプレイ中のセルフ首絞めと並んで窒息死の原因としては上位にあがると思っていたんですが……本当に知りませんか？」

「いや……上位では、ないな、多分」

百鬼は申し訳ないほど気を使った返答をしていた。

「でっ、でも亘、被害者は拘束されていたわけじゃないんでしょう。いくらなんでも苦しくなったら抵抗するんじゃない？」

「そう思うのが素人です。窒息プレイをすると酸欠から脳が異常な性的興奮状態を作り出すので、むしろ快楽しか感じないんですよ。だから快感に浸っているうちに気を失って、そのまま死亡、という事故が頻発しているんです」

海月がへえぇと感心していると、亘は「あ、僕はやったことありませんが」とわざわざ念を押した。

（嘘《うそ》つけ）

冷ややかに見返したが、亘の目線は既に百鬼に戻っていた。

「SMで窒息プレイをする場合は女王様がその危険性を熟知していて、気を失うギリギリのところでやめるのが暗黙の了解なんですが」

「つまり店長はその匙《さじ》加減を誤って、うっかりオーナーを死なせてしまったというわけか」

「はい。死なせてしまったことで気が動転し、後先考えずに逃げてしまったというのが真相ではないかと」

「そうか……」

百鬼は頭の中で亘の言葉を整理し始めたのか、険しい顔で口を噤《つぐ》んだ。するとそこに、タイミングを図ったかのように彼の携帯電話が鳴り始めた。しばらく無言で話を聞いていた百鬼は「了解した」と一言答えると、海月と亘に視線を戻した。

「突然だが俺は別の現場に行かねばならんようだ。新たな変死体の発生だ」

検視官は数が少ないので、あちこちの現場を飛び回るように働かされると聞いたことがある。

「だがこの現場は……もう俺がいなくても問題なさそうだな」

そう言って百鬼が玄関方向へと踵を返したので、海月、そして亘も慌てて後を追った。

「なんだ。お前たちはいてもいいんだぞ」

「いえ、そろそろ事情聴取が始まると思うので戻ります。ついでに百鬼警部をお見送りします」

「ついでか」

百鬼は苦笑するが、海月と亘がついてくるに任せたようだ。歩きながら彼は、海月の方へ一歩下がって囁《ささや》いた。

「今日は助かった。一芸に秀でる者はなんとやら、ということだな」

「芸の内容はあんなんですけどね……」

「ところで、臨時だがここでの指揮官は鵠沼《くげぬま》が担っている。あとはやつの指示を仰げ」

「鵠沼さんというと」

「背のひょろひょろした」と、随分な言い草だが、お陰ですぐ分かった。

（ああ、キツネ眼のエリート）

「そうそう、それと」

百鬼はなぜか、わざわざ足を止めて亘に声をかけた。

「うちのボスがちょっかいをかけているようだが、あまり真面目《まじめ》に取り合わなくていいぞ」

（え？　それって本部長のこと？）

問い詰めてもいいものかと悩んでいるうちに鉄の扉の前に来ていた。

扉を開けると、眩しい灯りの下で鵠沼と女王様の一人が激しい口論を交わしていた。

女王様は長いソバージュの黒髪に制帽を被《かぶ》り、へそが見えるほど丈の短いエナメル製の軍人風なベストを着ていた。襟元はわざとくつろげてあり、豊満な胸が溢《あふ》れんばかりに覗いている。網タイツにホットパンツを穿いているのに露出が少なく感じるのは、厚底ロングブーツと、肘の上まである長手袋のせいだろうか。全身真っ黒でミリタリー風なのに同時に艶《なまめ》かしさも感じさせる完璧な女王様がそこに立っていた。

「だから全員じゃなくてもいいって言ってるじゃない！　二人だけ先に帰らせてやるのがそんなに大変？　二人とも身元も明らかにしてるし、明日改めて警察署に出頭するのは構わないって言ってるのよ」

「ですから、その二名の順番を先にすることは同意しています。それで納得していただけませんか。帰宅が遅れて問題が発生するというなら、ご家族には我々から連絡を入れて事情を説明……」

「あーもう、全然分かってない！」

女王様は美しい顔で凄《すご》んだ。

「その二人は家族や恋人に隠れてここに通ってるのよ。家族に直接連絡しましょうって何の嫌がらせよ。まさか刑事さん、こんな趣味を持っている連中に人権なんて必要ない、なんて思ってないでしょうね」

「そんなことは……。先程も言いましたが、殺人事件の可能性が高い今、安易に帰すわけにはいかないんです。証拠隠滅のおそれがありますから」

「だからあれは事故だって言ってるじゃ――」

「鵠沼」

百鬼が声をかけると、激昂中の女王様はやっと口を噤んだ。しかしまだ腹の虫は治まらないのか、帽子のつばの下から鵠沼と百鬼を交互に睨みつけている。百鬼はそんな視線を浴びながら鵠沼に近づくと、女王様にも聞こえるように告げた。

「その二人の事情聴取は明日でいい。このお嬢さんが言うように事故の可能性が高まった」

「え？　先程は複数人の犯行と言いませんでしたっけ」

「疑問点が解消されたんだ。というわけで今からその二人を帰宅させる手はずを整えさせます。それでいいかなお嬢さん」

最後のセリフは女王様に向けての言葉だった。女王様は「いいわ」と頷くと、見惚《みと》れるほど美しく微笑んだ。

（なんか、コスチュームのわりにすごく優しそうな女王様だ……そういえばこの人の名前って）

海月はタブレットの画面に映し出された写真を思い浮かべた。そう、この人は紹介ページの一番最後に載っていた。名前は確か……。

「マリアさん」

なぜか自分の口からではなく、後ろからその名前が聞こえた。
振り返ると、半ば呆然とした顔の亘が女王様へ視線を注いでいた。

2．一月四日　前半

「……っていうことがあったんですよ」

　年が明けて一月四日の夕方。刑事課の自席にて、海月は例によって椅子ごと移動してきた亘田に謎かけ型の愚痴をこぼしていた。

　事件発生から早一週間が過ぎていたが、その間、海月は事件とは全く関係ない悩みを抱える羽目に陥っていた。

　あの日の捜査中、マリアに遭遇した亘は間違いなく彼女の名前を口にし、呼ばれた方も驚きの表情を浮かべたのだ。二人が知り合いであるのは明白なのに、海月の「やっぱり知ってる女王様なの？」との問いに亘は「いえ知りません」とバッサリ切り捨てた。マリアの方も、その瞬間笑みを浮かべて「初対面ですよね」と言い放った。

「女王様の方はわかるんですよ。守秘義務とかあるから、亘が常連だったとしても知らないふりくらいはするでしょうし。でもなんで亘がっていう……」

　そう、海月が解せないのは亘がなぜ嘘をつくのかということだ。自分がＭであることを職場で惜しげもなく明かしている亘が、今更ＳＭ倶楽部通いを隠す必要があるのだろうか。

「追及しても白々しく話をそらすんですよ、亘のやつ。まあ、捜査に関係ないことみたいだから、放っておいてもいいんですけど。ただ、何かの拍子にぽかっと思い出しちゃってその度にイラッとくるというか」

「なるほどなー、そりゃ確かにもやもやするな。でも俺、多分理由分かったぜ」

「えっ！　私が一週間考えても分からなかったのに⁉」

自分で相談しておいてなんだが、あっさり謎を解かれると腹が立つ。八つ当たり気味に唸《うな》っていると、甞田は仰々しくご高説を垂れ始めた。

「それはな、お前が女だからだよ。俺には分かるぜ、手に取るようにあいつの気持ちが……」

「勿体《もったい》ぶらずにさっさと言ってください。私、もう出かけるんですから」

せっつくわけではないが外出するのは本当だ。これ以上無駄に引き伸ばされると、先輩といえど小突いてしまう。殺気を感じたのか甞田は早口でまくし立てた。

「そりゃあれだよ。男が隠したくなる過去といえば一つしかない。ズバリ、元カノだ！」

「元カノ⁉　いやいやいや……」

脊髄反射で否定するが、言われてみればその事情が一番しっくりくることに気がついた。なんとなれば亘は普段から公言していたではないか。自分は年上好きだと。マリアはおそらく海月よりも二つ、三つくらい年上だ。

「完全に同意はしかねますが、まあ、有力な仮説として採用いたします」

海月が形ばかりの会釈をすると、眥田は妙に頼もしげに拳を突き上げた。

「おう、あんまり気に病むなよ。隠したってことは、くらげの方が勝ってるってことだからな」

「は？　私、なにか勝負してましたっけ」

本気で不思議がっていると眥田は笑顔でサムズアップした。

「愛情の深さだよ！」

「冗談は休み休み言ってください！」

先輩を蹴るわけにもいかないので代わりに椅子を蹴ったら、思っていた以上にタイヤの滑りがよく眥田は回りながら自分の席に戻っていった。石川に「そこ！　遊ばない！」と眥田が叱られていたので少し溜飲が下がったが。

（あぁ失敗した。相談したら余計にモヤモヤが増えたじゃないの）

それもこれも全ては亘のせいだ。腹いせにチョークスリーパーでもきめてやりたいところだが、残念なことに今日の亘は海月とは別行動で横浜にはいなかった。それもまた、腹立たしさを増大させる理由の一つなのだが。

（大体、亘はそういう理由で私にちょっかいかけてるわけじゃないんだから……）

視線は無意識に机の上のタブレットに向かう。そういえばあの人も、似たような話題で海月を悩ませている一人だった。

亘に押しつけられて以来、海月と本部長のメッセージ交換は意外と順調に続いていた。と言っても、本部長の感想の述べようがない三行日記に対し（海月より遥かに上の役職の方の鼻毛が出ていたとか嬉々《きき》として報告されても困る）、こちらも天気やランチ情報などの限りなくどうでもいい話題を一方的に返しているだけなので、果たしてこれでいいのだろうかと書きながら首をひねっている状況だ。

（捜査に関わることは、勝手に話していいものか分からないし。私と本部長じゃ共通の話題なんてないに等しいんだから）

そんなわけで最近書くのはもっぱら相棒の先輩、つまり自分のことだったりする。

「今日先輩はひったくりを追いかけて捕まえました。かっこよかったです」とか。

「今日先輩が暴漢に回し蹴り五発を打ち込んで大腿骨《だいたいこつ》にヒビを入れたのは正当防衛です、罰しないでください」とか。

「とにかくすごく優秀で美人な先輩なので、とっても尊敬しています」とかとか。

全部事実なので（そうに決まっている）堂々と書き連ねてきたが、あんまり海月の話ばかりするので妙な誤解をさせたらしい。おととい来たメールにはこう書いてあった。

『なるほど。善くんはその先輩に恋してるんだね』

危うくタブレットを叩き割るところだった。

（いやそんなわけないじゃん！）

否定の言葉を返そうにも良い表現が見つからず、おといから返信が滞っていた。早く送らなければ眥田みたいに勝手に今カノ認定されるかもしれないので、今日中に答えなければと思うのだが。

（でも実際のところ、亘って私の事どう思ってるんだろう）

最初の頃は、ご褒美を与えてくれる飼い主として慕っている感じだったが、ここ最近の亘には明らかに海月を小馬鹿にする言動が混じっているのだ。多分、飼い主ではなく骨とか犬ガムとかのおもちゃ扱いなんだろう。それに恋愛なら年上なだけの自分よりも、マリアみたいに才色兼備な女性の方が好みなんだろうし……と思うと、胸の中のもやもやがいっそう膨らんだ。

「四時半か……もう行かなきゃ」

ここで悩んでいても始まらない。本部長への返信は夜に書こうと決めて、海月は席を立った。

私用と偽って出てきたので今日は徒歩だ。イルミネーションの灯《とも》り始めた遊園地の脇を抜けて直角に近いカーブを曲がると、右手には道路と並行して運河が伸びている。この運河も、自分が歩いているこの場所も、昔は海だったと思うと感慨深い。

海月はみなとみらいの中心地から遠ざかるように歩くのが結構好きだ。空がだんだん広くなっていくからだ。特に今日のような夕焼けの日は、オレンジから藍色へと移っていく芸術的なグラデーションを好きなだけ堪能できた。

運河にかかる万国橋の上で立ち止まると、夕焼け空を背景に、みなとみらいのビル群がそびえ立つのが一望できた。ちょうど日が沈む刹那だったのか、ビルとビルの間から眩《まぶ》しい閃光《せんこう》が一瞬漏れ出し、消えていった。あのオレンジ色の空にも、じきに夜が押し寄せてくるのだろう。

（さて……今日はこれからが正念場よ）

決意を固めると、海月は再び歩き出した。

年をまたいだというのに、捜査は完全に行き詰まっていた。当初はすぐ捕まるだろうと思われていたレベッカの足取りが一向につかめなかったのだ。そこで捜査本部は逃走経路よりも潜伏先を突き止めることに重きを置いたが、これも難航していた。地方にある彼女の実家、東京のマンション、親しいとされている知人の家に、ある時は深夜に押しかけ張り込みを続けたが、そのどこにもレベッカは見つからなかった。

そんな時、県警の捜査員から別視点での捜査の見直しが提言された。プレイ中の事故死という見立てを一旦捨て、オーナーを狙った殺人事件として再捜査しようという案だ。死亡したオーナー、豊原文蔵《とよはらぶんぞう》は数多くのホテル、リゾート系不動産を扱う大実業家なのだが（牢獄館の経営は趣味だったらしい）、彼は業界内ではなにかと黒い噂《うわさ》のつきまとう人物だったのだ。いわく、ヤクザを使って強引に地上げを行っている、金融業者と結託して無茶な貸付を行い相手を倒産させて競売物件として安く手に入れる、彼が狙った物件の所有者はいつのまにか行方知れずになっている、などなど。

豊原のせいで自殺、一家離散した者たちは二桁を超え、いつ復讐《ふくしゅう》を誓われてもおかしくない状態だった。

また、別の捜査員からは暴力団の抗争に巻き込まれたのではないかという説も出た。

「件《くだん》の店長、レベッカ女王様こと足柄《あしがら》みゆきは豊原の愛人でもあったわけですが、その前はキャバクラのナンバーワン嬢でした。ところがその店のケツ持ちは大嶺会《おおみねかい》……つまりヤクザの女だったのです。一方、豊原は対立組織颯田組《さつたぐみ》の裏バンク、黄金の財布と呼ばれていた男です」

「じゃあ店長は大嶺会の刺客か！」

「凶器が美尻とは、殺されたやつも成仏間違いなしの暗殺者だな」

「しかし面倒だぞ」

別の捜査員が独り言のように唸った。

「もしこの殺しが大嶺会の指示によるものなら、店長はとっくの昔に偽造パスポートを手に国外に脱出しているだろうな。年末の成田空港だぞ、若い女が何人旅立っていると思う」

だからと言って捜査しないわけにもいかず、その日から捜査員の大半が千葉県警と成田空港を往復する羽目になった。海月は横浜での捜査を継続するチームに入れられたので移動で疲労することはなかったが、手詰まりであることに変わりはない。

（いつまでも進展がないのも、地味にストレス溜《た》まるのよね）

雑務をこなしていた海月だが、実は一つの持論があった。それをこれから確認しに行くわけだが、出がけにあんな話を聞いたので気まずいこと、この上ない。

海月が今向かっている先、それは牢獄館だ。

今回の事件は（一応）事故死ということもあり、年末に報道されたものの、その扱いは小さかった。それだからか、牢獄館のサイトには当初の予定通り今日から新年の営業を開始すると表示されていた。

海月が電話をかけるとマリアが出た。午前中はお店にかかってきた電話はマリア個人の電話に転送される設定なのだそうだ。オーナーが亡くなって店長も不在なのに大丈夫なのかと訊ねると、豊原家の遺産分割協議が終わるまでは、とりあえず今まで通りの経営が続くと思うと言われた。

『それに普段からお店を回しているのは私たちだから』

この言葉を聞いて海月は、レベッカがお飾り店長だったことを今ごろ察したのだった。


（今、四時四十五分ね）

牢獄館の営業時間は六時からだが、五時過ぎに自宅が一番近いマリアが鍵を開け、五時半頃にはその日予定のある女王様はだいたい出勤していると先日聞いた。もちろん今日は前もって訪問の許可を得ているが、約束の時刻は五時だ。

（元カノ……の話は置いておこう。まずは仕事だ）

海月は店舗に続く地下階段、ではなく、今回はビルの真裏へと向かった。

この地上四階建てビルには一基のエレベーターと二つの階段室がある。階段室の一つはエレベーターの裏にあって上のオフィス（従業員十人未満の小さな会社ばかりだが）の社員たちが普段から使っている。もう一つの階段はビルの隅、防火扉で仕切られた奥にあった。この非常用階段を地下まで下りていくと、牢獄館のホール裏に出るのだ。

今日の海月は確認の意味も込めてビルの裏口からお邪魔した。入ってすぐの壁に郵便受けや掲示板があるものの警備員の詰め所はなく、完全に無人だ。そのすぐ先にある非常用階段も、施錠はされていないが扉を開け閉めするのが面倒なのか、使われている気配がまったくない。

「やっぱり誰もいませんね～」と小声で歌いながら階段を下りて地階へ行くと、蛍光灯が煌々《こうこう》と灯る廊下があり、左の壁に施錠された扉が見えてきた。表玄関とは違い、こちらはビルに元々備わっていたらしき何の変哲もないドアだ。

「これが牢獄館の非常口かぁ」

海月は改めて己の通ってきた道を振り返った。今のところ、レベッカはこの非常口を出て階段を上り、ビルの裏口から外に出て行ったとされている。確かにそれは可能なようだ。問題は、ビルの外に出た後だ。

「普通に考えて車よね」

事件当夜、逃げたレベッカを追って県警が真っ先にやったことはタクシー会社を押さえることだった。実はレベッカは、真っ赤なボンデージのミニワンピース（牢獄館のサイトに載っていた写真と同じもの）に膝丈のファーコートを羽織っただけの格好で飛び出していったことが分かっているのだ。しかも膝から下は白い網タイツに真っ赤なハイヒールだという。こんな目立つ格好で公共機関を使うわけがない！　という目論見《もくろみ》のもと、タクシーを使った可能性が高いと思われたのだが……。結果は見事な空振りだった。

結局、その後の聞き込みでも公共機関の駅での目撃情報は出なかった。彼女は逃げる際にバッグは持っていったが携帯電話の利用履歴はなかった。そのため現在は、数は減ったが全くないでもない公衆電話から知人にかけて車で迎えに来てもらったのだろう、という仮説で落ち着いている。

まるでビルを出た途端に消失したかのような見事な逃亡ぶりだったが、実は海月には一つの持論があった。それは……。

牢獄館の非常口を通り過ぎて更に奥へ行くと、廊下の突き当たりに茶色い小屋が建っていた。窓もなくドアが一つあるだけの組み立て式の木造小屋だが作りはしっかりしており、何よりドアには頑丈な鍵が二つもついていた。

「これが問題の物置ね」

海月はニヤリと口角を持ち上げる。ここに物置があることは県警の刑事から教えてもらった。レベッカ消失トリックのヒントはこの中にある！　……に違いないと海月は思っているのだが。さて。

「……で、これどうやったら中に入れんのよ」

小屋の壁に張り付いて、海月は憮然《ぶぜん》とした。天井とかドアの隙間からスマホを差し込んで『中に私のスマホが落ちちゃったんですー』と言い訳し、マリアにドアを開けてもらう、そして中に入りこもう、という計画だったのだが……初《しょ》っ端《ぱな》から頓挫した。隙間がなかったのだ。

（うーん。もう素直に『お庭に置きたくなるような小屋ですね、買う時の参考に見せて

ください』って言ってみようか。うち、アパートだけど）

などと頭をひねっているうちに背後から「どうしたの？」と声をかけられた。

「へっ⁉」

振り向くと真後ろに黒装束のマリアが立っていた。

「えっ、いつの間にどこから⁉」

「たった今、そこからだけど」

マリアは親指で非常口を指差した。そういえば内側からは簡単に開くんだった。

「しっ新年明けましておめでとうございます、マリアさん」

焦って挨拶すると、「あまりおめでたい状況じゃないけど、明けましてよろしく、菱川さん」と悠然と返された。海月はなにか負けた気分になった。

「玄関から来るものだと思ってたけど、どうして裏から？」

「あ、それは、前回来た時に裏口を見てなかったなーと思いながら下りてきたら、ここにですね。マリアさんは？」

「私は物置に用があって」

どうやら彼女たちは普段から非常口を使って物置に行き来しているようだ。

（それにしても……んん？）

海月は改めて目の前のマリアを凝視した。今日は襟元がきっちり閉まっているミリタリー風の半袖ジャケットに網タイツにホットパンツ、そしてロングブーツ。色はもちろん全部が黒だ。帽子がない以外、前回とほぼ同じ格好のはずなのに何か印象が違う。なんだか光輝いているような……。

「あ、わかった！　今日は手袋、はめてないんですね」

「え？　ええ、」

そう、以前は長手袋で隠れていたマリアの指先から二の腕まで、素肌が全部見えているのだ。肌が抜けるように白いうえに、外国人ばりにスタイルがいいマリアは手足が長い。だから真っ白な腕と指が黒い服から浮かび上がって見えるのだろう。

(手、長い……指、細《ほっそ》い！)

海月の賞賛するような視線に、マリアは戸惑いながら「プレイ前だから」と答えた。

「お客さんはラバーフェチが多いからプレイ中は革の手袋が必須なんだけど、お茶したり何か食べる時には、ちょっとね……」

普段隠している腕が人目に晒《さら》されているのが落ち着かないのか、マリアは何度も自分を抱きしめるような仕草をした。真っ白い腕の上に細い指が動きまわる様は艶めかしく、同性なのに目のやり場に困ってきた。

「あの、物置から何か出すなら手伝いますよ」

思い出したように告げると「助かるわ」と案外あっさり承諾されたので、最前まで悩んでいたのはなんだったのかと拍子抜けした。

（ま、いいか）

マリアの後ろに回って彼女が鍵を開けるのを見守った。

「鍵が二つって、随分厳重な物置ですね」

何気に呟くとマリアは振り向いて眉をひそめた。

「ここ、外から入ってこれるじゃない。近所の悪ガキが興味本位で開けようとするから仕方なくよ。……さ、どうぞ」

マリアはそう言ってドアを全開にした。彼女の後ろから覗き込むと、板敷きの室内に木馬やら派手な色をした診察台やらどう見てもブランコやらの怪しい大型器具が所狭しと並んでいた。マリアは中に入って天井照明のスイッチを入れると、やや小さめの器具の横に立って海月を手招きした。

「あ、今行きます」

実際に入ってみると物置は二坪くらいの広さがあった。大型器具のせいで雑然としているが、隅っこへ行けば人一人横になるくらいのスペースは余裕でありそうだ。海月はそれを確認すると心の中で拳を握りしめた。

「じゃあこれ、一緒に運んでくれる？」

「お安い御用です」

一緒に持ち上げた器具は折りたたみの椅子のようだ。ビーチチェアがちょっと豪華になった感じだが、足の部分が二股に大きく割れている。……なぜそんな形なのかは考えないようにした。

牢屋まで二股ビーチチェアを運んだ海月は、その後マリアに促されて従業員控室へ移動した。

この従業員控室は、牢獄館の中で唯一、普通のオフィスっぽい内装をしている空間だ。クリーム色のペンキが塗られたコンクリートの壁が地下の部屋を明るくするのに一役買っていた。

中央に置かれた長椅子二つとテーブルが室内の大部分を占めており、そのせいか壁際に置かれている事務用デスクはノートパソコン一台分の奥行きしかない。しかし手狭なのは部屋の半分をパーテーションで仕切って女王様の更衣室に充てているからであって、全体では本当は二十畳ほどの広さがあるそうだ。

海月の対面の長椅子に座っているのはマリア、そして女王様の中で一番年下のリザだ。

小柄で童顔な彼女は容姿を活《い》かした小悪魔風キャラが売りとのことで、ツーテイルの髪形にレースやリボンがついた可愛《かわい》らしいピンクのボディスーツを着ている。この甘々な格好で強烈な毒を吐くところが、お客さんに大人気なんだとか。

「いらっしゃいませ」

リザは満面の笑みを浮かべて海月を歓迎した。

（よかった、嫌がられてはいないみたい）

とりあえずホッとした。事情聴取は時間を置いて同じことを何回も繰り返し質問するのが基本だが、これをやると最初は快く応じてくれた対象者も、終盤にはイライラして怒り出すことが多い。特にこの二人の場合、マリアは店舗一番の古株で女王様たちのリーダー的存在、リザはオーナーの遺体の第一発見者ということもあり、事件当日の事情聴取では、かなりしつこく話を聞いてあった。

（さーて、どうやって話をもっていこう）

今日の訪問理由は先日聞いた話の再確認だと伝えておいたが、真の目的は別にある。それは海月の持論――店内にいた女王様が全員で結託してレベッカを匿《かくま》ったのではないか――という考えを裏付けるためだ。つまり、あの日彼女たちが語った情報、『レベッカがボンデージ姿にファーコートを羽織って逃げた』というのは真っ赤な嘘で、女王様の誰かが自分の服を彼女に貸して、警察が来る前に逃したのではないかと海月は疑っているのだ。あるいはレベッカをしばらく物置の中に匿って、警察が引き上げた後にゆっくり逃がしたのかもしれない。それなら目撃証言が全くあがらないのも納得だ。

（とりあえず犯行当日の、お店がオープンしてからオーナーとレベッカが来るまでの状

況をおさらいさせてもらおうかな）

指針が決まると、この二人に聞くのは二回目ということもあり、会話はスムーズに進んだ。

「……マリアさんから鍵を預かっていた私は、言われていた通り五時に来て開店準備を始めたんです」

リザは膝の上で自分の指同士を絡めながら話し始めた。

「それからすぐにケータリングのオードブルセットやテーブルウェアの配達が来て、冷蔵庫に入れているうちにデボラさんとキャシーさん、六時頃にはクロエさんが出勤してきて、着替えたりプレイ内容に沿ったグッズを用意しているうちに六時半になっていました。うちは完全予約制だから、みんな予定の時間になるまでこの部屋でのんびり過ごしていて。それで自分の囚人が来店した人から順に、それぞれの牢屋へ移動していったの」

（牢屋に移動した順番は、デボラさん、クロエさん、キャシーさん、マリアさん、リザさんだったわね……レベッカ店長は最後だとして）

海月は先日取ったノートを見ながら頷いた。

「そういえばマリアさんは、あの日はいつ来たんでしたっけ」

「六時四十五分くらいよ。あの日は私用で遅くなることが分かっていたから、リザに鍵を預けたの。彼女も家が近所なのよ」

　マリアが答えるとリザも相槌を打った。

「プレイの予定は七時からだったから結構ギリギリでしたけどね」

「そうですか……ええと、すみません。各組が牢屋に移動していった時刻を、できるだけ正確に教えていただけませんか。先日は、オーナー以外は七時頃としか聞いていなかったので」

　海月は牢屋の見取り図を書き写したページを広げた。そこにはホールを挟んで右に三つ、左に三つの長方形が並んでおり、右列は上（奥）から順に#１、#２、#３、左列は#４、#５、#６の番号がふってある。長方形の中には牢屋を使用した女王様と客の名前が入っていた。

「いいですよ。じゃあ牢屋に入った順に……まずはここから」

　リザは身を乗り出すと、右列の一番奥、#１の牢屋を指で押さえた。女王様と客の名前は『デボラ&ふらっと』だ。ふらっとはもちろん本名ではなくて、彼は本業がライターでお店ではその名で登録してあるのだ。

「あの日一番早く牢獄入りしたのはここ、デボラさんとふらっとさんです。六時五十分くらい。ふらっとさん、かなり早くから来てたから、予約の時間が守れない悪い子ってことでデボラさんが早めにお仕置きしたのよね」

（早めにやってあげたなら、結局お仕置きではないのでは？）

と思ったが、そこは重要ではないので黙っていた。

「次の三組はほとんど同時。七時すぐにデボラさんたちの隣、右列真ん中の牢屋へマリアさんと太田《おおた》さん」

「太田さん……自営業の社長さんでしたっけ」

海月は自分が書いた「挟まった」という文字を見て思い出した。真ん中の牢屋はツリーのせいで外開きの扉が普段の半分しか開けられず、お腹《なか》の突き出た太田さんは挟まりながら出入りしていたとか。この牢屋は＃2だ。

「同じく七時に左側の奥、4番の牢屋にクロエさんと池田《いけだ》さん。手前の6番の牢屋にキャシーさんと池尻《いけじり》さん……この二人は大学生です」

（そういえば二十歳そこそこの若い二人がいたな、最後まで）

事件当夜、客のことでマリアと鵠沼が盛大にモメているのを見たが、あの時に帰りたがっていたのは自営業太田とサラリーマン井上《いのうえ》の二人だけで、ふらっとと大学生二人は「面白そうだから」と居座っていたのだ。それはそれで困った関係者なのだが。

「七時が多いですね」

「もともと全員七時からの予定だったのよ。ただ、遅刻者がいただけで」

マリアが補足した。

（学生二人は問題のオーナーの牢屋を挟んでた形ね……ん？）

微かな疑問が生じた。

「使用する牢屋の場所って、何か決まりがあるんですか」

ふと口にすると、リザもマリアも不思議そうに首をかしげた。

「どうして？」

「だって太った太田さんは他の牢屋に案内したほうがよさそうですし。早く来た順に奥から詰めてるってわけでもないようですし。各女王様ごとに自分の場所が決まっているとか？」

「専用ってわけじゃないけど」

マリアが答えた。

「囚人によって好みのプレイが違うからね。壁の磔台とか天井から吊るすためのフックとかは、ある牢屋とない牢屋があるの。だから予約の段階で牢屋の割り振りも決めてあるのよ。太田さんは吊りが大好きだからいつも2番の牢屋なのよね、真ん中の牢屋は、天井にちょうどいい梁《はり》があるから」

「じゃあオーナーが真ん中の牢屋なのも？」

「そう、吊りプレイのためよ。レベッカにはあまりやらせたくなかったんだけど……」

後半は独り言のようだった。

(レベッカにはやらせたくなかった？　店長なのに)

そういえばレベッカが店長として働き始めたのは五年前からだが、リザ以外の女王様の勤務歴はレベッカよりも長い。その辺も関係しているのだろうか。

(なんか含んだ言い方だったなぁ……あとでもっと突っ込んでみよう)

海月は心のメモに書き込んだ。

「ええと、これで牢屋が四つ埋まりましたよね。左の真ん中はオーナーだから……右手前の牢屋、リザさんと井上さんは、いつプレイを開始したんですか？」

リザは淀みなく答えた。

「井上さんも予約は七時だったんですけど、会社が終わってからの来店だから少し遅れるって事前に言われてたんです。だから私は受付で待っていて……井上さんが来店したのは七時十五分でした。そしたらそこにオーナーから電話がかかってきて」

「電話って個人の携帯にですか？」

「ううん、お店の固定電話に。『運転手が道に迷って遅刻したけど、もうすぐ着きそうや』って言われたんです」

「それで、リザさんは井上さんと牢屋に入ったんですか」

「いいえ。オーナーにお待ちしてますって答えちゃったから、井上さんにも待ってててもらうことにしたんです。結局オーナーたちが来たのはその十分後、七時二十五分くらいでした」

「ということは……オーナーとレベッカ店長が来店した時に、リザさんと井上さんだけは顔を合わせているってことですね」

「ううん」

（え？　何か違ったっけ）

海月は焦って早口にまくし立てた。

「オーナーが来た時、井上さんはその場に居たんですよね？　あ、もしかして待合室に閉じこもっていたから姿は見ていないって意味……」

「違う違う」

リザは可愛らしく両手を振って否定した。

「待ってもらったっていうのは、牢屋で。裸にして椅子にくくり付けておいたんです。井上さん、放置プレイ大好きだから」

「あー」

思わずポンと手を打ってしまった。

（そっか、放置プレイか……）

その言葉なら馴染《なじ》みが深い。亘がよく、海月が忙しさのあまり返事をしなかったりすると「放置プレイですね。ふふふ……」と勝手に喜んでいるからだ。

「ええと、それじゃあ結局、来店したオーナーとレベッカ店長に会っているのはリザさんだけということですね」

「YES」

（うーん……困ったな）

リザの証言によると、レベッカは来店時に既にボンデージファッションに身を包み、ファーコートを羽織っていたということだった。しかし、もしもリザが嘘をついていて、レベッカの来店時の服装が全然違うものだったら？　大事なポイントであるだけに、女王様以外の証言が欲しかったのだ。

無意識に「レベッカさんの来店時の服装を再確認したかったんですが……」と愚痴をこぼすと、マリアが口を開いた。

「オーナーの秘書」

「え？」

「オーナーは来店する時はいつも、秘書が運転する車で来てるの。多分あの日もそうだったんじゃない？」

「ああ、それなら秘書の方はレベッカさんを見ているはずですね」

あの日のオーナーとレベッカを見た数少ない人間なら、話を聞きに行く価値はある。

海月はノートに「秘書」と書き込んだ。

「……そういえば、キャシーさんなら、レベッカさんがホールを移動する姿を見かけたんじゃないですか？　鉄格子越しに」

　玄関側からホールに入って行くと、キャシー&大学生池尻の牢屋はオーナーたちの牢屋の手前にある。それに右側手前の牢屋で放置プレイ中だったリーマン井上もホールを見ていた可能性がある。あとは、現場の真向かいの牢屋のマリア&自営業太田組だが、あそこは巨大ツリーが邪魔をして、まともには見えなかっただろう。

　期待を込めてリザとマリアを交互に見つめたが、二人とも残念そうに首を横に振った。

「キャシーさんも私も、牢屋の目隠し板を閉めていたから見ていないんです」

　マリアも頷いた。

「そうよね。開けっ放しでプレイしていたの、ふらっとさんだけよね。こんな内装にしておいてなんだけど、元々露出したがるお客さんって少ないのよ」

「そうなんですか？」

　なんとなく、ＳＭは他人に見られてなんぼなものだと思っていたが。そう正直に伝えると苦笑された。

「露出プレイを好む人もいるけど、うちのお客さんはシャイな人が多いのよ。それにＳＭプレイって、ＳとＭが信頼関係を築くことが何より大事なんだけど」

「信頼ですか……」

鞭で打ったり蠟燭垂らしておきながら信頼とはどういうこっちゃ、と密かに思った。

「だからかな、女王様と二人きりの空間に浸りたいから閉めてくれって言うお客さんが多いわ。うちの店だけかもしれないけど」

「ええと……何度も同じ質問で恐縮ですが、つまり結局、来店時のオーナーとレベッカさんの姿を見たのはリザさんただ一人ということですね」

「そうなるわ」「なりますね」

二人の声が重なった。

「じゃ、じゃあ、デボラさんは何か言ってませんでしたか。目隠し戸を開けっ放しでプレイしていたデボラさんとふらっとさんの牢屋は、非常口のすぐ近くです。来店時ではなく、逃げていくレベッカさんを見かけたかも」

デボラが嘘をついたとしても、ふらっと氏が真実を見ていた可能性はある！　事件当夜の事情聴取では特に証言はなかったようだが、しつこく聞きに行けば何か思い出すかもしれない。

そう意気込んで訊ねてみたところ、リザに「デボラさんとふらっとさんは一番最初にプレイを終えて待合室に移動してたから、ないですねー」とあっさり否定されてしまった。

「あー……そういえば、デボラ&ふらっと組は早めにプレイ開始してましたっけ」

「そう。うちはプレイ時間、きっかり一時間って決まってるから」

海月はノートに目を落とした。デボラ&ふらっと組がプレイを終えて出て来たのが七時五十分だとして、レベッカ&オーナー組が牢屋入りしたのはだいたい七時半、レベッカが逃げたと推定されている時刻が八時から八時半の間。見事なすれ違いだ。

「ふらっとさんはその後シャワーして着替えてたんだけど、男性用更衣室は待合室ともつながっているから直に待合室に行ったと思う」

「待合室の扉って玄関側だけじゃなかったんですね」

「うん、うちって昔からパーティーが多いお店なんだけど、そういう時はお客さんもボンデージ姿でいることが多いから、それで玄関ホールをウロウロするのはどうかなって前オーナーが言って。ドアを増築したって聞きました」

「前オーナー？」

「ああ、うち、五年前にオーナーが一度変わってるの」

マリアが補足した。

（五年前ってレベッカが店長になった時？　オーナーも店長も同時に交代してたんだ）

念のためこれもメモに取った。

ここから先の確認はあっさり終わった。開始が若干遅れたリザ&リーマン井上組も含め、残りの四組は八時頃にプレイを終えて、さっさとシャワールームや待合室に移動。そのまま全員待合室でオーナーとレベッカが来るのを待っていたが八時四十五分を過ぎても二人は現れず、リザが様子を見に行ったらオーナーは死んでいて……という、先日聞いた話をそのまま再現された。逃げるレベッカを目撃した者は誰もいなかった。

（さて、と……）

海月は伸びをするように背もたれに寄りかかった。

事件当夜のおさらいはこの辺でいいだろう。海月の本当の目的は別にあるのだから。

海月が黙り込んでいると、リザが遠慮がちに「他に確認したいこと、あります？」と訊ねてきた。

「それじゃ、女王様たちの中でレベッカさんと仲が良かったのは誰なのかって話も……聞きたいかな」

ちゃんとさり気なく言えたと思う。

これはもちろん、レベッカを匿っている相手を特定するための質問だ。レベッカは店長でオーナーの愛人ではあるが全員年齢が近いのだから、趣味や化粧品の話で盛り上がる相手が一人か二人はいたんじゃないか……。

しかしリザとマリアは互いに目を見合わせると、二人共なんとも言いにくそうな顔で向き直り、今までの雰囲気からは想像がつかないほど硬い声で答えた。

「……いないわ」「うん」

　今度は海月が焦る番だった。

「それはあの、やっぱりオーナーの愛人だから避けられていたってことですか」

「ううん。まあ……ぶっちゃけ、みんな嫌ってたから。レベッカのこと」

　マリアが清々《すがすが》しいほど言い切った。

「え、そうなんですか」

　平静を装うにも、落胆の度合いが大きすぎて徐々に声が小さくなった。レベッカをかばうために嘘をついているとかではなく、本気で嫌いなのが二人の態度からにじみ出ていたからだ。

「やっぱり、店長権限を振りかざして威張っていたからですか？」

　海月は牢獄館の紹介画像を思い浮かべた。レベッカは相当気が強そうに見えたし、もしかしたら指名率なんかで水面下の戦いがあったのかも……なんて思っていたが、それは見当違いだった。二人には大げさなほど首を横に振って否定されたのだ。

「ううん。店長だしオーナーの愛人なんだから、私たちに威張るのは別に構わなかったのよ。私たちがレベッカを好きになれなかったのは、彼女がお客さんをあまりに軽視していたからよ」

「軽視？」

「要するに、レベッカは紛《まが》い物の女王様だったってこと」

　マリアはそう前置きして語りだした。

「誤解されがちなんだけど、お客さん——Mの人はね、暴力を振るわれるのが好きなわけじゃないのよ。女王様にお仕置きされるのが好きなの。この違い、分かる？」

「叱ってほしいってことですか」

　亘のことを思い浮かべながら呟くと、大げさに褒められた。

「そうなのよ。刑事さん、理解が早くて助かるわ」

「日々試されているんで」

「え？」

「あ、いえ。つまりペットにするように構ってあげるのが大事ってことですね」

　港みらい署刑事課の日常——亘がわざと失言して海月が蹴りを入れる、これは言ってみればボールを口にくわえて持ってきた犬に対し「取ってこ～い」をしてあげるのと同じだ。

　と想像していたら、マリアにやんわり否定された。

「少し違うわ。愛情を傾けるという点では一緒だけど。お仕置きっていうのはね、ある意味、相手の全てを受け入れる行為なのよ」

「受け入れる？　逆じゃないんですか。私の場合、わた……後輩の行為や言動がムカつく、つまり受け入れられないからついゲンコツで殴っちゃうんで」

この台詞を聞いて、なぜかマリアは「あなた優しい人ね」と微笑んだ。

「優しい⁉」

もしかすると生まれて初めて聞く言葉じゃなかろうか。海月が戸惑っていると、マリアは楽しげに口角を上げた。

「優しくなければ相手を叱ったりしないのよ。冷たい人なら、そんな面倒なことはしないで無視するか遠ざけるだけだもの。叱るってことは、相手のダメな部分を承知した上で見捨てないってことだから」

（そ……そうかなぁ）

「今の世の中って、失敗を許さないような風潮があるじゃない」

「え？　はい」

突然世間話が始まって戸惑ったが、多分これは今までの話とつながっている。そう思い黙って耳を傾けた。

「でも人間って誰もが完璧なわけじゃないでしょ。どう頑張っても能力が劣ることもあるし、アウトローな趣味にハマる人だっている。なのにみんな、みっともないこと、恥ずかしいことは悪だと思い込んで、自分がそうであることを許せないと感じてしまう。

雁字搦《がんじがら》めよね」

「そうですね……」

「だから私たちは罰を与えるのよ。『こんな恥ずかしい行為が好きなんてイケナイ子ね』って、叱りはするけど、決して本人を否定はしないの。そしてお客さんは罰されることで自分の中の罪悪感から解放されて、だめな自分、恥ずかしい自分を赦《ゆる》していくのよ」

「赦す？」

「そう。だからお仕置きは、私たちにとっては目的じゃなくて手段なのよ。苦痛という手段を通じて赦しを与えること……それが私たちの役目なの」

そう言って微笑むマリアは、全身黒ずくめなのに輝いているかのように見えた。

（ああ……そういうことか）

すんなりと理解できた。だから彼女はマリアなのだと。彼女の視線を心地よく感じてしまうのは、客たちを見下しているのではなく見守っているからなのだと。

「カッコイイです、マリアさん」

海月の気持ちを代弁するかのようにリザが呟いた。その嬉《うれ》しそうな表情から、リザが先輩を尊敬しているのは明らかだ。

彼女の眩しげな視線に気がつくと、マリアは急に相好を崩した。

「でもこれ全部、私じゃなくてお師匠様の受け売りなのよ。お客さんは心の奥で癒やしを求めているんだから、それを忘れちゃいけないって」

「お師匠様？」

「うんそう、牢獄館の前オーナーで私たちの大先輩の女王様。……もう病気で亡くなったんだけどね。リザちゃんがここに来たのは今のオーナーになってからだから、この話、知らなかったでしょうけど」

「へえ……私も会ってみたかったです、お師匠様に」

「そうね。すっごい素敵な人だったのよ」

目を伏せたマリアの表情は一瞬曇って見えたが、再び顔を上げた彼女はもう笑顔だった。

「まあもっと単純に、ストレス解消くらいに考えてくれれば十分なんだけどね。ＳＭ倶楽部のお客さんって意外と社会的地位の高い人が多いのよ。みんな無理してるのよねー」

「そうですねー」

その点は海月も同意できる。

（亘もあれで複雑な事情を抱えているようだし、もう少し優しく、違うか、厳しくしてあげてもいいか……）

なんとなくほのぼのとした空間になったが、そういえば事情聴取中だったなと思い出した。

「もしかして、レベッカさんが女王様失格なのはその辺が理由ですか」

話が通じるようになったのが嬉しいのか、マリアは「そうなの」と力強く答えた。

「あれを女王様とは呼べないわ。彼女が鞭を振るうのは、お客さんを癒やすためじゃなくて自分が憂さ晴らししたいからなのよ。ああいうのはSじゃなくてただの乱暴者よ。SMって、やり方を間違えると怪我もするし、縄なんかは下手をすれば死ぬケースもあるの。だから女王様には勉強と思いやりが必要なのに、彼女にはそんな意識がないのよ」

「よくお客さんを怒らせていましたもんね」

リザも小さく呟いた。どうやら前オーナーの訓示を知らなかった彼女から見ても、レベッカは悪いお手本だったようだ。

「そういえばレベッカさんって、どういう経緯で女王様になったんでしょう。元キャバクラ嬢だったと聞いていますが」

「ああ、それはオーナーが元々Mでここの常連だったのよ。もちろんその頃はオーナーじゃなくて、お行儀のいい太客の一人でしかなかったんだけど。レベッカは愛人と自宅でプレイに勤《いそ》しんでいるうちに勘違いしちゃったパターンよ。自分は女王様に向いているって。それで自分の店を持ちたいだなんて我儘《わがまま》を言いだしたものだから、オーナーがここを買い取って彼女を店長に据えちゃったのよ」

「前オーナーは？　反対しなかったんですか」

「彼女は当時療養中で、ちょうどここを誰かに譲りたいと考えていたの。現オーナーはリゾート施設経営のノウハウもあるし、優秀なＭはＳを上手に育ててくれるから、安心して……でも、現オーナーは恋愛で目が曇る人だったようね」

海月は相槌を打ちながら、優秀なＭってなんだろうと考えていた。打たれ上手とか？

（あぁでも、これじゃ誰かがレベッカを匿うなんて、西からお日様が昇ってもあり得ないわ）

意気込んでここに来た分だけ失望も大きい。今日のところはＳＭの見識が深まったことに満足するしかない。

「じゃあ、その、あなたたち古参の女王様からしたら、店長にもオーナーにもあまりいい感情は持てなかったってことですね」

「……まあ、そうね」

マリアは渋々頷いた。

「だからって、死んで欲しかったわけじゃないわ。でもレベッカが逃げたことだけは腹立たしいわ。すぐにでも救急車を呼べば助かったかもしれないのに。パートナーである彼女がするべきことなのよ」

マリアは悔しそうに唇を嚙《か》み締めた。多分これは、レベッカが愛人としてではなく、女王様としての義務を果たさなかったことに対する怒りなのだろう。

SM談義に花が咲いたせいか気がつくと一時間近く経《た》っており、リザの予約客が来店してしまった。呼びに来たクロエは海月にあまりいい感情を持っていないのか、一瞥《いちべつ》しただけで挨拶もなくリザを連れて行ってしまった。

細身のクロエは銀髪に青い瞳という外見なのだが、本当は黒髪の乙女で、あれはカツラとカラーコンタクトだそうだ。だからクロエにも、店内に予備のカツラを置いていなかったか訊《き》きたかったのだが。

(……にしても、女王様と身長って本当に関係ないのね)

先日の事情聴取で海月は女王様全員と対面していたが、その際に真っ先に抱いた感想がこれだった。多分最初にレベッカとマリアの写真を見てしまったのが偏見の理由なのだが、牢獄館では長身なのはこの二人だけで、クロエもデボラもキャシーも身長は百六十センチ程度、リザに至っては百五十センチ台だった(ハイヒールで底上げされるが)。

ただ、全員ものすごくスタイルが良い。そして姿勢もいい。海月よりも背の低いクロエを大きく感じるのは、そういった彼女たちの努力と天性の支配力によるものだろう。

……なんて考えていたら、マリアに「菱川さんはこのあとどうするの？」と声をかけられた。そういえば今、海月とマリアの二人っきりだ。

「クロエもこれからプレイタイムだから戻ってくるまで一時間はかかるけど」

探りを入れるように訊ねてくるが、帰れと言っている空気ではなかった。

「今日、他の女王様がたは」

「予約が入っていないデボラとキャシーは知り合いの店舗のヘルプに行ってるわ。週末以外はこんなものよ」

「そうですか……」

ノートになんとなく平日は女王様も少ないと書き込んだ。雑な文字を眺めているうちにポツリと言葉がこぼれていた。

「……そういえばマリアさんは、うちの者と知り合いっぽいですけど」

「え？　なあに」

マリアは無邪気に微笑んでいたが妙な威圧感があった。やはり二人は顔見知りだと確信して、忘れていたモヤモヤが復活してしまった。

（いやでもね、捜査に関わる者が事件関係者と個人的な繋《つな》がりがあるなら、見て見ぬふりはできないしね！）

実際そのような場合は、上官の石川に報告しなければならないのだ。だからこれは業務の一環だと海月は開き直った。

「あのですね、素朴な疑問なんですけど、うちの亘は職場でも自分からドMだと公言しているやつなんです。それでこちらのお店にも通ってるようなんですけど、休日に何をしようが誰も咎《とが》めないのになぜか顧客じゃないって言い張るんですよね……。なんででしょう、マリアさん分かりますか」

一気にまくし立てると、マリアは一瞬動きを止めて海月をじっと凝視して。

「え？　善くん、職場でカミングアウトしてるの？　あははははは」

爆笑した。


女王様の爆笑という予想外の事態に、抱えていたモヤモヤも吹っ飛んでしまった。それくらい驚きが大きい。

（女王様も笑うんだ……そりゃ人間だからそうだけど）

海月的には、女王様というのは美しくも残忍な女というイメージだったので（ここに来てからそのイメージは大分覆されたが）、コロコロと笑うマリアの可愛らしさに戸惑った。

丸々一分くらい経ってマリアの爆笑はやっと止まった。最後の方は酸欠になって苦しそうにソファにしがみついていたので思わず「大丈夫ですか」と声をかけると、カクカクとぎこちなく首肯していた。涙を浮かべて笑う聖母様は実に人間くさく、一層魅力的に見えた。

「あー苦しい。……なんだー、てっきり職場で隠してるから他人のふりをされたのかと思って、私もそれに合わせたんだけど。隠してないの？　オトコマエねぇ。でも、お客じゃないっていうのは本当よ」

「そうなんですか？」

「うん。昔、一時的に親しかったんだけど、もう何年も連絡は途絶えていたし。……ああ、もしかしてあの時の約束を律儀に守ってくれてるのかなぁ」

「約束？」

「そう。昔ここで少しだけプレイをしてあげたことがあって。といっても服を着たままのごっこ遊びみたいなものだったけど、そんなのでも世間に知れたら犯罪になるかもしれないじゃない？　だから私が言ったのよ。今日ここでしたことは、二人だけの秘密よって」

「はぁ」

　ため息しか出なかった。

「二人だけの秘密とか、もうそれ元カノじゃん……あ、いいえ、私が言ったんじゃないんですけどね！」

心の呟きのつもりが声に出ていて慌てて弁解すると、なぜか海月以上に彼女がパニックていた。

「やめてやめて！　それ、プレイ以上にもっとまずいから。なんとか条例違反で私捕まっちゃうから！」

「え、なんでですか」

「だってさすがに中学生相手にそういうのはまずいでしょ」

「中学生同士でＳＭプレイを⁉」

早熟にもほどがあると戦慄していると、違うから、とマリアが笑いながら告げた。

「私はれっきとした女王様だったけど、善くんが中学生だったのよ、当時。今から十年くらい前かな」

「…………………え」

予想だにしなかった言葉に、脳の働きがフリーズした。じゅうねんまえ？

「……十年前って、マリアさん何歳ですか」

「二十八歳だったわね」

（ん？　十年前に二十八歳……ということは）

「マリアさん三十八歳⁉　嘘だーーーー‼」

刑事の威厳もなにもあったもんじゃない。海月は素の声で叫んでいた。

（いやいや、年上だろうとは思ってたけどさ。肌の張りとか！　引き締まったボディとか！　美魔女か！）

呆然とする海月の表情があまりに面白かったのか、マリアは急に相好を崩して海月を手招きすると、自分の隣のクッションをポンポンと手で叩いた。こっちに来て座れということらしい。

こわごわと対面のソファに行き隣に腰を下ろすと、彼女はくっつきそうなほど身を寄せてきた。近くで見ても小じわ一つない顔に、ますます心臓がドキドキする。そしてなんだかいい匂いがする。同性に見惚れるなんて、海月には初めての経験だった。

「え、ええと、なんでしょう」

マリアは聖母の微笑みを浮かべると、海月にそっと耳打ちした。

「いいこと教えてあげる」

（いいこと⁉）

実はレベッカを逃したのは私たちなの……と言われるわけはないので、やはりここは、女同士でちょっとＨなコトを楽しみましょう的な雰囲気なのでは……。

「い、いいえ、職務中なものでっ」

「善くんが中学生の時にここに来た理由。全然エロくない話だけど」

「いやそんな赤裸々に……って、え、エロくない？」

「そう」

「SMに興味を持って、とかじゃなくて」

「じゃないわね」

「…………」

「知りたくない？」

悪魔の誘惑だ。散々煽っておいて、まるで選択権は海月にあると言わんばかりに一つしかない方向へと誘導する。

（こ、これが言葉攻めのプロの実力……！）

そして海月は数秒後、あっさり陥落した。


長くなりそうだからと言ってマリアはコーヒーを二つ淹《い》れて持ってきた。マグカップの中はインスタントにしては香ばしい匂いがしていたが、今は味覚より聴覚を満たしたかった。有り体に言えば、今からマリアが話すことが気になって仕方がない。

マリアは自分のコーヒーをゆっくり飲んでから、勿体つけて口を開いた。

「善くんはね、子供の頃、一度ご両親に捨てられてるのよね」

海月の耳のすぐ横でマリアは囁いた。二人しかいないのになぜ密着する必要があるのか、訊いた方がいいのだろうか。

「それって、お祖母《ばあ》さんの養子になったっていう話ですよね。でも相続税対策だって」

「ああ、そう聞いてるの。それ、半分は合ってるけど半分は違うのよ。善くんのご両親や親戚ってね、みんな社会的地位のある偉い人揃《ぞろ》いなんだけど、特にお父様が警察の幹部で」

「現在うちのトップです」

しかも奇妙なほどフレンドリーなおっさんなのだが、話が混乱しそうなので伏せておいた。

「そうなの？　へぇ……。まあそれでね、ご両親のどちらも忙しくて、自宅には全く寄りつかないような環境だったそうよ。家には家政婦がいたけど奥様が人当たりの激しい人なのか、誰も長続きしなくてね。善くんは赤ん坊の頃から自分とロクに会話もしようとしない他人に囲まれて暮らしていたんだって。豪勢なご飯と着替えと住む家はあるけど、ある意味常にひとりぼっちよね。で、当たり前だけどグレたわけ」

「亘が不良化？　全然想像つかない……」

「そうよね。といっても幼稚園児のやることだから、せいぜい買い与えられたおもちゃを壊したり、家政婦に暴言を吐いたりするくらいだったそうだけど」

（なんだ、そんな小さい頃の話）

ホッと肩の力が抜けた。出会う前のこととはいえ、後輩がチンピラみたいな悪事を働いている姿は想像したくないものだ。マリアはそんな海月の心理を見抜いたのか意味深な笑みを浮かべて頷いた。

「でも小学二年生の時にとうとうクラスメイトに怪我をさせちゃったそうよ。怪我はすぐ治るものだったし、親同士の示談で済んだんだけど、ちょうど有名芸能人の二世が薬物やら暴行でワイドショーを賑わしていた時期ということもあって親戚一同が大騒ぎしてね。将来何かやらかす前に養子に出して父親から遠ざけておけって話になったんだって」

「やらかすって……小学生でしょ。そんなの親が叱ればいいだけじゃないですか」

凶悪犯に対し「やつは生まれついての極悪人だ」と言うことがままあるが、本当に悪の才能を持って生まれた人間なんて極めて稀《まれ》だ。たいていは親が対応を誤っただけだ。海月が呆《あき》れていると顔に出ていたのか、マリアも深く頷いた。

「そ、過剰反応よね。でもこれは私の勝手な想像なんだけど、お母様は元々、子供が欲しくて儲けた人じゃなかったんじゃないかなって。これ幸いと親戚の言葉に便乗した感があるわ」

機能不全家族という言葉がある。心理学用語で親がアルコール中毒などで崩壊した家庭をさすが、一見裕福で金銭面に恵まれていても亘の実家は間違いなく機能不全家族だったのだろう。

「一種のネグレクトですよね、それって」

「そうね。で、最終的にこの騒動を耳にした一族の絶対権力者でもあったお祖母さん、亘朱鷺絵がブチ切れて善くんを引き取って、そのまま養子になったみたい。ご両親とはそれっきり会ってないそうだけど……父親がいる職場に自分から就職ねぇ。ふぅん。やっぱり男の子は父親を慕うものなのかしら」

「慕って……はいないような」

むしろうざがっていたが。海月はマリアに、亘が港みらい署の応接室から本部長を追い出した時の話を聞かせた。今更親しげにされても困る、そう言っていたことも。けれどマリアは、それこそが気にしている証拠だと譲らなかった。

「拒絶反応を示すのは完全に吹っ切れていないからでしょ。他のどんな職業にも就けたでしょうにわざわざ警察を選んだのは、やっぱり父親と何らかの形で関わりたいっていう想いがあったんじゃない？」

「そう、なんでしょうか」

言われてみればマリアの言葉には説得力があった。どのみち、両親が健在で家族仲のいい海月では想像に限界がある。ここは素直にマリアの言葉を飲み込むことにした。

「あ、でも養子になった経緯は分かったんですけど、それでどうして中学生の亘が牢獄館に来たのかっていうのがまだ」

海月が呟くと、マリアはなんともいえない渋面をして「それなのよ」と口走った。どうやら問題の核心はここからだったようだ。

「お祖母さんと孫息子は末永く仲良く暮らしましたで終わっていれば、めでたしめでたしだったんだけどね」

「まさかそっちでも虐待されたとか……？」

そういえばお祖母様は実の息子たちも鞭でビシバシ叩く人だった（ただし、みんな喜んでいたが）。しかしマリアは真剣な顔で「そうじゃなかったからマズイのよ」と呟いた。

「お祖母さんはね、無口でとっつきにくいけど、いい人だったらしいのよ。ただ小さな子供に接するのが致命的に下手な人っているでしょ。引き取られて来た初日に小学生の善くんがお祖母さんの前でさっそく悪さをしたんだけど」

「あのー……私、その先の展開が読めちゃったんですが」

以心伝心というやつか、海月が頬を引きつらせるとマリアも苦笑した。

「うん、多分ね、育児が上手な人だったらそこでハグとか滾々《こんこん》と諭すとかできたんだろうけど、お祖母さん、全力ビンタをかましちゃったのよ。まあその先は菱川さんの想像通りね。善くん曰《いわ》く強烈な初体験だったそうよ。誰かが叱ってくれたっていうのが」

以下はマリアと海月共通の見解だが、どうもその時に、彼の脳内で二つの体験がごっちゃになってしまったのではないかと思われる。つまり、頬の痛みと、庇護者が自分に真正面から向き合ってくれるという、それまでの彼にとってはサプライズにも等しい出来事が同時にやってきたわけだ。

「痛いのが嬉しい、ってことですか……」

「痛い＝《イコール》愛されている実感、じゃない？　でも、そういう脳の勘違いって結構あるみたいよ。以前『うちわで扇ぐのだけはやめてくれ〜っ』って言うお客さんがいたんだけど、なんでも職場で上司に責められてた時に汗っかきの上司がいつもうちわをバタバタやってたから、あの音を聞くだけで過呼吸を起こしちゃうんだって。なんて言ったっけ、ほら、パブロフの犬」

「条件反射ですね」

「そうそれ」

満足気に微笑まれたが、海月は（うちわで扇ぐプレイってどんなんだろう……）と気になってしかたがなかった。

手持ち無沙汰になったのか、マリアはなぜか海月の顎や頬を指でなぞって遊び始めた。何かに誘われているんだろうか？

「で、でも、それはそれでハッピーエンドで納まったんじゃないですか。私は雷親父のゲンコツとか許容派なんですけど、叱られても本人が納得しているなら別に問題ないんじゃ」

亘の場合は納得どころか完全に喜んじゃっているが。

マリアは是とも否とも取れない曖昧な表情をしていたが、膝に手を置くと海月から少し離れた。

「……で、まあそこから一気に数年経って善くんも中学生になるわけだけど」

「やっと話が冒頭に戻りましたね」

「そうね、長かったわ」

感無量といわんばかりにマリアは頷いた。

「善くん、最初は年齢を偽ってネットから普通に入会申し込みしてきたのよ。当日はびっくりよ。どう見ても中学生なチビっ子が待合室で待ってるんだもの。もちろん追い出そうとしたんだけど他のお客さんが奥にいる手前、騒がれたら困るし、本人が五分だけ話を聞いてくれたら大人しく帰るっていうんで渋々承諾したの。……で、まあ、今の話を聞かされて、そこからメル友みたいな清い関係に？」

「さっき一プレイやっちゃったって言ったじゃないですか」

海月が責めるとマリアは明らかに動揺して目をそらした。

「服は着たままだって言ったじゃない。当たり前だけどお金は取らなかったし。そもそもＳＭって、必ずしも性的な行為が必要なわけじゃないのよ」

「でも清くはないんじゃ……中学生相手に」

早口で言うと、マリアは表情を曇らせた。

「……だって、あんなこと言われたら、そりゃね……」

それだけ言って口を噤むマリアに、海月は再び白旗を上げた。

「あーもう、なんでそうやって意味深なところで切るんですか！　ドラマの次回予告ですか！」

「あら、聞きたい？　ここでやめてもいいんだけど」

マリアは顔を上げると生き生きと目を輝かせた。さすがは女王様、根っからのいじめっ子だ。渋々「聞かせてください」と懇願すると、マリアは頷いて続けてくれた。

「相談されたのよ。お祖母さんを泣かせたくないから、代わりに僕をぶってくださいって」

「あの……前後の繋がりがよく分かりません」

「あ、ごめんなさい。つまりね、ぶたれるのが嬉しくて叱られるようなことをついついやってしまうんだけど、後でお祖母さんが自己嫌悪に陥っているのを見て、申し訳なく思ったんだって。それでなんとかして自分の悪癖を止めたいんだ、って」

「私が自己嫌悪に陥ってもそんなこと思いもしないくせに……」

「え？」

「あ、こっちの話です。つまり、他の女性にぶってもらえばお祖母さんにちょっかいかけなくても平気になる、だからぶって！　ってことですか。短絡的すぎる！」

「だって中学生だし」

そうはいってもマリアも海月の言葉に同意しているようで、明らかに苦笑していた。

「今の本人なら問題の本質はそこじゃないって分かってるけど、当時は言葉で言っても納得できないだろうなと思ってお試しプレイを提案したのよ。痛くない鞭とか熱くない蠟燭とか、いろいろあるしね」

「すみません、やっぱり逮捕していいですか」

「あ、でも、十分もやってないのよ！　何発か打っただけで本人も気づいたのよね、赤の他人にぶたれても嬉しくもなんともないんだって」

「まあ……そうですよね」

亘少年の場合、痛みを求める理由が恥や罪悪感ではなかったから、マリアの訓示には当てはまらなかったのだろう。

そこからの話はそう長くなかった。落ち込む亘少年にマリアは、店に来られるのは困るが相談に乗ると約束して二人はメル友になった。メールの交換は一、二年ほど続いたが少しずつ間隔が空き、やがて向こうから途絶えた。マリアはそれを、お祖母さんに対する承認欲求を別の形で昇華できた結果だろうと捉えて喜んだ。

「より悪化してますけど」

「そうみたいね」

マリアは気まずそうに咳払いをした。

「……とまあ、こんな事情だったのよ。でもこれ絶対、善くんの黒歴史よね。私から聞いたって内緒にしておいてね」

「はあ」

気の抜けた返事をしながら、（じゃあなんで喋《しゃべ》ったのよ）と思った。同僚がＭなことに理解を示してほしいという要望なら、そもそも海月は最初から受け入れている。もうこうなったらド直球でいこうと決意した。

「マリアさんは、どうして私にこの話をしたんですか。別に話さなくたってマリアさんが困ることは何もなかったのに」

海月がまっすぐ見据えると、マリアは浮かべていた微笑みをゆっくり納めていった。近距離で見つめ合っているとマリアの瞳の強い光に圧倒され、耐えきれずに目をそらした。

年上だからというのではなく、マリアには、絶対にこの人には勝てないと思わせる何かがある。敗北に打ちひしがれていると楽しげに微笑まれた。

「だって菱川さんがあまりに必死だったから、安心させないとって思ったのよ」

「安心？」

マリアは慈悲たっぷりの微笑みを海月に向けた。

「先日の再確認とか言って、本当は善くんと私の関係が気になって探りに来たんでしょ」

（ちがーーーう‼）

相手がマリアじゃなかったら机を叩いて暴れているところだった。

「わっ私は別にマリアさんが亘の元カノでも今カノでも気になんてしませんし！」

「えー、じゃあ今日はどうしてここに来たの？　事件の再確認してる間、ずっとソワソワして上の空だったの分かってるんだから。どうやってこの話を切り出そうかって考えてたんでしょ」

「違います。私が訊きたかったのは…………あああぁ！」

海月は思わず両手で頭を抱えた。外国人ならここで「オーマイガッ」と言っているところだ。

（言えるわけないじゃん！　あなたたちが嘘をついてると思って暴きに来ました、なんて！）

脳みそがシェイクしそうな勢いで言い訳を考えたが、さっぱりだった。

（ああもう、いいや、誤解されたままで……）

がっくりと肩を落とした。一人で百面相している海月を面白がっていたマリアだが、海月が諦めて認めたふりをすると瞳が優しくなった。

「でも良かった。善くんにこんな素敵なパートナーがいて」

「はぁ……確かに相棒《パートナー》ですけど、素敵と言われる要素は欠片《かけら》もありませんけどね……」

「またまた、謙遜しちゃって」

海月が黙るとマリアはますます面白がって幅を詰めてきた。聖母の微笑みに見守られるのが気まずくて、海月はとうとう暇《いとま》を告げることにした。どちらにしろ当初の目論見（女王様全員共犯説）がハズレだった以上、立て直しが必要だ。

「そろそろ帰ります……」

へろへろと足取り重く玄関に向かうと、見送りについてきたマリアに「はい、お土産」と、どこかのショップロゴが入ったビニールバッグを持たされた。ビニールが不透明なため中身は見えない。

「あの、私たち、事件関係者から物品を受け取るのはご法度なんです」

返そうとすると予想外に強い力で押し戻された。

「じゃあ参考資料として貸し出したってことで。気に入ったら自分で購入して」

「資料？　捜査のですか」

「うんそう。それじゃ、がんばってね」

捜査活動を労《ねぎら》われたと思い、海月は社交辞令で「ありがとうございます」と返す。扉が閉まる寸前、マリアが瞳を輝かせながら微笑んだ。

「素敵なＳＭライフを」

ドアが閉まって、ほの暗い玄関灯の下に海月だけが残った。

（…………何だ、今の）

女王様特有の決め台詞だろうか。

ビルの地下階段を上ると外はもう真っ暗だった。今日はタブレットとノートが入る大きさのハンドバッグしか持ってこなかったので、ビニールバッグはそのまま手にぶら下げた。

「ていうか、これ何？」

一つ先の街灯の下で袋の中身を引っ張り出した。ずるりと出てきたのは黒くて長いごぼう……ではなくて、革製のグリップと、そこにつながる長い一本の革紐《かわひも》だ。これは、どこからどう見ても……。

「……鞭？」

ドアが閉まる直前のマリアの微笑みと例の台詞の意味を理解した。

「パートナーってそっちのパートナーじゃないーーーっ！」

その後しばらくの間、電柱に八つ当たりの蹴りを入れる海月の姿がそこにあった。

　数分後。一人で暴れていた海月だったが、ようやく落ち着きを取り戻した。

（今から返しに行っても、マリアさんに誤解されたままでは言い包《くる》められるだけだわ。下手をするとお土産のＳＭグッズが増えるかもしれない）

　とりあえず持って帰るしかないと判断したその時、背後から呼びかけられた。

「そこのお嬢さん、俺とお茶しねぇ？」

3．一月四日　後半

「はい？」

不機嫌を隠す気にもならず振り返ると、案の定、見るからに軽薄そうな男が立っていた。

髪が茶髪なのは今時の若者なら普通だが、見たところ三十歳前後なのに刺繍《ししゅう》入りの真っ赤なブルゾンを羽織っている。鼻の低いのっぺりとした顔のわりに派手な印象を受けるのは、両耳の金のカフスピアスのせいだろうか。よく見ると手の甲には小さめのタトゥーが入っている。先輩の甞田を三倍、いや五倍チャラくした感じだった。

男はポケットに手を突っ込んでニヤニヤと嫌な感じに笑っている。この手の輩《やから》は無視して立ち去るのがベストだが、不意打ちだったこともあって、ついつい鞭を掲げるといつもの口調で言ってしまった。

「私今、最っ高に機嫌が悪い上にたまたまこんな物を持ってるんだけど。打たれたいの？」

男は呆気に取られたのか間抜け面で固まるが、次の瞬間爆笑した。

「うひゃひゃひゃひゃひゃ！　いいね！　俺M男だからぜひお願いしたいところだけど、今日はそれより話がしたいんだわ。少しでいいからつき合ってくれよ、刑事さん」

「あーもう、なんで私の周囲はどいつもこいつもＭ男なの……って、何で私が刑事だって知ってるの⁉」

「そりゃあ俺らの間では有名なあの動画のおかげで」

「あ？」

　思わずドスを利かせた声を出すと、ガチの殺気を感じたらしいＭ男は慌てて後退《あとずさ》り、若干離れた位置から海月に何かを差し出した。

「いや俺、こういうもんです！　あと、刑事さんに会うのは二度目なんだけど覚えてない？　直接会話はしてないからなぁ」

　差し出されたのは角の折れた名刺で、そこにはこう書かれていた。

『フリーライター　ふらっと』

「ああっ！　デボラさんのパートナーの！」

「そっす！　俺っす！」

　なんという偶然……いや、おそらく違う。この場所で声をかけられたということは、彼は海月を牢獄館からつけてきたのだろう。

「事件のこと、記事に書くんですか」

　少しきつめに詰問した。彼の職業からすれば、偶然現場に居合わせた未解決殺人事件なんて美味しすぎるネタだろう。図星だったようでふらっとは苦笑した。

「分かってるとは思うけど、私たち、捜査情報を民間人に漏らしたりしないわよ」

「そう言われると思った。でも刑事さんは俺と話した方が得っすよ。俺、すごい情報掴んだんです。この事件が根底から覆るような」

「ふ……ふーん」

ちょっと食指が動いた。これはもしや情報提供というやつではなかろうか。おそらくバーターだろうが、ここで彼を逃すのは惜しい。

「いいわ、お茶しましょう」

「やった！　刑事さんのおごりだよね」

調子に乗るんじゃない、と言いたいところをぐっとこらえて頷いた。


二人はそこから電車で一駅ほどの距離を歩いて、ビルの最上階にあるバーへ入店した。ここは店の奥に密談に適した完全個室の席があるのだ。

平日ということもあって、すぐに希望の席に通された。

海月は座面が遊具みたいに波打ったソファに座ると、正面ではなく隣を向いた。会話の相手のふらっとがそこにいるからだ。ちなみにこの個室、広さは半畳ほどしかないうえに、室内にあるのはこの真っ赤な変形ソファが一つだけ。座面が夜景の見える窓に向けられていることからも分かるように、カップル席だ。

（しょうがないでしょ、他に個室のある店を知らないんだもの！）

と自分に言い訳しつつ、「デートみたいっすね」と軽口を叩くふらっとを睨みつけた。

「それじゃ早速だけど」

海月は出窓に置かれたカクテルを尻目に話を急いだ。勤務中なので飲酒する気は端《はな》からない。

「あーはいはい。まずはこれを見てもらおうかな」

ふらっとは自分のナップザックから書類ケースを取り出すと海月に手渡した。中には不動産の登記簿謄本が二つと、誰かへのインタビューを文字に起こした用紙が何十枚と入っている。

（登記簿は……万国橋海沿ビル。これって牢獄館が入ってるビルじゃない。もう一つは全然別の個人住宅？　場所は横浜市中区仲尾台……）

現在の所有者は、どちらも豊原の会社の法人名義になっている。前所有者は、ビルの方はどこかの会社名だが住宅は個人名だった。白鳥《しらとり》美船《みふね》。……知らない名前だ。

書類を見て眉根を曇らせる海月に、ふらっとは意気揚々と告げた。

「この白鳥美船っていうのが牢獄館の初代にして前オーナーなんだよ。今はもう亡くなってるけど」

「前オーナーのことなら私も聞いてますよ。病気になって牢獄館を豊原に譲ったっていう」

しかし海月の言葉を聞いたふらっとは、したり顔で笑った。

「それは途中までの話だ。白鳥美船が豊原文蔵に譲渡を持ちかけたのは、あくまで条件付きだったんだ」

「条件？」

「次の店長はマリア女王様にするっていう、な」

それは納得だ。マリアは前オーナーから直接教えを受けた最古参、つまり一番弟子だったようだし。

「しかし豊原はそれを承諾しなかった。なぜなら豊原が牢獄館を買い取りたかった理由は、女王様の経験もないのに老舗ＳＭ倶楽部の店長になりたいだなんて我儘《わがまま》を言う愛人のためだったからだ。当然交渉は決裂して、白鳥美船は別の譲渡相手を探し始めた。……だけど、豊原がその程度で諦めるわけないんだ。刑事さん知ってる？　豊原文蔵の黒い噂」

「金融業者とつるんで狙った不動産を巻き上げるとか、彼を恨む人物は余裕で二桁を超えるとかの？」

「知っているなら話は早い」

ふらっとは目をギラつかせる。今の彼はチャラい兄ちゃんではなく、プロのライターの顔をしていた。

「他にも、やつが狙った不動産の所有者が人知れず消えている……なんてのもある。まあこんな男が大人しく諦めるはずもなく、それまでの恩も忘れて白鳥美船に追い込みをかけたんだ。当時、白鳥美船が持っていたのは牢獄館という商標だけであの店舗自体は賃貸だったんだけど、豊原はビルを丸ごと手に入れて、自分の愛人を店長にしないなら追い出すと脅迫した」

「でもそれだけじゃ……店舗を移転すればよくない？」

「もちろん豊原はそっちにも手をうったのさ。白鳥美船だって伊達《だて》に長く女王様をやってない、彼女を慕うＭ男は何十人といたし、その中には相当な太客もいた。実際、そいつらが出資して新店舗を構えるっていう話も出ていたんだ。しかし豊原はそいつらの事業や家庭にことごとく圧力をかけて邪魔をした」

「ごめんなさい。ちょっと、にわかには信じられない」

海月は申し訳なさそうに渋面を作った。

「確かに豊原にはそれくらいの権力があったのかもしれない。でも言っちゃ悪いけど、たかがいちＳＭ倶楽部にそこまでする？　他の老舗店を買い取るとか、ベテラン女王様を引き抜いて一から新店舗を作ったほうが早いじゃない。私ならそうする」

「コンプレックスだろうな」

ふらっとは無感情に述べた。

「刑事さん、これは知ってたか？　豊原は牢獄館ではM男だったが、プライベートのプレイではS役だったんだよ」

「え⁉」

「昔の豊原のインタビュー記事に載ってたんだけど、やつは中学高校時代、学年一の美少女とその取り巻きグループによるいじめに遭っていたんだ。その記事の中では『この経験をバネに見返してやろうと頑張った』って美談ぽくしてたけど、やつは牢獄館で、この時の美少女にされた性的なあれこれがMに目覚めたきっかけだと語っていたよ。実際、いじめがきっかけでMになる男性ってのは少なからずいる。ちなみに俺もそのケースだ」

「最後のはものすごくどうでもいい情報ですね」

「うん、刑事さんならそう言ってくれると思った」

ふらっとは嬉しそうに微笑んだ。海月はそろそろ、自分の何がこういう男ばかり引き寄せてしまうのか真剣に考えるべきかと思った。

「ところがプライベートではS男だ。しかも過去の愛人に訊いてきたんだが、結構エグいプレイをするそうだぜ。水責めとか、血が出るくらいの鞭打ちとか。俺が思うに、やつの中には美少女にいたぶられて興奮するM性と、かつて自分をいじめた女たちに復讐したいというS性が同居していたんだと思う。人間誰しもSとM、両方持ち合わせているっていうしな」

「それじゃ前オーナー……白鳥美船はそのS性の犠牲になったっていうの」

「ああ。自分の申し出を袖にされてカチンと来たか、なんらかのスイッチを白鳥美船は押しちまったんだろうな。豊原はその後、白鳥美船の祖父の代からの持ち家も奪っている。彼女はホスピスに入る金を作るために泣く泣く豊原に牢獄館の商標、営業権諸々《もろもろ》を譲り、そのうえ他の女王様たちに足柄みゆきのサポートをしてくれとお願いまでさせられたんだ。死んでも死にきれなかっただろうな」

「それ本当の話？　誇張してない？」

「疑うんなら過去の常連客やら過去の愛人やら、俺が話を聞いてきた連中の告白文を読んでみろよ。そこに入っているから。もちろん生の肉声データもあるぜ。ただそいつらの名前だけは勘弁してくれ。そこを伏せて話すって約束だからな」

「ううん、それが事実なら私たちも別ルートで自力で調べるわ。あなたの名前も公には出さない。ただ……」

「なんだ」

「ちょっと考えさせてくれる？」

海月はカクテル越しに窓を眺めた。こうして見ると、みなとみらいの夜景は本当にきれいだ。でもその光の輪から取り残された建物が牢獄館なのだと思うと、途端に白い光が冷たく感じられた。

(この話が本当なら、レベッカどころかオーナーも蛇蝎《だかつ》のごとく嫌われていたんじゃない。確かにみんな、オーナーが死んでもあまり悲しんじゃいなかったけど)

もちろん昨今の若者は、たまにしか顔を出さない経営者が死んだくらいでいちいち感傷的にならないのかもしれないが。

(でもそうなると、別の見立てができるようになる)

ヤクザの抗争でもなく、豊原文蔵の犠牲になった名も無き人々の恨みでもない、第三の動機が。

海月はグラスを置くと、ふらっとを見据えた。

「それで、あなたはどう見てるわけ。この事件の真相」

この質問を待ち焦がれていたのだろう。ふらっとは瞳を光らせた。

「女王様全員による、オーナーと店長の計画的殺人事件だよ」

窓辺に置かれたグラスの中で、氷が澄んだ音を立てた。

そこからは彼の独擅場《どくせんじょう》だった。

「つまり、レベッカ店長が逃げたという証言自体が嘘なんだよ」

　ふらっとは意気揚々と続ける。海月も、とりあえずは黙って聞くことにした。

「足取りが摑めないのも当然。店長はあの日、オーナーと共に店内で殺されて、死体の状態で隠されていたんだ」

「店内なら私たちがくまなく探しましたけど」

「物置は？　あの日、調べなかったよな」

「……まあ、再調査も考えておきます。確かにスペースは十分ありましたけど」

　なにしろ海月も（レベッカが隠れていたかも）と思っていたほどだ。生きたレベッカの代わりに死んだレベッカが隠されていてもおかしくない。

「でも、犯行手順は？　オーナーは窒息プレイを持ちかけて殺せばいいけど、レベッカはどんな方法で殺そうとしても抵抗するでしょ。何より目の前でパートナーが殺されているのに黙ってるの、おかしくない？」

　オーナーがじわじわ殺されたにしろ、レベッカが一瞬で殺されたにしろ、そのどちらも互いの異変に気づくはずだ。しかもオーナーは拘束されてはいなかった。レベッカの悲鳴でも聞きつけたら、さっと起き上がって、戦うか逃げるかしたはずだ。

　しかしふらっとも譲らない。

「だから女王様は全員で協力したんだよ。五人が二組に分かれて、押さえる役と殺す役に徹したんだよ。体格的にオーナーの方に三人だな」

「あのー、素朴な疑問なんですけど。ふらっとさん、あの日は目隠し板を開けたままプレイされてたそうですよね。プレイ中にそんな物音、聞こえました？」

「いや………」

饒舌に語っていたふらっとが、ここで初めて言葉を濁した。

「隣のおっさんの喘《あえ》ぎ声しか聞いてねぇな、そういえば。でもオーナーの牢屋は離れてたからなぁ」

「それにどの牢屋でも、女王様がいなくなったら囚人が覚えていると思うんですけど」

「俺のところはデボラ女王様が十分ほど中座したぜ」

「え⁉」

そんな話は聞いてない。それとも男性客の事情聴取をやっていた亘のミスだろうか。

（いやいや、県警一課の刑事と一緒にやってたはずだし）

グルグルと考えを巡らせていると、ふらっとが得意げに告げた。

「思い込みによる死角ってやつだよ。いや、俺もそうだったんだけど、客の全員があの中座を『女王様がいなくなった』とは捉えていないんだよ。プレイの一環だったもんで」

「もしかして放置プレイ？」

ふらっとは「そうそう」と満足げに頷いた。

「女王様だって一時間フルに鞭打ったり足蹴にしたりするのは疲れるから、プレイ内容はいろいろ組み合わせてくるんだよ。囚人に命令してやらせながら、自分は椅子に座って眺めてるとかな」

「やらせるって何を……ああ、想像ついたからいいです」

「ちっ」

海月に微に入り細に入り説明しようと思っていたのか、ふらっとは不満そうに口を閉じた。

「とまあ、そんなわけで。俺の予想だけど、女王様たちの間で、ある時刻になったら放置プレイを開始して全員で牢屋を出るって感じに示し合わせていたんだろ。あの日は俺以外の牢屋は目隠し板が閉まっていたし、俺の所からはツリーが邪魔でよく見えなかったから、全員がこっそりオーナーの牢屋に忍び込んでも俺ら囚人からは見えなかったはずだ。……なあ、どうだ？」

ふらっとの期待をこめた瞳に見つめられ、海月は思わずうつむいた。

動機は十分。犯行も、かなり無茶ではあるがやれなくもない。

「でも、狙いがオーナーと店長の二人で犯人が女王様全員だっていうなら、営業時間外に殺した方が、むしろ邪魔が入らないと思うんですけど」

浮かんだ疑問を呟くと「それはもちろんアリバイ工作のためさ！」と却下された。

「俺らという第三者がいる時に殺人はないだろうって、誰もが思うだろ？　そこが狙いだよ」

「んーーー」

困ったことに、ふらっとの説は一考の価値がありそうなのだ。しかし、だ。

（そりゃ私も女王様全員が共犯的なことを考えたけど、仲間を庇《かば》うのと殺人を犯すのでは全然重みが違う。しかもお客さんがいる所で？　そんなこと可能なんだろうか）

ライターのふらっとがこのようなセンセーショナルな事件を思い描くのは、職業病的なものもあるだろう。果たして鵜《う》呑《の》みにしてもいいものか。

（……うん、結論は出ないな）

今ここで判断なんてできそうにない。男性客の事情聴取資料の再読と、場合によっては改めて話を聞きにいくしかない。

海月はふらっとに後日また連絡すると伝えて、今日のところは引き上げることにした。ところで意外だったのは、彼に海月から情報を取るつもりはないと言われたことだ。

「いや俺さ、この説でもう週刊誌用に記事書いちゃったんだよ。『犯人は女王様全員!?』という飛ばし記事で引っ張って、もし本当にこれが真相だったら『予想的中！やはり女王様だった！』て記事も書いて二度美味しいだろ」

「はぁ」

「だから最初の記事の発売前に真犯人が捕まったら困るんだよ。で、どう？　一週間以内に発表されそうな気配、ある？」

「……下っ端の私の言うことですから当てにしないでほしいんですけど。現段階では心配はいらないようですと言っておきます」

「そうか！　やったぜ」

ふらっとが手放しではしゃいでいるので、「明日急に解決するかもしれませんけどね」と釘《くぎ》を刺すことは忘れなかった。

本音を言えばそんな記事は書かないでほしいが、彼が独自に調べた内容で勝負するなら海月には止める権限はない。

(ほんと早く確かめなくちゃ。女王様犯人説は可能か否か)

そしてはっきり不可能だと分かれば、記者会見の席でその記事内容は否定されるだろう。

真剣に牢獄館を運営しているマリアたちが風評被害に遭うところは、想像したくなかった。

4. 一月五日　午前

　翌日。海月は出勤するやいなや、上官の石川の机に突進した。

「係長！」

「おうなんだ、今日は元気だな、くらげちゃん」

「くらげじゃな……ああ、いいです、もうくらげで。事件に関する新情報を掴みました！」

「なにっ新情報。どんなだ」

　石川も興奮気味に身を乗り出してきた。閉塞状態に悩んでいたのは彼も同じだ。

「でも本当にその方法で犯行が可能かどうか微妙なので、先に確認したいんです。男性客の事情聴取の調書を閲覧させてください」

「おお、じゃんじゃん調べろ。調書なら丁度いいことに俺の机の上だ」

　そう言って石川は硬い黒表紙に綴《つづ》られた冊子を取り上げた。昨今は調書の作成もパソコンでおこなわれるのが当たり前で、港みらい署でも一時期はモニター上での閲覧が可能だったのだが、他県警察署のデータ流出事件をきっかけに閲覧は紙ベースに戻ってしまった。五人分の調書は週刊漫画誌くらいの厚みがある。

「持ち出し禁止だから、読むなら庁舎から出るなよ」

「はい。あ、それと」

海月はぐるっと刑事課の部屋を見渡して呟いた。

「亘は……いません、よね」

「ああ。今日も成田じゃないか？　それがどうか」

「いえ、何でもありません。それじゃ」

海月は調書を胸に抱えると隠れるように刑事課の部屋を後にした。亘の所在を聞いたのは、彼のいないうちに閲覧を終えてしまいたいからだ。

(だって言えるわけないじゃん。……亘の恩人が殺人を犯したかもしれないなんてさ)

調書を読んで、ふらっとの仮説がただのトンデモ空想話に過ぎなかったと分かるなら、それもまた良し。まずは確認だと海月は廊下を急いだ。


どこで読むかと悩んだあげく入ったのは、現在誰も使っていない取調室だ。海月はドアを閉めるとパイプ椅子に座り、ノートを用意して冊子を開いた。調べるべきは各牢屋の女王様の中座時刻だ。ふらっとの口ぶりだと「みんな女王様がいなくなったと意識していなかった」なので、記載されていない可能性大だが……。

しばらく無心にパラパラとページを繰って、

「載ってんじゃん！」

思わず独りツッコミを入れていた。てっきり『七時〜八時　牢屋内でプレイ』程度のメモ書きしかないんだろうと思ったら、とんでもない。調書には官能小説も真っ青の詳細なプレイ内容が書かれていたのだ。

しかもそれだけではない。男性客の全員が、途中で放置プレイがあって女王様が牢屋を出て行ったと語っているのだ。学生二人とふらっとに至っては『○時○分ごろ女王様が牢屋を出る。戻ってきたのは□時□分』と詳細な時刻まで記載してある。

（なにこれすごい。この記録を元にチャートを作れば、女王様全員の行動が一目瞭然じゃない）

海月は興奮をたぎらせながらノートに線を引く。三十分ほど調書を行きつ戻りつして、放置プレイタイム（＝女王様の中座時間）のみを抜き出した。

＃1（右列奥）デボラ&ライターふらっと　放置プレイ7:20から7:30
＃2（右列真ん中）マリア&自営業太田　放置プレイ7:45から8:00ごろ？（不確か）
＃3（右列手前）リザ&サラリーマン井上　放置プレイ7:15から十五分程度
＃4（左列奥）クロエ&学生池田　放置プレイ7:30から7:40
＃6（左列手前）キャシー&学生池尻　放置プレイ7:40から7:50

「…………見事にバラバラ」

中座のタイミングは重なっている者もいるが、重なる時間は五分から十分間程度だ。

「これじゃオーナーの牢屋に全員集合は無理じゃん」

しかし海月はハタと膝を叩いた。事前に時計の針を狂わせておくのは推理小説では定石。そう、女王様の計略によって時間の感覚を狂わされた囚人たちは、知らないうちに誤った証言をしていたのだ！　そんな穿《うが》った視点でみると、放置プレイのところだけ時刻が正確に記されているのも何かの罠《わな》という気がしてきた。

「そもそもなんでこんなに細かく時刻を覚えているわけよ」

「牢屋の中に時計があったからですよ」

「そうだっけ？」

「観察不足ですね、先輩」

背後からの声と無意識に会話していたが、この声はもしかしなくとも……。

ギギギと錆びた音が立ちそうなほどゆっくり首を回すと、半分開いたドアから亘が上半身を差し入れていた。

「ななななんでここに！」

「僕、今日からまたこっちに回されたんです」

そう言って亘は含みのない笑みを浮かべた。海月は取調室を選んだことを後悔した。出入り口が一つしかない上に窓には鉄格子、逃げられない。

「いやそうじゃなくて、なんで呼んでもいないのに、ここに」

しどろもどろになりながら質問を繰り返すと、亘は「ああ」と嬉しそうに顔を輝かせた。

「石川さんから『くらげちゃんが善くんを探してたぞ〜』と聞いたので」

（ちがーう！）

思わず調書を机に叩きつけるところだった。

（逆だっての！　会いたくないから居ないことを確認したんだっつーの‼）

「何か調べてたから協力してやれって言われましたよ。で、何を調査中ですか」

そう言って亘は勝手に取調室に入ってくると、向かいの席に座ってしまった。

「あ、あんたちょっと気が利かなすぎ」

海月はない知恵を振り絞って必死に策を練った。

「手伝うならまず二人分の飲み物でも用意してきなさいよ。私、ロイヤルミルクティーね」

（これで亘が自販機へ向かった隙に私はここから脱出！　やったね）

密かにほくそ笑んだ海月だったが、亘に「そう言われると思って買ってきました」と缶飲料二本をあっさり出されて撃沈した。しかも片方はちゃんとロイヤルミルクティーだ。

「なんで買ってくるのよ！」

「いやだって先輩それ好きじゃないですか」

慌てる亘をぼんやり見つめながら、結局自分はこの姑息《こそく》な後輩の手の上で踊らされる運命なのかと諦観した。

「いいわよわかったわよ、あんたに気を使った私が愚かだったのよ」

「え？　どうしてそんな結論に……」

海月はやけになってロイヤルミルクティーをがぶ飲みした。


白旗を上げた海月は、三十分近くかけて昨日見聞きしたあれこれを彼に話した。ただしあくまでもふらっとが思いついた妄想話としてだが。そしてもちろん、マリアに聞かされた亘の黒歴史については完全黙秘を貫いた。

「……というわけで、全員で共謀してって仮説が成り立つかどうかを確認してたんだけど、やっぱり絵空事ね。一応、時計の針を事前に細工することも考えたんだけど」

「お客さんはプレイが終わった後、みんな待合室に移動しています。もしプレイ中に時刻を偽っていたら、その時にどちらかの時計がおかしいって話題に出たと思いますよ」

「そっか…………あ、あとね、女王様どころかお客さんも含めた全員が共犯者！　ってのも考えたんだけど」

「ああ、推理小説じゃ既に定番ネタですね。でもどうかな」

亘は頬杖をついてしばし黙りこむ。適当に発言したわりに真剣に考えてくれたようで、申し訳なくなった。

「やっぱり現実的じゃないわよね」

「いえ、奴隷の女王様への忠誠心次第では、そういう犯罪も可能だと思いますよ。ただ、本件に限っては難しいかなと。事件当夜のお客さんって全員、入会歴の浅い新囚人ばっかりなんですよ」

「え、そうなの？」

クリスマスパーティーなんて開くくらいだから、てっきりみな常連客だと思っていたのだが。そう呟くと、パーティーは三日に渡って開催されたのだと教えられた。

「先輩は見ていないかもしれませんけど、待合室は小会議室程度の広さなんです。ソファとテーブルを置いて十二人も入ればみっちみちですよ。だから一日目と二日目は長年の常連客を、三日目は最近入会したばかりだけど熱心な客を招くことにしたんだそうです」

「じゃあ、あの日のお客さんに、女王様への忠誠心はないってこと？」

言われてみれば、ふらっとなんかは女王様を売るような記事を平気で書いている。

「あったとしても、殺人に協力するほどではないでしょうね。特に学生コンビの片方、池尻くんはあの日が初来店ですし」

「へぇ」

「池田くんが三回目で、池尻くんは池田くんに誘われたから興味本位で来てみました、だそうです。自営業の太田さんとサラリーマンの井上さん、この二人はＳＭ倶楽部はあくまで息抜きで、家庭や恋人との関係を壊す気はないって言ってましたよ」

「早く帰りたいって言ってた二人ね。なるほど」

どうやら『客も共犯説』は取り下げた方がよさそうだ。元々本気ではなかったが。

「あ、そしたら女王様のみ共犯のタイプで、今、思いついた方法があるんだけど」

「聞きたいですね」

「人数が増える騙し絵ってあるじゃない。小人が十人くらい並んでいる長い絵で真ん中に切れ目が入ってて、絵をスライドさせると人数が増えたり減ったりするっていう。あれの真相って、全員から体の一部をちょっとずつ拝借して一人の小人を作り上げているんだけど、同じ理屈で…………」

「……先輩？」

熱心に聞き入っている亘を見ているうちに、急激に罪悪感が膨らんできた。考えてみれば、自分はふらっとと違ってどうしても女王様を犯人にしたいわけじゃない。それに亘にしてみれば、恩人を犯人扱いされるのは仮定形であっても嫌なのでは……。

「あー、その、亘、マリアさんと知り合いなんでしょ」

そろそろと口にすると、亘は缶コーヒーを持ち上げた状態で固まっていた。あまりに長時間硬直しているので、缶コーヒーが空中固定されたように見える。やっぱり言わなきゃよかった……という思いと、いや、今言わないと！　という思いが頭の中を駆け巡った。

「わ、私てっきり亘があのお店の常連なんだと思って聞いてみたらさー、なんかすごい昔に中坊が年齢偽って予約入れてきたことがあって、もちろんすぐ追い返したけど、それがきっかけでしばらくメル友っぽい関係になったって聞いて……ま、まあ好奇心旺盛な年齢だし、しょーがないわよねー」

「それだけですか」

「え？」

「聞いたのは、メル友になったって話だけですか」

真顔の亘に、じっと見つめられて、背中が汗ばむのを感じた。しかし負けるわけにはいかない。海月は目に力を入れて見返した。

「ああうん、他になんかあったの？」

亘は海月から視線をそらすと、やっと缶コーヒーを机に下ろした。逆に海月はミルクティーに平静を装って口をつけた。

（うあああああ心臓バクバクしてるー）

動悸《どうき》が収まるのを待って顔を上げると、亘に、いつになく真剣な顔で見つめられた。

「で。マリアさんが僕の知り合いだったら、それによって先輩の言うことが変わるんですか？」

今度は海月が固まる番だ。

（いやそういうわけじゃ……あったわ）

指摘されて初めて気がついた。先般の海月の台詞は、被疑者が知り合いだから捜査に手心を加えようかと訊いたようなものだ。これは責められても仕方がない。

「わ、私は個人的には女王様犯人説はないだろうって思ってるんだけど」

「でもさっき何か思いついたんですよね」

「あー、うん……」

二人とも黙ると、無音の取調室は気を紛らわせるものが何もなくなる。普段へらへらしている亘が真顔というだけで無言の圧力を感じた。場所が場所だけに、海月は自分が犯罪者になった気分だった。

「……分かった。偏見は一切排除して話すから、亘も贔屓目《ひいきめ》抜きでアドバイスしてくれる？」

「当然です」

そこで亘が微笑んで、やっと二人の周囲から緊張感が消えた。

（さて仕切り直しだ）

海月はメモ書きを机に広げ始めた。


「さっきメモを並べてて気がついたんだけど……女王様全員の時間をちょっとずつ削っていけば、誰か一人は常にフリーになるのよ」

「少し分かりにくいんですが」

「つまりね、こうよ」

海月は先程書いたメモを、今度は放置プレイを行っていた時間順に並べ直した。

#3（右列手前）リザ&リーマン井上　放置プレイ7:15から十五分程度
#1（右列奥）デボラ&ライターふらっと　放置プレイ7:20から7:30
#4（左列奥）クロエ&学生池田　放置プレイ7:30から7:40
#6（左列手前）キャシー&学生池尻　放置プレイ7:40から7:50
#2（右列真ん中）マリア&自営業太田　放置プレイ7:45から8:00ごろ？（不確か）

＃5（左列真ん中）レベッカ&オーナー　到着7:25　死亡時刻は不明（8:00以降？）

「こうしてみると一人一人の中座時間は十分程度だけど、途中で交代することで一連の作業をやり遂げることができるんじゃないかって」

「たとえば？」

海月は一瞬言葉に詰まったが、先程の誓いを思い出して淡々と語った。

「まずリザさんとデボラさんが到着したレベッカを人気のない場所で殺すの。更衣室が一番自然よね。死体はとりあえずその場に残して、リザさんもデボラさんも自分の牢屋へ戻る」

背後から首を紐状のもので絞めるなどすれば、十分あれば殺せるだろう。

「次にクロエさんがオーナーの牢屋に行って適当に言いくるめるの。レベッカから少し待っててと伝言を頼まれた、とかね。『レベッカが戻るまで私が相手をしましょう』とか言ったのかもしれない」

「そこで顔面騎乗を？」

「クロエさんかもしれないし、キャシーさんかもマリアさんかも分からないけど、あまり長くレベッカさんが来ないのも怪しまれるから、わりと最初の人。クロエさんがその役目を負ったと考えるのが自然だと思う。オーナーが死んだのを確認して、クロエさんは自分の牢屋へ戻ったのよ」

亘は黙って海月の説明を聞いていた。

「次のキャシーさんとマリアさんは後始末担当。二人の中座時間が被っているのはレベッカの死体を二人で一緒に運んだからよ。移動先は外の物置、あそこなら鍵がかかるしスペースにも余裕がある。あの日はふらっとさんの牢屋だけ目隠し板が開いていたんだけど、ふらっとさんはみんなより一足先にプレイが終了しているから、彼がシャワー室へ向かった後に素早く移動すれば問題はない。女王様全員が味方なんだもの、三人がかち合わないようにデボラさんがうまく誘導したのよ。これで、事件当夜の状況を作り上げることが可能よ」

「…………」

「もちろんプレイ中に殺人なんてリスクありまくりよ。でも放置プレイ中のお客さんが勝手に牢屋から出てくることはないし、十分に勝算のある賭けだと思わない？　それだけじゃない、あえてプレイ中に実行することで五人もの善意の第三者の証言が得られるのよ。自分たちの女王様に人を殺しに行く暇はなかったって。……どう？」

意見を求めて見据えると、亘も自分の考えをまとめたらしく、ゆっくり口を開いた。

「残念ですが、その方法でのレベッカおよびオーナー殺害は不可能です」

「なんでよ」

むっと口をひん曲げて抗議の意を示すが、亘は無視して続けた。

「その調書に最後まで目を通せば分かることなんですが。先輩、さてはプレイ時間のところしか見なかったでしょう」

「う」

痛いところをつかれた。満遍なく読み込む前に亘が来てしまったからだ。

「池田・池尻学生コンビの証言があるんですが、オーナーは八時頃まで生きていたのが確実なんです」

「ほんと⁉」

「はい。あそこ、各牢屋の仕切りの壁が天井まで届いていなくて隙間が空いてるじゃないですか。空調と消防法上の理由で」

「なってたわね」

「で、学生コンビの牢屋はちょうどオーナーの牢屋の両隣だったわけですが、二人とも自分のプレイ中、七時半から八時の間にオーナーの元気な喘ぎ声を聞いてるんです。天井に映る男女二人分の影も」

（元気な喘ぎ声？）

表現は変だが言いたいことは伝わった。断末魔の声ではなかった、という意味だろう。

「それにオーナーは喘ぐ合間にレベッカさんの名前も呼んでいたそうなんです。だから自動的に、レベッカさんも八時頃まではその場にいたということになります」

「それ、実はレベッカじゃなくて他の女王様だったたってことはない？　オーナーには最初に目隠しさせておいてさ」

「いくらなんでも、入れ替わり立ち替わり違う女王様がプレイしていたらオーナーだって気づきますよ。鞭の打ち方だってそれぞれに癖があるんですから」

実体験か、というツッコミはやめておいた。

「それに女王様も無言でプレイするわけじゃないので。奴隷に対しては耳元で囁くことが多いから会話内容までは聞き取れなかったようですが、何かボソボソと小声で話しているのは聞こえたと学生コンビが言っていました。自分の放置プレイ中、暇だったんで隣の影と声に見入っていたんだそうです」

「ふうん」

海月はもう一度自分の書いたメモに目を落とした。レベッカ&オーナー組のメモには「死亡時刻は不明（8:00以降？）」とある。この八時という数字にはちゃんと裏取りがあったのだ。

海月はもう一度メモを見つめて考えた。

「……ねえ、話を元に戻して悪いんだけど」

ふと浮かんだことを口にしてみた。

「放置プレイタイム、組によって時刻がハッキリしてたり不確かだったりするのはなぜ？」

「目隠しの有無ですよ。板じゃなくて、顔に付ける方の」

淀みなく亘は答えた。

「井上さんと太田さんの二人は結構長い時間目隠しをされていたので、時計はあまり見ていないんです。だからプレイ終了後の時刻とメニュー内容から逆算して、おおよそを書いておいたんですが」

（やっぱり書いたの亘だったか）

だからこんな濃い調書になったのかと思うと感慨深い。

「逆に、学生コンビは女王様が戻るのを今か今かと待ちかねて時計ばっかり見ていたそうです。ふらっとさんは風俗記事を書くために、プレイ内容や時間をしっかり覚えてたんだそうです」

「そう、じゃあここで断定されている時刻は信用していいってことなのね」

「はい。一応、正確な時刻を覚えている組と、曖昧な組は区別しておいたんですが」

不確かとか程度とか、ぼかして書いてあるのがそれというわけか。

海月は再び口を噤んでメモに目を落とした。八時頃まで生きていたのが確実なら、他の女王様が放置プレイ中どこに居たとしても、オーナーの死には関係ない。いや……。

「ここ、マリアさんには一応殺すチャンスがあったと思わない？」

海月が指さしたのは、リスト上の八時のラインだった。

「このあたりってみんなプレイ終了間際だから、女王様と最後のやりとりがあったと考えるのが自然でしょ。つまり隣の音に耳を澄ませている余裕はなかった、そして太田さんは目隠し中で多少時間が伸びたとしても気がつかない。最大で十五分くらい、マリアさんは自由な時間があったと思うの。十分もあれば窒息させることが……」

「先輩、それはさすがに無理ですって。レベッカさんもいるんですよ」

「あ、そっか」

そうだった。海月が最初に考えた案は、分業制でレベッカとオーナーを別々に始末していることが前提だった。いくらなんでもたった一人で十五分の間に二人もの人間を殺害できるとは思えない。

「対象が二人いると格段に難易度が跳ね上がるものね。それこそ女王様が全員集合しないと無理か」

海月はペンを机に置くと、座ったまま背を伸ばした。

「やっぱりオーナーを殺したのはレベッカ店長かなぁ……」

どうやら石川への報告は残念な結果に終わりそうだ。それでも、前オーナーとの経緯で女王様たちにも動機があったという新情報は伝えねばならないが。

「ふらっとさんにも伝えるべきかな。女王様共謀説はありえませんよって」

「彼はその辺を承知の上で記事にしたんでしょう？　ゴシップ誌の娯楽記事なら読む方も話半分に受け取りますから、放っておいて大丈夫でしょう。牢獄館は、しばらく噂の的になるかもしれませんが……」

　そう言うと亘はわずかに表情を曇らせた。


　調書を返しながら石川に結論を伝えると、あからさまにがっかりされた。

「まあそんなこったろうと思ったが」

「すみません」

「ところで手が空いたんなら行ってきてほしい所があるんだが。レベッカこと足柄みゆきのマンションを引き払うことになってな、調べるならどうぞと秘書が」

「あの、話がよく見えないんですけど」

　つまり、詳細はこうだった。

　死亡してから一週間が経って、オーナーこと豊原文蔵の葬儀がとうとう執り行われた。警察やマスコミへの対応に大わらわだった遺族も一段落し、相続会議のために遺産の目録作りを始めた。当然、今まで遺族が見てみぬふりで放置していた愛人関連の隠し財産なども目録へ加えられることになったのだ。

「レベッカが住んでいたマンションの名義は豊原のままだったらしい。遺族はそのマンションを売却して現金化したいんだそうだが、中にレベッカの私物が残っていてな。倉庫に保管して清掃業者を入れるから、まだ調べたいことがあるならその前にやってくれと言われたんだ」

「でも鑑識はもう入ったんですよね。それで特に不審は点はなしと言われたと」

「いやほら、女性の目線で見ると何か気がつくかもしれんだろ。化粧品とかアクセサリーが不自然になくなっているとかさ」

「まーそうですが」

「あと、荷物の運搬は豊原の秘書が任されているんだが、私物の移動ってことで後で難癖をつけられないか不安なので、ぜひとも警察官に立ち会ってほしいそうだ」

(そっちがメインの用事なんじゃないのよ)

要するに、立会人をボランティアでやってくれと頼まれたわけだ。

「それ、引き受けちゃったんですか」

「ああ」

晴れやかに言われては文句も出ない。海月はマンションの住所と指定時刻をメモすると出かける準備を始めた。

午後一に出かけようと配車手続きをしに廊下に出ると、なぜか亘がついてきた。

「今日は私一人で十分だけど……」

「いえ、石川さんに、ぜひ一緒に行ってこいと言われまして」

「また⁉」

どうも石川は海月と亘を二人まとめて閑職に追いやることに、未だ使命を感じているようだ。まったくもって余計なお世話だ。とはいえ、捜査が行き詰まっているせいか午後からの亘は本当にデスクワークしか予定がないらしい。

「じゃあいいけど。ついてきても」

「はいっ。運転、僕がしますね」

上機嫌で歩き出す亘を見て、（根っからの奴隷体質なんだなぁ）と何度目か分からない感想を抱いた。

5. 一月五日　午後

レベッカが与えられていたマンションは東京都中央区にある、セレブ向けのタワーマンションだった。初めて見たこのマンションに対する率直な感想は「ホテルか」だった。ゲートから伸びるアプローチの周りは常緑の灌木《かんぼく》が満遍なく植栽され、小さな噴水まで設置されている。玄関の車寄せは同時に三台くらい横付けされることでも想定しているのか妙に広く、屋根の装飾も立派だった。

と、このように外観が豪勢なわりには玄関自体は自動ドアが一枚あるのみのこぢんまり感だが、それはセキュリティを考えてのことのようだ。中に入ると短い廊下の突き当たりにキー操作しなければ開閉しない真の玄関があり、その横にコンシェルジュデスクがあった。

黒ジャケットの襟に銀色のバイアステープと襟章、そして銀色のネクタイというのがここのコンシェルジュの制服のようで、それを着た初老の男性が一人、背筋をシャンと伸ばしてデスクの中に立っていた。彼は海月たちが近寄ると、白髪の頭を下げて「いらっしゃいませ」と丁寧にお辞儀をした。

「あのコンシェルジュ、絶対に元ホテルマンよ」

海月は瞬時に見極めると亘に囁いた。

「しかもあの襟章はコンシェルジュ協会の正会員のもの！　ただの定年退職後の腰掛け再就職じゃない、本気で働いているのよ」

と鼻息を荒くしている海月をさらっと無視して、亘はコンシェルジュに用件を伝えた。

「豊原さんの秘書と待ち合わせなのですが」

「承っております、５２０１号室の豊原様宅のご訪問ですね。ロビーにて秘書の方がお待ちになっております」

彼がスイッチを操作したのか、第二の自動ドアが静かに開いた。初老のコンシェルジュに後ろ髪を引かれながらドアをくぐると、ワンフロアの半分を使い切ったエントランスホールが二人を出迎えたのだった。

「ホテルみたいじゃなくてホテル以上だわ、これ」

床のモザイク柄に貼られたタイルはおそらく本物の大理石だし、三階分ある吹き抜けの天井からはＵＦＯみたいな形のシャンデリアがぶら下がっている。道路側の窓には目隠しも兼ねた灌木が植物園なみの規模で植えられていた。もちろんフェイクグリーンではなく本物の木や花だ。反対側の壁際は来客用の応接コーナーのようで、絨毯《じゅうたん》の上に革張りのソファセットが三セットも並んでいた。

そのソファから、黒縁メガネをかけた喪服姿の男性が立ち上がり小走りにやってきた。

「あの、港みらい署の方ですか」

「はい。市村末吉《いちむらすえきち》さんですね、豊原文蔵さんの秘書の」

「正確には秘書だった、ですね……」

市村は低い声で呟いた。

死神のような男。というのが、失礼ではあるが彼の第一印象だった。渋い名前だが歳《とし》はおそらく二十代、中肉中背、顔の美醜も平均的な彼がなぜこうも陰気に見えるのかというと、間違いなく俯《うつむ》きがちで目を合わせようともしない態度のせいだ。声もボソボソと張りがなく、まるで精気がない。もっさりした黒髪の下にある目は寝不足なのか隈《くま》が濃く、頰も少しこけていた。彼のこの暗い雰囲気はきっと喪服を脱いだところで変わらないだろう。

「あの、大丈夫ですか」

海月は思わずそう口走っていた。

「はい？　なにがですか」

「ひどくお疲れのご様子なので。葬儀やら遺産調査やらで寝る暇もないんじゃないですか」

「いえ、この顔は元からこうなんです。目の下とか頰とか常に影になるものですから、子供の頃から集合写真を取ると心霊写真と間違われて……」

「そっそれは失礼いたしました。ところで早速ですが、豊原さんのお部屋を見せていただけますかっ」

力技で話の方向を捻《ね》じ曲げると、勢いに慄《おのの》いたのか市村は無言でエレベーターに向かって歩き出した。

レベッカの部屋は最上階の五十二階にある。エレベーターは四基あり、そのうち一基が四十階以上専用らしい。内壁が黒いレザーと金色の枠のシックなエレベーターに乗って、海月たちはマンションのてっぺんを目指した。扉が閉まると軽い浮遊感と共に鼓膜に痛みが発生したが、これは気圧の変化が激しい高速エレベーターではよくあることだ。コントロールパネルに表示される数字が秒刻みで変化して、あっというまに最上階に着いていた。

エレベーターを下りたところでも、やはりホテル風の内装が続いた。落ち着いた暖色系の壁には数々の絵画が並んでいる。添えられたタイトルと画家の名前に聞き覚えはないが、複製画ではない一点物の油絵というだけで十分高級に感じた。

「お部屋は一番奥の角部屋になります。社長がこのマンションで一番高い部屋をと望みまして」

オレンジ色がかった大理石の床を歩きながら市村が呟いた（もしかすると話しかけてくれたのかもしれないが、音量的には呟きとしか言いようがない）。

「豊原さんは本当に羽振りがよかったんですね」

「……ぁい」

返事というより空気を吸い込んだ音かと思った。この状況下で愉快になれとは言わないが、せめて普通の音量で話してほしい。積極的に話しかけて打ち解けるべきか悩んでいると、亘が助け舟を出してくれた。

「そういえば、事件当夜、社長と足柄さんは秘書の運転する車で牢獄館に来たそうですね」

(そうだった!)

亘が指摘しなければ、すっかり忘れていた。二人きりなら「亘、グッジョブ!」と言いながら脇腹に肘でも入れているところだ(もちろんご褒美的な意味で)。

市村は「秘書はたくさんいるんですが……確かにそれは私です」と小さく告げた。

「え、でしたらその時のお二人のご様子などもうかがいたいのですが」

「あの、そういうのは中で……」

そういえばここは共用の廊下だ。あまりに静かで人気がないので、世界に三人だけみたいな気分でいたけれども。

そこから無言で歩き続け、長い廊下の突き当たりに来ると市村の足がやっと止まった。

「どうぞ……」

市村が棒状のドアノブ（プッシュプルハンドルという）にカードをかざすと、カチリと解錠の音がした。

中に入ると三和土《たたき》の向こうに絨毯敷きの短い廊下が伸びていた。白いだけの壁紙や量産品らしきドアに、やっとここが一般住居であることを感じられた。……リビングに出るまでは。

「今度はスカイラウンジ？」

最上階の角部屋というだけあって展望を売りにした造りなのは分かっていたが、巨大な湾曲した一枚ガラスが半円状に外に突き出ているのは予想外だった。

リビングはそんな窓に合わせるかのように直角に曲がっているが、全体で三十畳ほどの広さがある。ワンルームだとしても十分にお釣りが来る広さなのに、他に寝室が二つとウォークインクローゼットがあるそうだ。リビングには大型液晶テレビやソファがあるが使用感がなく、モデルルームのような印象を受けた。

「豊原は知らなかったようですけど」

亘が小声で話してきた。

「レベッカは、豊原以外にも援助を受けていた愛人がいたそうです。もしかすると数カ所のマンションを転々として暮らしていたのかもしれません」

「それって二股とか三股ってこと？」

ではここはレベッカにとって数ある別宅の一つにすぎなかったわけだ。豊原が来る時だけここにいて彼を出迎える。そういう場所なら、妙にきれいに片付いているのも納得だ。

「じゃあ私はクローゼットやパウダールームをチェックするとして……その前に、市村さん」

「はっはい！」

ドアの前にぼうっと立っていた男は、話しかけられると思っていなかったのか飛び跳ねんばかりに驚いていた。

「事件当夜のことを教えていただきたいのですが。特にレベッカさんの様子について」

「あ、はぁ」

「亘も聞くでしょ」

「そうですね。時間もありますし」

立ったままなのも不便なので市村を手招きしてソファに座った。下半身がほどよく沈む感覚に（このソファ幾らくらいするんだろう）と下世話なことを考えてしまった。

「……あの日は五時半ごろに社長と一緒に事務所を出たんです。その足でまっすぐ、このマンションへ足柄さんを迎えに来ました」

「事務所って銀座のですか。都内に何カ所かありますよね」

「あ、銀座です……」

市村は背中を丸めてボソボソと話すので聞き取りにくい。しかし大声で先を促すと萎縮して話が止まるので、海月は内心イライラしながらも根気よく彼が喋るのを待った。

「下のホールで待っていると足柄さんはすぐに下りてきました。そして三人で地下の駐車場へ移動して……」

「あ、待って！　その時のレベッカ……足柄さんの服装を教えてください。自宅からボンデージ姿で牢獄館へ行ったというのは本当ですか」

「はい……いえ」

（どっちよ）

ムッとしたのが顔に出たようで、上目遣いでこちらを窺っていた市村がヒッと息を飲んだ。

「あ、足柄さんは膝丈のコートの前を閉めていましたので、中に着ていた服までは……ただ白い網タイツに赤いハイヒールを履いていました」

膝から下だけだが、サイトの写真と一致する。

（じゃあやっぱり例の赤い革のワンピース姿だったのかなぁ）

念のため、着替えの類を持っていなかったかと訊ねたが、彼女の持ち物は小さなショルダーバッグ一つで、着替えなんか入らなかっただろうと言われた。

と、亘が「妙ですね」とつぶやいた。

「履いていったハイヒールとプレイ中に使うハイヒールは別物のはずなんですが。牢獄館にレベッカさんのハイヒール、残っていませんでしたよね」

「なんで別物って決まってるのよ」

質問すると、亘は大真面目に「普段履きじゃ舐《な》められないじゃないですか」と述べた。

「あ、そう……」

平静を装うが、心の中では（舐めるんだ！）と驚愕しきりだった。

「え、えーと、それじゃ服装はもういいですので、車中での様子とか牢獄館に着いてからのことなんかを」

「車内では……特におかしい様子はなかったです。レベッカさんと社長は正月休みは二人きりで過ごそうとか和やかに話していました。七時前に着く予定だったんですが私が道に迷ったせいで間に合わなくて、社長が少し遅れると電話をかけていました。実際に牢獄館前に着いたのは七時二十分頃です」

（女王様たちに聞いた話と一致するようね）

海月が考えこんでいると、亘が口を開いた。

「そのあと市村さんはどう過ごされたんですか。多分、帰りも二人を送っていく予定だったんじゃないですか？」

「いえ、お二人はみなとみらいのホテルを予約されていたので私は帰宅しました。翌朝お迎えにいくお約束だったのですが、夜のうちに社長が亡くなったと連絡が入って、うやむやに」

（ホテルの予約してたの？）と目で亘に訊くと、（そうです）とこれも目で返された。そこは裏が取れているらしい。

「ということは、八時から九時の間はちょうど帰路の車中だったわけですか。お一人で？」

「そうですがなにか……」

市村は怪訝《けげん》そうに見上げてきた。

（知らずにレベッカの逃亡を助けたって線はなしか）

公共交通機関もタクシーも使った痕跡のない今、自家用車で逃げたと考えるのが一番妥当だ。市村は気が弱そうだから、レベッカに適当に言いくるめられて、どこかまで送らされていそうだと踏んだのだが。

（まあ、そんなことがあったら事件の翌日に話してるか）

結局、市村がオーナー、レベッカの両者に会ったのはそれが最後だったそうだ。

他に訊くこともないので、いよいよ室内の捜索を始めることにした。

四畳程度のウォークインクローゼットは、左右の壁と突き当たり全部にハンガーレールが上下二段に設置されており（上の方はボタン操作で下りてくる便利機能付き）、海月の目には貸し衣装屋かクリーニング店の裏側に映った。掛かっている衣服はスーツやジャケット以外にも、ブラウスやニットやパンツ類と多岐にわたり、見た感じ下着以外は全部吊ってあるという印象だ。皺《しわ》になるのが嫌だったのか、畳んで仕舞うのが苦手だったのか……。季節柄、コート類が十枚以上並んでいたが、当日彼女が着ていたという白いファーコートはなかった。

（一度帰宅して着替えて逃げたという可能性は、やっぱなしかなぁ）

「そういえば、事件当夜のコンシェルジュには事情聴取したの？」

横の亘に訊ねるが、「ここのコンシェルジュの勤務時間、朝九時から夜八時までですよ」で終わった。

「二十四時間じゃないんだ」

「ホテルじゃないんですから。そういう所もあるかもしれませんが、人件費でマンションの管理費が跳ね上がりますよ」

「そ……」

念の為、床置のチェストの引き出しも開けてみたが下着が詰まっているだけで特筆すべき点はなかった。中にジュエリーボックスがあったのでそちらも開けてみるが、そもそも何が減っているのか初めて見るのに分かるわけがない。

（これだけ写メ取っておくか）

ざっと見て回った限り、特に異常な点はなかった。

（不自然に空きハンガーが多かったり、下着がごっそり減っていたなら荷造りをして逃げた証拠になると思ったんだけど……。でもレベッカって他にも別宅があるんだっけ。じゃあ、わざわざここに戻ってくるわけないか）

「ねえ亘。みなとみらいのホテルに宿泊予定だったなら、一泊用のバッグとか持ってたんじゃないの？」

「ああ、それ。ホテルに先に送ってあったそうですよ」

亘が言うには旅行用のスーツケースが既に回収済みで、捜査本部が一応中身を検《あらた》めたんだそうだ。数枚の衣服と共に、新品の下着類や未開封の化粧品が詰まっていたという。

「レベッカ店長って、旅行に行く時は現地で新しい物を買うタイプじゃないですかね。移動中は手ぶらに近い形で」

「そうなのかなぁ」

「ところでこのへんの話は、捜査会議でも出ていたはずなんですけど……」

呆れ顔の亘に見つめられ、海月はあさっての方角を向いた。

（しまった、記憶にない）

いつの会議だろう。きっと女王様共謀説を一生懸命考えていた時だ。

「えっとまあ、次に行きましょっ、次！」

一緒に見て回っても観察結果は変わらない気がしたので、海月はパウダールーム、亘は寝室と二手に分かれた。

パウダールームは洗面所も兼ねていたが、洗面台と大理石製のドレッサーデスクが別々に設置されており、ゆったり過ごせそうな場所だった。ここの大理石は淡いピンク色だ。

（化粧品の類も特に持ち出された形跡はない、か。……っても新しいの買ってたしね）

そのほかに、バスルームやキッチンも一応見てみたが、おかしな点は見当たらなかった。

一方、寝室を見に行った亘の方は若干の収穫があったようだ。彼はリビングに戻ってくるなり、不安げにソファに座っている市村を気にしてか、海月の耳元で囁いた。

「オーナーがプライベートではSだったという話は事実のようですね」

「何かあったの？」

「グッズがいろいろあったんですが、首輪や手錠がサイズ的に女性用なんです」

「ふ、ふーん」

「このマンションはレベッカ捜索班が一通り調べたそうなんですが、念のため、グッズの写真とリストを作成しておきますね」

「あー、うん、任せるわ……」

ＳＭグッズを調べても逃げた彼女の行方は分からないと思うが、相棒が生き生きしているので水を差すのはやめた。

そんなこんなでさしたる収穫もなく探索は終わった。


きっかり一時間後に市村が手配した引っ越し業者がやってきた。レベッカの私物はすべて箱詰めにして豊原家所有の倉庫に運び、数年の時を待って処分されるそうだ。ジュエリーボックスには高そうな物もあったので気になったが、そちらは金庫に保管するとのことだった。

「戻りますか」

業者をぼうっと眺めていたら亘に言われたが、おそらく市村に望まれた立ち会いの役目は今こそが本番なのではないだろうか。

「立ち会いって、私物を壊したり宝石を盗んだりしていないか後で証言するためでしょ。荷物が出発するまで見届けないとダメなんじゃない？」

しかし海月は自分で言って気がついた。一人いれば十分なんじゃないか、と。

「あ、じゃあ亘、立ち会いやってて」

「え」

何もしないでじっとしているのが何より嫌いな海月は、これ幸いと自分のバッグを掴んだ。

「そういえば私、コンシェルジュにも訊きたいことがあったのよ。先に下に行ってるわね」

「先輩。コンシェルジュの方がいい感じに渋いおじ様だったから、会話したいんですね……」

「いやいやそんなわけないじゃん！　じゃ、あとでね！」

じめっとした亘の視線を感じながら、海月は足早にリビングから脱出した。実は図星だ。コンシェルジュに用があるのは事実だが、あの低い声をもう一度堪能したい！　という下心もたっぷりあった。

「いいじゃん、一応真面目に仕事してるんだから」

エレベーターの壁に虚《むな》しく言い訳してみた。

「ま、まさか、そんな……！」

エントランスホールを出た海月はコンシェルジュデスクの前で思わず崩れ落ちた。意気揚々と下りてきたのに、いつの間にかコンシェルジュがおじ様から青年に替わっていたのだ。どうやら交代時刻を過ぎたらしい。

（えー、せっかく目と耳の保養ができると思ったのにー）

目の前の彼はなかなかのイケメンなのだが、海月は何の感慨も湧かなかった。彼の方も、ホールから出てくるなり崩れ落ちた変な女とは会話したくないだろうが。

（いやそこはお互い仕事だから、我慢してもらうしか）

だが。気持ちを切り替えた海月が、５２０１号室の女性、つまりレベッカを覚えているか聞いてみると、アイドル風味のイケメンコンシェルジュはすごいことを言い出したのだ。

「最近見ましたよ」

「見た⁉」

「はい、三、四回ほど。あの方、普段は夜遅くに出かけるのか、お見かけしない日の方が多かったんですが、ここ最近は夕方から出ることが多かったようで」

「そ、それっていつですか！」

「クリスマス頃です」

「なんだ」

彼のせいではないが海月は落胆を隠せなかった。

（てっきり二十八日以降の行動を摑めたかと思ったのに……）

しかしだ。軽く見積もっても千人以上の住民がいるこのマンションで、よくレベッカを覚えているものだ。その辺を詳しく聞いてみると彼の目が軽く泳いだ。

「ああその、いつも颯爽《さっそう》と歩かれているのでモデルか女優さんかなと思いまして」

「嘘ね、それ。もっと人聞きの悪い意味で注目してたんじゃない？　コンシェルジュの仲間内で話題になるくらいの」

偽証罪の存在を匂わせると、あっさり陥落した。

「あの……刑事さん、うちの親会社には言わないでくれますか」

「もちろんよ」

ドーンと太鼓判を押すと、若いコンシェルジュは二人しかいないのに声を落とした。

「最初に話題に出したのは、僕じゃなくて仲間たちなんです。僕ら、同じ警備会社から派遣されているので、たまに事務所で顔を合わせたりするんですが」

「その辺は省略していいので、結局どんな噂があったの？」

モゴモゴと口ごもった後、彼は早口で喋りだした。

「その、あの人、愛人なわけでしょう。お部屋の所有者の不動産会社の社長が会いに来るのを何度もお見かけしましたよ。なのにあの人しょっちゅう朝帰りしてたんですよ。これって愛人に隠れて浮気してたってことですよね」

「あー、まあ」

「社長の方も実はヤクザだっていう噂もあるし……もしバレたら、あの最上階の角部屋は血の海になるんじゃないかって以前からみんなで言ってたんですよ。そしたら逆に社長の方が殺されたじゃないですか。あの人が重要参考人で」

「ああ……それは確かに印象に残りますね」

「しかも殺人事件があった二十八日って、僕、あの二人を見てるんですよ。夕方、秘書と社長が迎えにきて、彼女が社長と腕を組んでマンションを出ていったんです」

（牢獄館に向かった時の話で間違いなさそうね）

「念の為に訊きますけど、二十八日の夕方以降で彼女を見かけたことは」

「いえ、それはないです。僕も、仲間たちも」

（まあそうでしょうね）

彼らコンシェルジュの事務所へは、レベッカの捜査班が事情聴取済みだ。その時に根掘り葉掘り、聞いただろう。

「他に、何か思い出したことはありませんか。二十八日より前のことでも構いません」

「そうですね……」

コンシェルジュは遠い目をしながら少しずつ言葉を綴った。

「あの方が社長と一緒に出かける時のことなんですけど……年末はちょっと、いつもと様子が違っていたんです」

「様子？」

「なんか、すごくイチャイチャしてたんですよ。いつもツーンとしていた彼女からすると相当意外で。あ、でも、媚《こ》びてた理由はあれかな」

「なに？　なんですか」

先を急《せ》かすと青年コンシェルジュはちょっと得意げな顔になった。

「二十五日の昼ぐらいに社長と一緒に出かけていった時、彼女、ものすごい指輪をしていたんです。台座が花の形で花びら全部に小さなダイヤがびっしりついていて、真ん中が巨大なピンクダイヤなんです。あれきっと数百万円しますよ」

「二十五日……クリスマスプレゼントかな」

納得して頷くが、ふと気がついた。

（さっき見たジュエリーボックスには入ってなかったわよね……）

「ところで、よくそんな細かいところまで覚えてますね。もしかして彼女に直接自慢された？」

「いえ、あの人は通り過ぎていっただけですよ。ここの住人は僕らが挨拶すると返事をしてくれる人と、完全無視の人と半々くらいなんですけど、彼女は後者です。ただあの時は」

「あの時は？」

海月は思わず身を乗り出した。どうもこやつは意味ありげに話を引っ張るのがうまいな、と半ば感心した。合コンで人気が出そうなタイプだ。

「あの時は彼女、社長にお礼でも言ってたのか指輪をこう、顔の横に掲げてですね」

そう言って彼は腕を上げ、手の甲を前に向ける仕草をした。

「ああ、芸能人が婚約発表会でよくやるポーズですね」

「そうなんです、右手で社長と腕を組んで、左手は指輪を見せびらかすみたいにして通り過ぎていったので僕からも見えたんです。僕に自慢したわけではないと思いますけど」

（指輪……牢獄館にもはめていったのかな？　また市村さんに確認しないと）

「ところで、話は前後して申し訳ないんですけど」

海月はタブレットの画面をコンシェルジュに向けた。

「二十八日に足柄みゆきさんがここを出ていった時の服装って、これと同じでしたか」

海月が見せたのは、牢獄館のサイトからコピーしたレベッカの全身像にファーコートを合成したモンタージュ写真だ。コンシェルジュは一瞥しただけで頷いた。

「この服でしたよ。あ、でも彼女、マンションを出入りする時はいつもサングラスを掛けていたので、この服装にサングラスを掛ければもう完璧ですね」

「そうなんですか」

海月はしみじみと頷いた。

（サングラス……これも市村さんに確認しておくか。今更だけど）

海月はコンシェルジュに礼を言うと、５２０１号室へ戻った。するとちょうど荷物の運び出しも終わり、その数分後に亘も海月もめでたくお役御免と相成った。


市村と別れると、時刻は夕方四時をまわっていた。意外と長くこのマンションに滞在していたようだ。海月と亘は港みらい署へ戻るため覆面パトカーに乗り込んだ。首都高速の横羽線を使ったが、事件当日のレベッカたちと同じ道を辿《たど》っているのかと思うと感慨深い。

高架になっている首都高速線からの目線は付近のビルよりも高い。海月はフロントガラス越しに、薄《う》っすらと暮れゆくドーム型の空を眺めていた。

「……指輪のことなんだけどね、レベッカが」

海月はふと思い出して口を開いた。亘には先程合流した時にコンシェルジュから聞いた話はすべて伝えたが、そのあとに聞いた市村の言葉はまだだった。

「レベッカが車内で指輪もサングラスも外してバッグに入れるのを見たって。市村さんが」

「持ったまま逃げたということですか。今頃は換金して逃亡資金になっているかもしれませんね。その方が足取りが摑めて有り難いですが」

「なんかね、ものすごく派手な指輪みたいよ。さっき係長に電話で報告したら知ってたって。オーナーが半年前から注文していたオリジナルデザインの指輪で、真ん中のピンクダイヤは一カラットあるんだって。なんでもね」

運転中の亘の耳にきちんと入っているのか不明だが、海月は勝手に喋り続けた。

「クリスマスの少し前に、オーナーが自分のオフィスで部下たちに自慢してたらしいわよ。これ四百万するんやで〜って。愛人用なのは明らかだったから、みんな反応に困ってたみたい。ところでクリスマスプレゼントって贈与税かかるの？」

「かかりますよ。百十万円以上の物なら」

「じゃあ税務署にチクったら、一緒にレベッカ探してくれるわね」

軽口を叩いたのに無視されたので、内心ムッとしながらも、高速道路を運転中なので黙って引き下がった。

伝えるべきことは伝えたし、しばらく会話がなくてもいいやと思いながら海月は背もたれに体を預けた。亘とはコンビを組んでから既に一年の三分の二以上を過ごしているし、黙り込んだところで気まずくなるような関係でもない。

……と思っていたのはもしかすると海月だけだったのかもしれない。数分もすると、亘は何か言いたげに海月の様子を窺い出した。気が短い海月はそれだけでイラッとする。

「なによ。言いたいことがあるなら」

「……石川さんに言わないんですか」

「は？」

発言が意味不明だが、亘の声音と無感情な横顔から、深刻な話題らしいことは分かった。

「えっと……何をかな」

言葉を選んで自分にしては優しく言ってみると、亘の表情が若干緩んだ。

「僕がマリアさんと知り合いだという話です。今日の午前中、石川さんに言う機会があったのに、先輩言わなかったでしょう。どうして隠すんですか」

「あー……それか」

事件の関係者に知り合いがいると発覚した場合、当該捜査員を担当から外すのが一般的だ。今回の場合も、亘は豊原殺害事件から離して別件の捜査チームへ入れてしまう方が正しいのだろう。幸い、というのも変だが、事件が発生した直後と違って膠着状態《こうちゃくじょうたい》が続いている今、捜査本部の人員は徐々に減らされつつある。

「別に隠しているわけじゃないけど。女王様たちがオーナーを殺した犯人だって可能性があった時は私も考えたけどさ、今はそれ、否定されてるじゃない。だったらこのままでもいいかなって」

「僕が自分から石川さんに言うのが筋なんでしょうけど……」

言葉の途中で亘が黙るので、海月は意味もなく尻をずらしてみたりした。とにかく居心地が悪い。高速道路走行中じゃなかったら、赤信号で亘をどついているところだ。

「あのさ、」

「…………不可能でもないんです」

「え」

今、亘はなにやら重大なことを言わなかったか。海月は視線を彼の横顔に向けた。背景の空が夕焼けで眩しいせいか、相棒の顔はいつになく影がさして見えた。

「わた……」

「確かに現状では女王様の犯行は不可能です。ただし、ある条件下におかれた場合を除いては、ですが」

「そ、その条件って……？」

自分の喉が鳴るのが分かった。亘の目を正面から覗き込めないのがもどかしい。数秒が数分に感じるほどの沈黙のあと、亘が再び口を開いた。

「先輩。石川さんに伝えるのは、やっぱり少し待ってもらえませんか」

「は？」

「もしも、ですが。もしも今考えている条件が整って女王様たちの犯行が可能になった場合は、必ず先輩に言いますから。だからそれまで目をつぶっていてもらえませんか」

「え、あ、っと……」

亘の考えている条件が分からないのがもどかしい。ただそれでも、彼が、出会ってから今日までの九ヶ月間で最大級の真剣なお願いをしているのは、分かった。

「…………真っ先に私に言うって約束、絶対守りなさいよ」

毅然と言い切ると、亘は目を大きく見開いて、それから嬉しそうに「はい」と答えた。

それから数日はさしたる収穫もなく、地道で先が見えない捜査ばかりが続いた。

事態が急変したのは、亘と約束を交わした日から更に一週間後……一月十二日のことだった。

6．一月十二日

その日、海月の自宅に電話がかかってきたのは、目覚ましが鳴る前どころか日が昇るよりも早い午前六時だった。海月は横たわったままゴロゴロと転がってベッドの縁まで来ると、ずるりと滑り落ちるようにして床に下りた。スマホがあるのはそこから五歩先だ。

（今度からテーブルじゃなくて枕元に置こう）

そう誓いながらスマホを拾い上げると、発信者は石川だった。

「え、めずらしい！」

刑事なのだから事件が発生すれば昼夜関係なく招集されるのが当たり前だが、海月の場合、上官の石川が変にフェミニストを気取っているせいで何があっても定時にならないと連絡をくれないのだ。よほどの事態なのかと緊張しながら電話に出ると、朝から血圧の高そうな大声で叫ばれた。

『くらげちゃん！　今すぐ出発してくれ』

「みづきで……いえ、出発ってどこにですか。港みらい署にですか」

『那須《なす》高原だ！』

「はい？」

那須高原は栃木県の景勝豊かな土地で温泉と今の季節はウィンタースポーツも盛ん……と頭の中にナレーションが流れたところで我に返った。

「なんでですか、そこに何があるんですか」

『レベッカこと足柄みゆきの死体が発見された』

一瞬で目が覚めた。

『うちの人員と県警から数名出して現地で集合することになった。とりあえず東京駅から東北新幹線に乗るといい。交通費は後日精算でよろしく！』

それだけ言って電話は切れた。

「係長、現地の住所は……？」

途方に暮れているとメールが入った。タイトルは「遺体発見現場住所」で発信者は亘だ。

「あ、亘も行くんだ」

なんとなくほっとした。

泊まりになることも想定して数枚の下着や着替えを五分で小さめのボストンバッグに詰めると、海月はアパートを飛び出した。もちろん防寒着をしっかり着込むことも忘れない。

（それにしても那須高原って……彼女、どうやってそこまで行ったんだろう。しかも年末の帰省ラッシュ時に）

疑問は山ほどあるが、まずは到着することだけを考えた。

東京駅から新幹線で那須塩原まで行き、バスに乗り換えて高原地域を目指す。およそ二時間半かけて辿り着いた遺体発見現場は、集落から離れた小高い丘の中腹に一軒だけぽつんと建っている別荘だった。移動中に時々入ってきた続報メールによると、この別荘は豊原文蔵の隠し財産の一つで書類上の所有者は現地の観光業者となっており、それゆえ遺族も存在に気がつかなかったらしい。

今朝になって慌てて除雪車を入れたのか、麓からの私道はところどころに雪溜まりが残っていて、バス停から歩いて来た海月は何度か足を踏み入れて靴の中がぐしゃぐしゃになった。

（うー最悪）

背中に汗をかきながら別荘前に到着したのは午前十時だった。家の前にはタイヤにチェーンを巻いたパトカー数台が止まっており、おなじみの黄色い規制線テープが雪に突き刺した棒から離れて風にはためいていた。

道の途中で見上げると、快晴の真っ青な空の中に真っ白い壁の別荘が浮かんで見えた。

雪深い地の別荘らしく、玄関は階段を数段上がった中二階にあり、その真上に三角形に突き出た大きな出窓があった。あの場所はリビングか寝室か……どちらにしろ雪一色に染まった丘の眺めは最高だろう。那須高原は人気の観光地とはいえ、ここは交通も不便だし、この別荘も並の住宅より少し大きい程度だ。リゾート王の豊原からすれば取るに足らない小さな物件に違いない。本当に隠れ家だったのだろう。

開きっぱなしの玄関から警官の姿が見え隠れしている。その中に石川の姿を発見し、躊躇《ちゅうちょ》することなく中に向かった。

身分を明かすと通されたのは二階にあるリビングだった。艶のあるフローリングの床に白い漆喰《しっくい》塗りの壁、部屋の片隅には暖炉っぽく見せかけた大型の電気ストーブが一台。南側の窓は予想通り、例の三角出窓だった。ラグやソファ、キャビネットなどの家具類はどれも白色で統一されており、窓の外に広がる銀世界とつながっているような錯覚を覚えた。

とりあえずリビングがこの現場における詰め所扱いになっているようで、制服も私服も含めて十数人の警察官がうろついていた。周囲が慌ただしく動いている中、唯一、ソファに座る三人だけがその場にじっとしている。三人のうち二人は地元の刑事らしき男だが、真ん中に座らされている初老の男はおそらく一般人だ。裾がほつれたジャンパーに、屋内なのに毛糸の帽子と手には軍手をはめたままという不可思議な格好。更に顔は青ざめ表情も呆然としていて、目に光がなかった。

「あの方、管理人とかですか」

遺体を発見した気の毒なおじいさんだと思って見ていたら、石川に「いや、空き巣だよ。別荘荒らしってやつ」とにべもなく言われた。

「あー、それでがっつり見張られているんですね」

「ま、でも、あの男が空き巣に入ってくれたお陰で遺体が発見されたんだからな。俺たちは感謝すべきなのかもな」

石川はこれまでの経緯をざっと説明してくれた。

空き巣の男（姓は山田）は全国各地の別荘地で盗みを働いて生計を立てているというプロの別荘荒らしで、この家に入ったのはたまたまだという。山田曰く、完全に無人だと思って入ったのだそうだ。別荘は表の玄関も裏口も施錠されており、玄関灯も含めどこにも灯りがついていなかったように見えたし、ここへ通じる私道も数日分の雪が積もったままだったからだ。

彼は裏口の窓を割って侵入すると室内を物色し始めた。狙いは一人でも運搬できるサイズの家電で、電子レンジや扇風機など足の付きにくい物を選んでは盗んでいたという。

遺体を発見したのも、また偶然だった。ドライヤーを頂こうと風呂場に近づいた山田は、浴室から微かだが水音がするのに気がついた。灯りはついていなかったが人が入っていたらと思い、確認のために浴室の折れ戸を少しだけ開けて中を覗き込み……それを見てしまった。

その後のことは、本人曰く「覚えていません」だそうだが、パニックを起こして麓の商店に駆け込んで、見た物について叫んでいたそうだ。自分が空き巣だということも含めて。

「遺体は頭の先が少しだけ水面に出ている状態で、あとは完全に浴槽に沈んでいた。くらげちゃんが来る前に運び出されて行ったけどな、酷《ひど》いもんだったぞ。腐敗で膨らんで浴槽にパンパンに詰まってるし皮膚は溶けて全部剝がれ落ちるし、一部白骨化もしていた。ああなると殺されたのか、うっかり溺れたのか、はたまた自殺したのかまったく分からん。ちなみにだが、キッチンにはワインの空瓶がかなりの量あった。風呂の前にも飲んでたのかもしれんな」

「今、冬ですよね。ずいぶん腐敗の進行が早くないですか」

水中の腐敗は、海などの場合だが冬なら白骨化するのに一ヶ月はかかるはずだ。レベッカが失踪した直後に死亡したとしても、まだ二週間しか経っていない。

「それがな、浸《つ》かっていたのが二十四時間風呂なんだよ」

石川の言葉に海月も思わず「ああ……」とため息をついた。

二十四時間風呂は湯を常に適温に保つシステムで、菌などを除去しながらお湯を循環させている。山田が聞いた水音はその循環音だったようだ。当たり前だが温かい湯に浸かっていたなら腐敗は早くなる。

「それにしてもそんな腐乱具合でよくレベッカだって判明しましたね。ＤＮＡにしろ歯型の照合にしろ、すぐには分からないでしょうに」

「そりゃそうだ。遺体を見て分かったわけじゃない。屋内に残されていたバッグの中身と……秘書の市村の証言だよ」

「え？」

石川の顔つきが憎々しげに変化した。

「あの野郎、レベッカをここに匿っていやがったんだよ。午前のうちに神奈川県警一課の猛者がお迎えに上がったからな、そろそろ連行されてくるぞ」

その後、石川の携帯に入った連絡によると、市村を乗せた県警の車は順調にこちらへ向かっており、到着まであと一時間弱とのことだった。

それまでは休憩していろと告げられた海月だが、石川の報告から受けた衝撃がしばらく消えなかった。匿ったということはおそらく、二十八日の夜に牢獄館から出てきた彼女を車で拾ってここまでドライブして来たのだろう。市村が。

（じゃあ市村さん、私に嘘ついてたんだ。うーわー、全然気づかなかった）

あんなに気が弱そうに見えてしれっと嘘をついていた市村の図太さにも感心するが、同時に自分の人を見る目のなさに落胆した。

（いや、でも亘も見抜けなかったんだし……あれ、そういえば亘は？）

彼もこの現場に来ているはずなのだが。

海月は屋内をうろうろと動き回った。丘の斜面に立っているこの別荘は、玄関側から見るとリビングの位置は二階だが背後に回ると斜面の関係で一階となるらしい。この二階（一階？）にリビングとキッチンと浴室が、上の階に寝室が二つある。玄関の裏の半地下部分には別荘らしく大収納の食品庫や、ウィンタースポーツ用具を乾かす乾燥室があった。

寝室や半地下を見てまわり、一番最後に、できれば避けたかったがそうもいかない場所――遺体のあった浴室にも行った。脱衣室前の廊下から既に腐敗臭が漂っており、見る前から浴室の惨状を想像してしまったが……覗いてみるとそうでもなかった。

そこは二坪はありそうな広々とした浴室で、遠くの連峰を眺めながら入れるようにと窓は面積が大きく取られていた。ただし窓ガラスはハメ殺しで、空気の入れ替えは換気扇に頼るしかないようだ。遺体を運びだした警官か葬儀屋の働きがよかったのか、白タイルの壁や床にその痕跡はなく、浴槽も空になっていた。まるで業者が入ったかのような完璧な清掃具合だが、臭いだけは消すことができなかったようだ。

（さすがにこの臭いは、いつまで経っても慣れないや……）

というわけで浴室は早々に退散した。

さて、これで全部の部屋を見たわけだが肝心の亘の姿がない。ＳＮＳメッセージで語りかけようかと思ったところで、ふとキッチンの窓の外に目が行った。

「いたー！」

この別荘を見下ろす丘の中腹、雑木林の前にぽつんと立っている長身の人影はどう見ても亘だ。

玄関から外に出ると、家の裏手に向かっている足跡を辿った。足跡は途中で二方向に分かれており、多数の足跡が裏にあるキッチン横の出入り口（山田が侵入した裏口）へ続いていたが、もう一つの丘の方へ続く足跡は一人分だった。海月は丘に続く足跡を辿って雪道を登り始めた。

亘の足跡を辿って登り始めた海月は三秒で後悔した。

「……ちょ、……ここ、道じゃないじゃん……っ」

標高差はおそらく十メートル程度、何より立っている亘の姿が見えているのだが、腰の高さまで積もった雪が海月の邪魔をする。先に亘が登ったお陰で溝みたいな獣道ができているものの、足跡の幅が広すぎて海月の歩幅には合わない。結局、雪を漕《こ》いで進むのと変わりなかった。

雪がなければ一分程度で登れそうな距離なのに、「わーたーりー！」と声をかけて届く範囲に来るまで十五分以上かかった。

「あれ、先輩」

雪まみれになって現れた海月に対して随分と軽い挨拶だ。近寄ってみると亘はいつもの黒いコートは着ておらず、なぜかスーツの上下だけだった。今日の那須高原は晴れてはいるが気温は一桁のはずだが。

「あ、あんたなんで、こんな所にいるのよ。お陰でいい運動になったけど」

冬なのに今の運動で海月の上半身は火照るほど暑い。だから亘もコートを脱いだのだろうか。しかし靴の中は雪が溶けて、最高に気持ちが悪い。

「足、冷たくないの？」

平気な顔で佇《たたず》んでいる彼の足元を見ると、ダウンジャケットのような生地のスノーブーツを履いていた。おそらく中もモコモコなのだろう。

「あ、これ、履き口を絞ることができるから雪が中に入らないんです。南極越冬隊も使っている品で。先輩はなんで普段と同じ靴なんですか」

「雪靴なんて持ってないの！　横浜は数年に一度しか雪降らないじゃん。ところでいつ来たの。どうしてこんな所に」

「僕は先輩が来る前に現場に着いていましたよ。入れ違いになったみたいですけど。……あの、傍にいて平気ですか？」

「何が？」

亘は言いにくそうに肩を竦《すく》めると「まだ臭うと思うんですよね……」と呟いた。

「え？　もしかして腐敗臭？　そんなのみんな一緒でしょ」

「いいえ、医者が遺体を検めているところから鑑識が浴槽の中の固形物を攫《さら》うところまで全部見てた、というか手伝ったので、かなり酷いはずですよ。ここでしばらく風に吹かれていたので少しはマシになったと思いますが」

「それで寒い中、立ってたの？」

細かい気配りができる男と褒めるべきか、細かいことを気にする小さい男だなと罵るべきか……喜ぶのは多分後者だが。

「みんな似たり寄ったりだから、そんな気にしなくても」

若干気の毒になって戻ろうかと促すと、意外なことに笑いながら拒否された。

「あ、すみません変な心配させてますね。実は半分は楽しんでここにいます。先輩も見ると分かりますよ」

そう言って亘は海月に背を向けて後方の雑木林へ入っていく。もちろんそこにも整備された道なんてないのだが、亘が何度か行き来したのか雪がしっかり踏み固められて、いくらか歩きやすくなっていた。どのみち靴の中はぐしょ濡《ぬ》れで、これ以上悪い方へ転ぶこともない。海月はすぐに彼の後を追いかけた。

元々人の手が入っている林なのか、木と木の間の幅は広く、スムーズに進んで行けた。お陰で今回は一分も経たないうちに亘が目指していた場所に辿り着いた。

「わぁっ」

目の前に青と白だけの世界が広がっていた。林の真ん中に小さな円形の池があり、池を取り囲む木々の幹と枝の全てが真っ白に化粧していたのだ。頭上には丸く切り取られた青い空が覗いており、まるで絵葉書の中の一風景だった。

「これってもしかして樹氷?」

「いえ残念ながら、ただの積雪です。幹が白いのは白樺《しらかば》だからですよ。でも綺麗《きれい》ですよね」

「そうね」

話を聞くと、そもそも樹氷は条件が揃わなければ発生しないので雪国でも滅多に見られるものではないらしい。今、海月が見ているこの雪景色は、積雪の多いこの地では毎年当たり前に見られる風景なのだろう。それでも、枝に積もった雪が満開の白花にも錯覚するこの光景は、海月を十分に感動させた。

(来るのに何時間もかかったし足は冷たいけど……この風景で全部帳消しになりそう)

写真を撮るのも忘れて見入っていると、亘が急に事件の話を振ってきた。

「ついさっき鵠沼さんから、もうすぐこちらへ到着するとメールが来たんですが」

「え、なんで亘に。ていうか鵠沼さんのことなんだ一課の猛者って。あんなにひょろっとしてて」

「確かに紐みたいにヒョロヒョロしているし目も細いですが」

（そこまでは言ってない）

「彼、毎年の柔道大会で上位入賞者らしいですよ。メールをくれるのは僕が頼んだからなんですが、それはさておき。先輩は市村の件はどこまで聞いていますか」

「あそこにレベッカを匿ったのは市村のヤローだった、としか」

「じゃあもう少し詳しく話しますね」

そこから始まった説明は海月の知らないことばかりだった。

まず市村の嘘が判明した理由だが、意外と単純だった。あの別荘は登記上の所有者は地元の観光業者なのだが、遺体が発見される↓所有者に連絡がいく↓「本当の持ち主は東京の豊原さんって方なんですよー、そういえば年末に秘書の市村さんが来て宿泊の準備をしていきましたよ」↓ゴール。という経緯らしい。

一鵠沼さんたちが朝駆けで市村を拘束しました。まだ重要参考人なので任意なんですが、なにしろ彼が管理していた別荘で人が死んでいるのは事実なので、どちらにしろ行かなきゃだめでしょうと強引に連れ出したそうです」

「あとから訴えられそうね」

「で、ここからは車中の市村の弁解なんですが、十二月二十六日に準備のためにこちらへ来たのは本当だそうです。その準備というのは豊原オーナーとレベッカの二人の休暇のためで、二十九日から正月の休み明けまで、こちらに滞在の予定だったそうです」

「一週間くらいか……けっこう長くない？　言っちゃなんだけどレベッカさんって田舎でのんびりするタイプじゃないような」

「田舎暮らしは知りませんがスノーボードは大好きだったようですよ。あとは豊原に合わせたんでしょう」

　市村は複数人いる豊原の秘書の中では少し特殊で、豊原のプライベート（主に愛人関係）専門だったそうだ。主人とその愛人の滞在準備、つまりパントリーやワインセラーへの食品類の補充と、別荘設備のチェックに訪れていたとのこと。

「二十九日から泊まるのに食品を二十六日に買い込むの？　傷みそう」

「買い込むと言っても、豊原の系列ホテルが販売している高級レトルト食品や缶詰、あとは酒類を運んできただけですからね。レトルトは一年持ちます。だからそのへんは問題ないんですよ。問題なのは……」

亘は表情を微かに曇らせた。

「市村が、その二十六日以降は一度もこの別荘へ来ていないと言い張っていることです。鍵は豊原も持っていたから、おそらくレベッカが盗んで自力でここに逃げて来たのだろうと」

「年末の帰省ラッシュ時に予約なしで新幹線やバスに乗ってレベッカがここに？　ボンデージ姿で？　どう考えても、二十八日の夜に市村が送って行ったと考えた方が自然じゃない」

「ただ、市村は二十八日の夜から今日までアリバイがあるんです。調べれば抜け道が見つかるかもしれませんが」

「じゃ、アリバイの件は鵠沼さんとかに任せるとして。レベッカが失踪した時点で市村ならこの別荘が思い浮かんだはずなんだけど、それを黙っていたのは、なんて言い訳しているの」

「好きだったから、だそうです」

「は？」

「彼女に片想《かたおも》いしていたんだそうです。ここに逃げたんじゃないかと薄々感じていたが、彼女のために別荘のことは忘れたふりをしていたんだそうです。連絡は取れなかったが食料は節約すれば一月近く持つ量があったので、警察の目が逸《そ》れたころに迎えにくるつもりだったと」

「そしたら自分の関与しないところで死んでました、と？」

「はい」

（んーー嘘くさいなぁ）

嘘つき市村の言うことを信用する気はさらさらないが、レベッカの死因が分からない以上、なんとも言えない。もしかすると自殺だったのかもしれないし、飲酒した状態で長風呂した結果の事故死だったのかもしれない。別荘荒らしは遺体がダメになる前に入ってくれればよかったのに……と、しょうもない愚痴が浮かんだ。

「ま、鵠沼さんもそこら辺にツッコミを入れる気で連行してるんだろうし、あとはお任せかなぁ」

「そうですね。さて、そろそろ戻りましょうか、先輩」

陽《ひ》の光を受けて一層輝き出した雪景色は名残惜しかったが、じきに市村が来ることを考えてこの場所を後にした。

亘に雪を踏み固めさせながら斜面を下りていくと、ふと彼が口にした。

「そういえば例の指輪、見つかりましたよ」

「クリスマスプレゼントの？　四百万だっけ。別荘にあったの？」

やはりレベッカは持って来ていた。しかし換金するにしても警察の目のあるうちはダメだったろうし、最初から売る気はなかったのかもしれない。

頭の中で反芻《はんすう》しながら歩いていると、亘が言った。

「指輪は浴槽を攫った時に湯の中から出てきました。彼女、死ぬ間際までつけていたんでしょうね」

「…………え？」

海月は足を止めた。頭の中のスクリーンに、婚約会見ばりに指輪を見せびらかすレベッカの姿が映し出された。丘の斜面から見えるであろう麓の夜景、純白の雪に包まれた白樺林……。彼女がオーナーを愛していたかどうかは知らない。けれど、指輪だけは本当に気に入ってたのだとしたら。

「変よ。おかしい」

「先輩？」

海月は戻ってきた亘の襟を反射的に摑んで引き寄せた。

「鍵のこと聞いてる⁉」

「は？」

「あの別荘の鍵。誰と誰が持っていて、レベッカが使った分はどこにあったのか」

「鍵を持っていたのは豊原オーナーと市村さんの二人だけです。観光業者は持っていません。オーナーの遺品から鍵が消えていたので、レベッカが持って逃げたのは確かなのでは。その鍵は地元警察が寝室にあった彼女のバッグの中から発見しています」

「別荘内で発見されたわけね。ちなみに市村さん所有の鍵は」

「ちゃんと持ってこさせたそうです。今なら那須ＩＣあたりじゃないですか」

もちろん連行中の車の話だ。それならこの別荘地までは、あと三十分くらいだ。

「分かった、ありがとう。これお礼ね！」

海月は亘のみぞおちに一発パンチを打ち込むと、上半身を折り曲げる彼をその場に置いて斜面を駆け下りた。

「係長ー！　レベッカの死因は事故でも自殺でもありません、殺しです！」


海月がリビングに入ると、石川だけでなく別荘内に残っていた地元の男性刑事二人もついてきた。空き巣の山田はさきほどパトカーで警察署へ送られていったとのことだ。

鵠沼が来る前に話を終わらせたい海月は、亘が戻ってくるのも待たずにソファに着いて石川と名も知らぬ中年と青年の刑事二人を前に、レベッカの死が事故や自殺ではあり得ない理由を語り始めた。

「そもそも、指輪が浴槽内にあるのがおかしいんです」

第一声を探偵みたいに威厳をもって発したのだが、石川と地元刑事二人は不可解そうに首をひねるだけだった。

「………伝わりませんでした？」

「いや、聞こえてるよ。なんで浴槽にあったらいけないんだ」と石川。

「いけませんよ。指につけたまま入浴したってことじゃないですか。そんなのあり得ないでしょう」

男三人は「そうかなぁ」とヒソヒソ声を交わし始めた。

「何でわかんないんですか」

「だって先輩、あのお風呂は水道水ですよ」

リビングの入り口から聞こえる声に振り返ると、亘が息を切らしドアに手をついて立っていた。未だに腹を曲げているところを見るとまだ痛むようだ。海月は（ちょっと強く殴り過ぎたか）と反省した。

「水道水だと、どうだっていうのよ」

「それにあの指輪はプラチナとダイヤでできています」

「うん、それで？」

だからなんだと睨みつけると、中腰の亘は怒濤《どとう》の勢いで喋り始めた。

「泉質が硫黄を含む温泉で、なおかつ指輪がシルバーや金なら入浴前に外すのも分かります、黒ずみますからね。ですがプラチナとダイヤはどんな泉質でも変色しません。風呂の湯がただの水道水なら、なおさらそんな心配はしないでしょう」

亘は一旦言葉を切ると海月の隣に移動してきた。座った後は無言——どうやら言いたい事はさっきので全部だったようだと確信して、海月は口を開いた。

「もしかしてみなさんも、そんな理由で指につけたまま入浴したに違いないと思ってます？」

「レベッカはあれを気に入ってたんだろ？　俺なら風呂に浸かりながら眺めてニマニマするなぁ」石川が呟いた。

「私はあれがえらい高価だと聞いたので、身から離しておくより風呂でも寝る時でもつけたままでいる方が安心したんじゃないかなぁと、なんとなく」

中年の方が石川を援護するが、海月は渋面で顔を横に振り続けた。

「そういう化学変化とか乙女心とか以前にですね、もっと現実的で当たり前に外す理由があるんですよ。みなさん指輪をつけたままお風呂に入ったことがないでしょう」

男たちは全員フルフルと首を横に振った。地元の刑事二人はどうだか知らないが、石川は既婚者でも結婚指輪はつけない主義だ。日本の男性のほとんどは日常的に指輪をつけずに一生を終える。

「お風呂で石鹸《せっけん》とかシャンプーを使うと摩擦が減って指輪が取れちゃうんですよ。サイズがぴったりであっても。四百万円ですよ？　うっかり排水口に流しでもしたら、死んでも死にきれませんよ」

「いや、死んでるし」と呟いた若い刑事の後頭部を中年刑事がスパーンと叩くが、海月は意に介さずに続けた。

「だから室内や脱衣所に指輪を置いてない時点で、入浴中の突然死や溺死の線はないと思うんです」

「じゃあ自殺か？」

石川の呟きに周囲の顔つきも真剣になった。過失とはいえ人を、しかも裏社会の重鎮という噂のある人物を殺してしまった彼女だ。報復を恐れて自分で自分を追い詰めてしまった可能性はある。山田が空き巣に入ったのが何日も前だったなら、浴槽で発見されたのは手首を切って横たわる死体だったのかもしれない。

しかし海月は更に首を横に振った。

「自殺は、もっとあり得ないんです」

「なぜだね」

「それは、ここが雪の降り積もる高原だからです」

男たち三人は「はぁ？」と声をハモらせながらこれまた同時に首をひねった。亘だけが、何か感づいたように口を挟んだ。

「死ぬ時は雪山で眠るように死にたい……ってことですか」

「そう！　それよ」

やっと理解者が現れて海月は座ったまま小躍りした。

「死んで発見が遅れたら遺体は目も当てられない状態になるって、今時小学生でも知ってます。若くて自分の美しさを自覚している女性がデロデロの腐乱死体になるような自殺方法を選びますか？　私ならドレスでも着て雪原に横たわります。しかもここ、死ぬのにふさわしい美しい場所が近所にいくらでもあるんですよ」

「自殺ならわざわざ全裸になって風呂に浸かるのも変ですよね」

亘の援護射撃で、他の男たちも徐々に納得の表情になっていく。石川が上官らしく話をまとめに入った。

「つまり、こういうことか？　風呂に全裸で入っていたのは事故死判定を狙った工作で、本当は殺しだ。そして犯人は指輪をつけたことのない、おそらく男性」

「おそらくどころか一人しかいませんよ。空き巣の山田さんが侵入した時、玄関も裏口も施錠されていたんでしょう？　レベッカが使った鍵は室内で見つかっている。そしたら犯人は自動的に、もう一本しかない鍵を持っている市村さんです」

石川がほぅと感嘆の息をついたのに気をよくした海月は、更に自分の想像を述べた。

「多分ですけど、市村さんはレベッカを匿っている間、一度ここに来てるんですよ。そして今後も匿い続ける、あるいは逃してやるからと話を持ちかけて引き換えに一発やらせろとか迫ったんです」

「先輩、そこは体の関係を強要されたって言いましょうよ」

「文学的に言ったところでやってることは変わんないでしょーが！」

　文句ついでに斜め下の角度で脇腹に肘打ちを入れてやると、亘は笑顔で上半身を二つ折りにしながら崩れ落ちていった。しかし事情を知らない地元刑事の二人は、都会の警察署の上下関係の厳しさに青ざめていた。

「とにかくそんな感じで拒まれるかして、もめた末に殺してしまったんですよ。そして遺体に残った殺人の痕跡を消すために腐乱しやすい温水に浸《つ》けておいたんです。市村さんは警察の目が逸れた頃に彼女を迎えにいくつもりだったと言ったそうですが、その時に遺体を発見する予定だったんじゃないですか、本当は」

「しかし逮捕するには、やつのアリバイを崩さにゃならんぞ」

「その前に彼が使用している車を押収しませんか。車内をくまなく探せば何か出て来ると思うんです、高速道路の領収書とか……」

　ドアの軋《きし》む音がして、全員が一斉にリビングの入り口を見た。

　そこに、鵠沼ともう一名の刑事に挟まれる形で、目を見張る市村が立っていた。

　数秒の間、『海月たちソファ組』と『只今到着しました組』はどちらも固まっていた。

　しかし市村が自分の背後にいる刑事を突き飛ばした瞬間、全員の時が動き始めた。

「待て市村‼」

叫んだのは鵠沼だ。しかし突き飛ばされた刑事が廊下に昏倒《こんとう》し、鵠沼は彼に足を取られて大きく体制を崩した。続いて亘や若い地元刑事が飛び出したが、全員が押し寄せた頃には市村は玄関を突破して外に飛び出していた。

「車！　あいつうちの覆面パトの鍵持って行きやがった！」

昏倒から立ち上がった刑事が大声で叫ぶが、運悪く外はちょうど地元の制服警官もパトカーもいない空白の時間だった。

海月たちは靴も履かずに外へ飛び出したが、その時市村は覆面パトに乗り込むところだった。

「市村‼」

石川が一際大きい声で呼ぶと彼は顔を上げてこちらを見た。その暗く影ばかりが目立つ顔の中で、唯一白く光る感情の欠けた目を見た瞬間、海月は確信した。

あれは殺している、と。

覆面パトは何度かタイヤを空転させせながらも走り出した。

「おい、緊急配備！　栃木県警に連絡だ！」

石川は二人の地元刑事の背中を叩くと手分けして電話をかけ始めた。

その日の午後、山中のドライブイン跡地に乗り捨てられた覆面パトカーだけが発見された。市村の姿はとうに消え失せていた。徒歩で逃げたのか、迎えを呼んだのか……行方は杳《よう》として知れなかった。

7．一月十五日〜十六日

それから三日が経過したが、市村は依然行方不明のままだった。

海月たちは十四日には横浜に帰されたのだが、帰宅した海月を、更なる憂鬱が襲っていた。


それは、本部長からの少し長めのメールだった。

先日返答に詰まった海月は、捜査が立て込んできたのに便乗して返信を保留し続けていた。相手も捜査が進展していないことは知っているようで適当な応援のメッセージが続いていたが、今回のメールは冒頭からして違っていた。

『今日はちょっと真面目な話をします』

普段のは真面目じゃない自覚があったんだ……という感想はさておき、百行ほどあるメールを読み終えた海月は、亘の代理で返信する作業を引き受けたことを初めて後悔した。

そのメールの内容は要約すると、『地方公務員を一度退職して、国家公務員一種を受験して警察庁に入り直しなさい』というものだったからだ。公務員一種資格で入庁とはつまり本部長や他の警察幹部と同じようにキャリア組になるということだ。階級は警部から始まり、あっというまに警視、警視正となって上級職になる。

（そういえば最近すっかり忘れてたけど、亘って東大卒だったっけ）

そう、本来なら彼は海月の下僕をやっているような人間ではないのだ。

メールによると一種の受験資格は三十三歳未満なので余裕で間に合うようだ。そしてメールの中で本部長は、亘が今までに解決してきた事件の詳細について触れ、優秀な人間は他の人にはできない役職につくべきだという、本人にとってのメリットだけでなく社会的貢献という道徳観にまで話を広げていた。

少し前の海月なら、このメールは躊躇することなく亘に転送していただろう。それは彼が退職しても気にならないからではなく、本人にキャリア組になるつもりは全くないと思っていたからだ。実際、亘自身が「キャリア組なんかになって出世したら誰も叱ってくれなくなるじゃないですか」と言っていたわけだし。

でも、今は違う。

『わざわざ警察を選んだのは、やっぱり父親と何らかの形で関わりたいっていう想いがあったんじゃない？』

マリアのあの言葉は真理をついている。もしかすると地方公務員を受けたのは、父親に近すぎる場所へ行くことに一抹の不安を感じた末の妥協だったのかもしれない。だからこのメールを見た亘が再就職を考えることは十分にあり得る、と今の海月には察せられた。

（これ、私が握りつぶしていい内容じゃないわよね……）

分かっているのにメールの転送ボタンを押せないでいるのは、亘にいなくなられたら困るという利己的な理由があるからだ。どう困るのかはうまく言えないが、とにかく困るのだ。

「事件が解決したら転送しよ……」

そう独り言を漏らして、海月はタブレットの電源を落とした。

海月のその発言が言霊《ことだま》になったわけではないだろうが、事件は翌日、大きな進展を見せた。

朝になって定時に出勤した海月は、港みらい署の捜査本部に入ろうとして思わず「はぁっ⁉」と声を張り上げた。出張に行く前は規模も縮小して二十人程度に減っていた捜査本部の人員が、部屋の限界を超える五十人体制になっていたのだ。しかもそのうちの大半が知らない顔だった。

事態が飲み込めずに右往左往していると、石川が現れて隅っこで説明してくれた。

「俺たちが那須高原にいる間にな、くらげちゃんの提案通りに県警一課が市村の使っていた社用車を徹底捜査したんだが……とんでもないものが出てきたぞ」

「と、とんでもないもの？」

爆弾でも出てきたかとドキドキしていたら、ある意味、爆弾級の品だった。

「豊原が土地を買い取った地主の何人かが行方不明になっているって噂があったろ？　トランクの奥から、その地主の遺留品が発見されたんだ。更に徹底的に調べた結果、トランクの床下に隠されていた袋の中から血痕、髪の毛その他が検出された。ＤＮＡ鑑定の結果、そのうちの一人は件の地主だと判明した」

「一人はって……複数人の血や毛髪があったってことですか」

「ああそうだ。少なくとも、地主の他にあと三人」

「え……ええええええ！」

理性を総動員して情報を整理した。つまり例の黒い噂は本当だったのだ。

「その四人全員、市村が殺したんでしょうか」

「かもしらん。だが犯人は別にいて、市村は死体処理をやらされていただけという可能性もある。市村ってな、颯田組の元構成員だったんだよ。ただし下っ端も下っ端なんで、そういう汚れ役用に豊原のところに派遣されたのかもしれん」

「どちらにしろ大事件じゃないですか。お宮入りしかかった事件が一挙解決……あ、だからあの人数なんですね」

そして知らない顔ばかりな理由も分かった。新たに派遣されてきたのは警視庁や他県の人員なのだろう。

「でも大事件のわりには、市村が指名手配にならないのはなぜですか」

「そこなんだよ」

石川は盛り上がった前髪をファサッとかきあげた。

「現時点では逮捕状を出せる決定的な証拠がないんだ。社用車だからな、トランクの下に袋があるなんて知らなかったと言い張られたら終わりだ」

「じゃあ、とりあえずレベッカの殺害容疑で逮捕して、そこから締め上げれば」

しかし石川の表情は更に険しくなった。

「アリバイが崩せなかった」

「え……」

「やつは社長の死の報告を受けて会社に呼び出された二十八日の深夜以降、泊まり込みでずっと応対していたんだ。一般社員が何人もやつの姿を見ている。社長が急死したんだから秘書が詰めてて当然なんだが……。二十八日の夜だって那須高原に往復していたら絶対に間に合わない時刻に出てきている。やつはレベッカ殺害に関しては完全にシロだよ」

「そんな……」

「レベッカを殺したのは豊原の他の部下か颯田組の連中かもしれん。その場合、市村がしたことはせいぜい鍵を貸したくらいだ。そんな理由じゃしょっぴけない」

あくまでも重要参考人として追いかけるしかないのだと石川は締めくくった。

「そんなわけでやつの行方を警視庁とタッグを組んで追いかけているんだが、地主の行方不明は間違いなく颯田組が関与している。今頃は組の伝《つて》で国外逃亡を果たしているか……」

「東京湾に沈んでいるかですね」

声に振り返ると亘がいた。ただその表情が妙に暗いのが気になった。出張で疲れているにしても引きずるなんて彼らしくない。

「ねえわた……」

「石川さん。科捜研からの鑑定書、先ほど届きました」

「鑑定書？」

海月の独り言に石川が「社用車の袋から発見された毛髪のだよ」と反応した。

「自然に抜けた毛ってのは毛根に白い細胞がついてないからＤＮＡ鑑定が困難なんだよな。しかしさすがは科捜研、そこは上手《うま》く……」

「すみません先輩。今日、これから早退していいですか」

「へ？」「は？」

そういうのは係長に頼んでよ……と言える空気ではなかった。亘の、無表情なのに目だけに力が籠《こも》っている酷い顔を見てしまったから。

「……何か、分かったの？」

普通に喋ろうと努力するも、鳥肌が立つのは抑えられなかった。

＊　＊　＊

少し前まで夕方の四時半には暗くなっていた空が、まだ明るい色を保っていた。水色から濃紺へと変わっていく空を眺めながら地階へ続く階段を下りたマリアは、玄関扉の中から電話の呼び出し音が鳴っているのに気がついた。コール数回で自分の携帯電話へ転送される仕組みだが、なぜか急いで出なければならない気がして慌てて鍵を開けた。

「はい、牢獄館よ」

固定電話はカウンターの裏にある。控室からぐるっと回って来ても間に合ったことに安堵《あんど》していると、受話器を押し当てた耳にくぐもった声が飛び込んだ。

『あんたマリアだな』

「どちら様？」

心臓が大きく波打った。おそらく知っている声だが、相手は何かから隠れて電話しているのか、声を押し殺して聞き取りにくい。それでも次の一言はよく聞こえた。

『市村だ。あんたに頼みがあるんだ――』

＊　＊　＊

日付の変わった午前二時五十分。本牧《ほんもく》の港湾地区の片隅にマリアは来ていた。町の一角でありながらこの場所は、深夜になると人も車も一切の姿がなくなった。細い直線道路の片側はフェンスを隔てて工場が並んでおり、夜間は完全に無人になる。反対側には人の背丈と同じ高さの堤防が道路と同じ長さだけ続き、その向こうに広がるはずの海をすっかり覆い隠していた。

マリアは指定された住所と電柱管理番号だけを頼りに一本の街灯を探り当てた。スポットライトのように降り注ぐこの白い光がなければ、周囲は真っ暗だったに違いない。黒いニットキャップに黒いダウンコートを来たマリア自身の姿も、その闇の中に溶け込んでいただろう。

体の前にボストンバッグを下げながら、マリアは携帯電話の時計をぼんやり見つめていた。午前三時まで、つまり約束の時刻まであと五分ある……。

その時、無人の道路にこちらへやってくる人影が浮かび上がった。離れた場所に車を止めてわざわざ歩いて来るのは周囲を警戒しているからだろうか。

彼に違いない。マリアはバッグの持ち手をきつく握りしめ、彼がこちらを見るのを待った。

だが。数秒後、マリアは自分の思い違いを知った。

「……善くん？」

「あ、マリアさんこんばんは。どうしたんですか、こんな所で」

黒いチェスターコートのポケットに両手を突っ込んで、まるで散歩の途中であるかのように歩いてきたのは亘だった。時刻を考えると、それはあり得ないのだが。

呆然と彼を見つめていたマリアだが、我に返ると微笑みを浮かべた。

「善くんこそ。何の用？　こんな所で」

「僕は待ち合わせです」

そう言って亘は笑顔でマリアの横に並んだ。冬の凍《い》てつく空気の中で、二人の吐息が煙草《たばこ》の煙のように立ち上る。無機質なコンクリート柱を挟んで並ぶ二人の姿は、遠目には仲良く休憩中に見えたかもしれない。

「私も待ち合わせなんだけど……」

そう言いながらマリアは体の前に下げていたボストンバッグを横に移動させた。亘の居ない側へ、遠ざけるように。

「でもすっぽかされたみたいだから、帰るわ」

一歩踏み出したマリアに亘は声をかけた。

「市村さんなら来ませんよ」

マリアは足を止めて無表情に振り返る。一方の亘は、いつもと同じ笑顔で立っていた。

「あの声、よく似てたでしょう。職場の誉田って先輩なんですが声質が似ていたので、僕が頼んで電話してもらったんです。『俺が捕まって全部話したら困るのはあんたらだろう、だから逃亡資金に二百万円融通してくれ』。…………持ってきたんですね、二百万」

冷えた空気が降り注いでいるかのようだった。マリアを追って光源の下から歩みだした亘は、暗がりに飲まれて表情が読めなくなる。それは、亘から見たマリアも同じだったが。

次に口を開いたのはマリアの方だった。

「……ということは、市村さん捕まっちゃったの？」

「いいえ、まだです。彼は颯田組に伝があるので、もしかしたら本当に国外に逃げおおせたのかもしれません。僕は東京湾あたりじゃないかと睨んでいますが」

「あら、じゃあ、あんなイタズラ電話は無視すればよかったのね。それにこのバッグの中身、お金じゃないわよ。ただの商売道具だもの」

そう言ってマリアは頼みもしないのにバッグのファスナーを開いた。中に入っていたのは手錠や麻縄だった。彼女がポケットの中に隠し持っているであろうスタンガンも、無理を通せば護身用と言えなくもない。

「確かに商売道具でもありますね」

「でしょ。だから……」

見逃して。無音の唇はそう動いた。

沈黙が長く続いた。二人はお互いに視線の先の表情を読み取れぬまま、ただ向き合っていた。

やがて根負けしたように亘がゆっくり口を開いた。

「僕がそうしたところで、何にも変わりませんよ。今日、市村の車から発見された毛髪はレベッカさんのものだと断定されましたから」

「そりゃあそうでしょ。レベッカは出かける時はいつも市村さんが運転する社用車に乗ってたもの。何もおかしくないわ」

「毛髪のあった場所が、トランクの床下の袋の中でもですか」

マリアの唇がきゅっと閉じられた。

「もちろん後部座席にも毛髪はありましたよ。レベッカさんではない誰かさんの分が。掃除してもわずかに残っていたみたいですね」

「ふうん」

「…………長くなりそうなのでどこかに座りませんか」

亘の言葉にマリアは肩をすくめて周囲を見渡した。見回してもこの辺には、延々と続くフェンスと堤防くらいしかない。

「そういうことなら、最初からベンチがある暖かい場所を指定すればよかったのに」

マリアの軽口に、二人共思わず笑みを漏らした。

結局、座れる場所といえば堤防くらいしかなく、二人は無言のやりとりののち階段を探して堤防へ上がった。護岸工事がされているので堤防の真下はいきなり海というわけではないが、冬の海風は避けようがなく、凍死する前に話を終わらせなければと二人に思わせた。ただ、わずかだが星が見える空と、真っ黒な東京湾に灯る対岸の街の光だけは美しかった。

「そういえば、ふらっとさんの記事が載った週刊誌が発売されましたけど、読みましたか」

腰を落ち着けた亘がいつもの口調で水を向けると、マリアも静かに微笑んだ。

「ああ、あれね。私たちが協力してレベッカとオーナーを抹殺したのかもって。面白かったけど無理でしょ。確かに私たちみんな十分程度の不在時間があったけれど、タイミングはバラバラだったから協力なんてできっこないし。一人で乗り込んで二人を瞬殺って、どこのアサシンかって話よね」

「そうですね、二人は無理ですね。でも……」

亘の瞳は相変わらず穏やかだったが、途中から声の調子だけが固く無機質になった。

「相手が豊原一人なら可能です。窒息で人の意識を消失させるのは三、四分あれば事足りますから」

何かを言いかけたマリアを制して、亘は続けた。

「ふらっとさんの記事が出る前に、先輩と一度議論したことがあるんです。あ、この先輩は訾田さんではなくて」

「菱川海月さんね。善くんのパートナーの」

マリアは何かを思い出したのか、少し楽しげに笑みを浮かべた。

「はい。その海月先輩が面白い仮説を考えたんです。放置プレイを行っていた女王様全員で役割を分担して、レベッカの殺害・豊原の殺害・レベッカの遺体隠蔽工作を実行したんじゃないかと」

「まさか。私たちの放置プレイ中も、レベッカの牢屋から鞭打つ音とオーナーの声が聞こえてたって、お客さんたちが証言したんでしょう。彼らの証言を疑うの？」

「いえ。でもその証言についても先輩が妙案を考えていました。最初に豊原を言いくるめて目隠しをさせて、以後、他の女王様たちがレベッカのふりをして代わる代わる牢屋を訪れ、豊原にプレイを施していたという、ね」

「目隠ししてるからパートナーが変わっても気づかなかったって？　いくらなんでもオーナーが鈍感すぎよ」

マリアは笑い、亘もつられて苦笑した。

「そうですね、僕も先輩に言いました。女王様が交代でレベッカの代役を務めたなんて、現状では不可能だと」

笑っていた亘の目が、辛《つら》そうに細められた。

「……嘘はつかなかったつもりです。実際、あの時点で判明している情報のみでは、ただの空想に過ぎませんでした。だから言わなかったんです。それを可能とする特殊な状況が一つだけ考えられると」

「どんな状況？」

マリアも、もう笑ってはいなかった。硬い表情でただ耳を傾け、亘の言葉を待っていた。

「豊原自らが、あなたたちの代役プレイに協力していた場合です」

マリアの表情が微かに歪《ゆが》んだ。

「より正しく言えば最初にその案を持ちかけたのは豊原の方で、あなたたちはそれに応じたんでしょうね。もちろん豊原自身に殺されるつもりはなかったでしょうが。彼の本当の目的は、レベッカがあの日牢獄館に居たと、無関係の一般客に証言させることでしたからね」

「なんでそんなことを……」

「アリバイ工作です」

既に二人の間では分かりきっていることを、それでも突きつけるために亘は続けた。

「豊原がレベッカを殺してしまったことが全ての発端だったのでしょう。市村が那須高原に死体を投棄しに行ったのが十二月二十六日。つまりレベッカはそれ以前に殺されていたわけですが、それを最低でも二十八日までは生きていたと世間に思わせるのが豊原の当初の計画でした。

二十八日に牢獄館で仲良くプレイをしていたレベッカと豊原は何らかの理由から喧嘩になり、レベッカが腹を立てて一人で飛び出して行った。元々宿泊する予定だった別荘地へ彼女が向かうのは自然なことですし、豊原が彼女の行き先を察しても放置していたことも、怒りが治まらなかったから無視していたと言い訳ができます。そうこうするうちに、具体的には遺体が腐乱しきった頃にですが、様子を見に行った市村が風呂で溺れ死んだ彼女を発見する。……そういう筋書きだったんでしょう」

マリアは俯いたまま返事はしなかったが、否定もしなかった。

「殺害動機はまだ分かっていません。レベッカが他の男たちとも交際を続けていることが発覚してカッとなったのか、あるいは窒息プレイで首を絞めすぎてしまった事故だったのか」

「多分前者ね。窒息プレイは本当に危険なんだって、オーナーには口が酸っぱくなるほど言っておいたから。加減の分からないレベッカとやったら、あなた死ぬわよって。して欲しい時は私としなさいって、ね」

「だから素直にあなたのプレイに応じたんですね、あの日の豊原は。彼からあなたには、普段から信頼が寄せられていたわけだ」

亘の素直な賞賛に、マリアは皮肉そうに唇を歪めた。

「信頼じゃなくて、見下してたんでしょ」

「そうなんですか？」

「そうよ」

いろいろ愚痴を溜め込んでいたのか、マリアは水を向けるまでもなく自ら語りだした。

「前オーナーが豊原にはめられて店の権利も祖父から受け継いだ大事な家も全部奪われた時、私も含め当時働いていた女王様全員が牢獄館を辞めようとしたの。そうしたら前オーナーに止められたわ。素人のオーナーと店長が牢獄館を経営することで一番迷惑を被るのはお客さんなのよ、って。万が一彼らの経営で事故が発生してお客さんが死亡することがあったら、私は悲しい。だから私よりもお客さんの味方になってあげてって」

「いい方だったんですね」

「十年前に会っておくべきだったわね、善くんは。前オーナーはＳＭ界の伝説の女王様だったんだから」

マリアは懐かしむように目を細めた。

「それに私たちも、前オーナーが作り上げた牢獄館が評判を落とすのは嫌だったから……だからみんな、豊原に雇われることを受け入れたのよ。豊原が経営自体に興味がないと分かったからお店の運営は私がほぼ無償で引き受けたし、レベッカが本物の女王様になれるようにみんなでアドバイスもした。あの二人に思うことはあっても、それを表に出してはお客さんに伝わるでしょう？　だからみんな顔に笑みを貼り付けてあの二人に接したのよ。全てはお客さんのためであり、ひいては前オーナーのためだった。……なのにあの二人は、私たちが媚《こび》を売ってるって勘違いしたんだわ」

「なるほど。では、優秀な手駒扱いだったんですね」

「優秀は、どうかしら」

マリアは笑うが、亘は「優秀ですよ」と自らの意見を肯定した。

「レベッカが死んだ翌日から二十八日になるまで、時々彼女の身代わりも務めていたでしょう。コンシェルジュくんが完璧に騙されていましたよ。ああいうのは変装だけじゃなく、歩き方、雰囲気も含めてコピーしないといけないから大変ですよね。でも多少の違和感は指輪の影響だと誤魔化せたようですが」

「なんで私だって断定するのよ。市村が遺体を運んだのが二十六日なら、二十四日や二十五日はレベッカだったかも知れないじゃない」

「いえ、あれはあなたです」

　柔らかな口調だが、その言葉には確信が込められていた。

「あの日の彼女は芸能人の婚約発表会みたいに指輪を見せびらかしながら歩いていたとコンシェルジュが言っていました。もちろん指輪を印象づけるためでもあったと思いますが……一番の理由は、腕を下ろしていたら指輪が抜け落ちそうになるのを、防いでいたんじゃないですか。あなたの指はレベッカより号数で二号以上の差がある。あなたの指が細いことは先輩も気づいていました」

「結構目ざといのね、くらげちゃん。私もあの日、手袋してなかったのはマズったかなーって思ったんだけど」

　慌ててはめるのも不自然だしね、とマリアは苦笑した。

「牢獄館の女王様の中でレベッカと同じ身長、似た体型をしているのはあなただけですから仕方ないですね。だったら指輪なんかはめなければよかったのにと思うんですが、アリバイ工作に必要なアイテムでしたから、おおかた豊原に絶対につけろと指示されたんでしょう」

「ほんと豊原って馬鹿よね。女性の指の太さがみんな違うってこと、知らないんじゃないかしら」

マリアは冷めた目で毒づいた。亘は同意しながら、再び口を開いた。

「それに遺体の腐乱具合も、二十四時間風呂の水温を差し引いても進行が早すぎました。実際の死亡日は二十六日どころか、その一週間以上前だったんじゃないですか？」

「……十八日よ。豊原の告白が正しいならだけど。殺した場所もあのマンションじゃなくて、系列のホテルだったみたいよ。詳しいことは教えてくれなかったけど」

「そういう隠蔽は自分のホテルならではですね……」

おおよその話は終わったと思ったのだろう。マリアは疲れたと言いたげに伸びをして、背中をそらして後ろに手をついた。そのまま顔を上げて、微かな光が散らばるビロードのような空を見つめた。亘も同じように星を見ていたが、ふと思い出したように視線を下ろした。

「一つだけ疑問なことがあるんです」

「なあに？」

「マリアさんが豊原を殺害しようと決めた経緯です。チャンスだと思ったのは分かりますが、彼が死んだらせっかく守ってきた牢獄館が結局なくなりませんか。……なぜ、今回も数年前と同じように我慢できなかったのか」

「我慢する必要がなくなったからよ」

　彼女の瞳の奥には、豊原を殺害した今になっても消えない憎しみが垣間見えていた。

「アリバイ工作を持ちかけられた時、私は『報酬としてこのビルと店舗の権利がほしい』ってふっかけたの。豊原にとっては端金《はしたがね》だし、それで刑務所に行かずに済むなら安いものじゃない？　豊原も二つ返事で応じたわ。ただ、権利を譲った途端に裏切られるのはごめんだと思ったのかしら。弁護士を連れてきてこう言ったのよ。『オレが死んだらこのビルと店舗をお前に相続させるという遺言状を、今ここで作成する。途中でオレの気が変わらないように、オレが死ぬまで忠実に仕えろよ』……だって」

「そんな遺言を残したのに窒息プレイに応じたんですか、豊原は」

「だから、見下してたんでしょ。あとあいつ本当に顔面騎乗が好きなのよ、Ｍに目覚めた時の原体験なんだって」

　マリアは寂しげに笑った。

「こういう事情があったから、豊原を殺《や》った犯人はレベッカってことにしておきたかったのよ。あるんでしょ、そういう法律が」

「相続欠格ですね。相続人が被相続人を殺害した場合は当然、相続資格を失います。知っていたのなら……」

少し言い淀んでから、亘は小声で絞り出すように続けた。

「相続人がマリアさんなら、殺害は他の女王様に任せればよかったんです」

マリアはぶふっと吹き出した。

「だめでしょ、刑事がそんなこと言っちゃ」

「分かってます」

不貞腐《ふてくさ》れたように言う亘にマリアはひとしきり笑って、それから真顔で静かに呟いた。

「他の子には、そんなことさせるわけにはいかなかったのよ。だって前オーナーの敵《かたき》をとる義務があるのは私だけなんだもの。前オーナーが豊原に家を奪われたのは、私が権利書を持ち出したせいだから。豊原の手下の男に騙されて……馬鹿だったのよ。今も馬鹿なままだけど」

二人共口を噤んでからは、堤防に打ち付ける波と風の音だけが静かに響き続けた。海風が一際強く吹いて、二人に潮の飛沫《しぶき》をふりかけた。盛大なクシャミをした亘を見て、マリアが目を細めて笑った。

「寒いし、そろそろ行かない？　送ってくれるんでしょ。私パトカーに乗るの初めてだわ」

二人同時に立ち上がると、マリアはまるでどこか楽しい所にでも行くように微笑んで両手を差し出した。そのポーズが何を意味しているか知らない者はいないだろう。

亘はその手を一瞥すると、顔を上げてマリアを見た。

「いえ、僕も自分の車で来たんです。だからすみませんがタクシーを呼んで、ご自分で行ってくれませんか」

マリアはゆっくり両腕を下ろすと、鋭い視線で亘を見つめた。

「……どういう意味よ」

「僕と一緒に行くと自首扱いになりませんせん」

「は？」

マリアの表情が忌々しげに歪められた。

「なにそれ。そんなことで、私に恩を売ってるつもり？」

「売っているんじゃありません。返したいんです」

「だったら……見逃してくれればよかったじゃない！　市村はきっとこのまま行方不明なんでしょう。袋の中の髪の毛だって、多分善くんがレベッカの物だと思うって上に言ったんじゃないの⁉」

事実なのだろう、亘は無言で目をそらした。

「それって善くんが黙っていれば、オーナーを殺した犯人はレベッカで、レベッカを殺した市村は行方不明で、全部丸く収まってたんじゃない。何でそうしてくれなかったの！」

「できません」

視線を逸らしたままだったが、亘の声には強固な意志が滲《にじ》んでいた。

「いえ……そういう受動的な言い方をするからいけないんですね。やりません」

途中から顔を上げて、マリアとしっかりと目を合わせて、亘は今度は言い切った。

「たとえ他の誰も気づいていなかったとしても、僕が知ったからには事実を捻じ曲げることはしたくありません。そうやって数ある真実を恣意的に選別する人間に、他人の人生を暴く権利はないと思いますから」

「ほらね」

「え？」

マリアは嫣然《えんぜん》と微笑んだ。

「それがプライドってもんでしょ。善くんにもあるように、私にもあるのよ。取るに足らないプライドが」

佇む亘に、マリアは確固たる意志を秘めて告げた。

「だから中途半端に扱わないで。捕まえるならしっかり引導を渡して。それが本当の優しさってもんじゃない？」

「そう……ですね」

亘は自分の負けを認めると、観念したようにマリアに微笑んだ。

「今何時ですか」

「三時四十五分だけど」

マリアは時計を見るためだけに出した携帯電話をポケットに戻すと、再び両手を差し出した。

「本当に言うんだ、あれ。一度生で聞いてみたかったのよね」

「ええまあ……それから、パトカーでなくて恐縮ですが送っていきます」

「当然よ」

亘は腰の手錠ホルダーから黒い手錠を出すと、捧《ささ》げるように恭しくマリアの手に掛けた。

「三時四十五分、あなたを殺人罪で緊急逮捕します」

数メートル離れた堤防の下から成り行きを見守っていた海月と眥田は、凍えた風に身震いすると物陰に引っ込んだ。今日、二人がついてくることは、亘も承知の上のことだった。

レベッカが那須高原へ移動したのはトランクの袋に入ってだったと判明した時、約束通り亘は海月にだけ、これからしようと思っていること——マリアを誘《おび》き出して自首を促すつもりであると語った。眥田には協力を依頼した都合上「一緒に行くぜ」という彼の言葉を反故《ほご》にはできず、結局、海月の口からマリアが亘の知り合いであることを話した（ただし細かい点はぼかしたため、彼は未だに元カノと信じているが）。

「亘とマリアさん、車の方に向かったぞ。俺たちも行くか」

海月たちが堤防の下に降りるために使った梯子《はしご》はここから離れた場所にある。二人は道路の明かりを頼りに、波を被らないように気をつけながら引き返した。

「俺、明日……ていうかもう今日か、亘になんか奢《おご》ってやるわ」

他に言いたいことはいっぱいあるだろうに、そんな言葉をチョイスするところが甞田らしい。

「お前はどーすんだ、くらげ」

「私は別に。いつも通りにしますよ」

気を使って慰めるのは何か違うと海月は思う。それに多分、亘もそう望むだろう。

ただ、そのいつも通りはいつまで続くのか……。そう思うと胸が締め付けられ、海月はこの悩みを少しだけ吐露したくなった。

「……もしかすると、ですけど。亘、港みらい署からいなくなるかもしれません」

「えっ何で。ひょっとして引き抜きか？」

「でも、本人が言うまで黙っててくださいね」

甞田は彼にしては真顔で頷いた。

二人が堤防に登って遠くを見ると亘の車はもういなくなっていた。マリアを乗せて港みらい署へ出発したのだろう。

堤防の上で風に吹かれながら、誉田がぽつりと呟いた。

「……くらげ。今気がついたんだが、俺ら来る時あいつの車に同乗してきたんだよな」

「私は途中から気づいてましたよ」

「どうすんだよ！　今、朝の四時だぞ、バスもタクシーも走ってねぇよ！」

「歩くんですよ。大丈夫です誉田さん、みなとみらいまではほんの十キロくらいです！」

「…………………………」

長い長い沈黙の後。誉田はまだ日の昇る気配のない真っ暗な海に向かって、手でメガホンを作って叫んだ。

「やっぱ奢るのナシだーー！」

8．一月十九日

逮捕から二日後の十八日に、マリアの身柄は検察へと移されていった。本人が包み隠さず自供したことで取り調べは終始穏やかに進められたと聞き、海月は少しだけホッとした。

彼女の逮捕をもってＳＭ倶楽部オーナー殺人事件捜査本部は解散し、同時に豊原が生前行ったであろう悪事について神奈川県警と警視庁の合同捜査本部が改めて立ち上げとなった。しかしそこに海月が呼ばれることはまずないだろう。

そして三日後の今日、捜査員が引き上げていつもの静けさを取り戻した港みらい署だったが、刑事課の室内に亘の姿はなかった。

「おい、くらげ」

ゴロゴロと椅子を引きずってやってきた嘗田は周囲を気にしてか声を小さくした。

「今日、亘どうしたんだ」

「ああ……有給取ったみたいですよ。事後処理も一段落ついたところですし、べつにいいんじゃないですか」

「ん、そうか。ところでよぉ、あの話はどうなった？」

「あの話って」

「ほれアレだよ、引き」

「さあ？　どうなんでしょうね」

海月は曖昧に笑ってごまかしたが、若干脈拍が上がった。

（そこは触れないで欲しいんだけど……いや、甞田さんに言っちゃった私が悪いんだけどさ）

迂闊《うかつ》な自分に反省していると、甞田がまだ何かいいたそうな顔でそこに残っていた。

「何ですか」

「いや……先日女に振られて晴れて五十連敗になった俺の言葉なんざ、価値はないかもしれないが」

「それはお気の毒様でした」

淡々と頭を下げると、甞田は青春ドラマに出てくる教師みたいに海月の肩を両手で掴み、妙に真剣な顔で告げた。

「次にあいつに会ったら、お前の正直な想いをぶつけるんだぞ！」

「はい？」

訳も分からず頷くと、甞田は満足そうに帰っていった。

夕方になり海月は久しぶりに定時で港みらい署を出た。

なんとなく、駅ではなくほぼ反対方向へと足を向けた。薄暮の中、赤レンガ倉庫の壁を横目に見ながら通り過ぎ、ゆるくカーブした大きな通りを抜けると、その先にあるのはみなとみらいに数ある臨海公園の一つ、象の鼻パークだ。明治時代の開港当時の遺構、カーブした長い波止場が上空からみると象の鼻に見えるということで、この名がついている。

夜になるというのに、園内には観光客と思《おぼ》しきカップルや家族連れが白い息を吐きながら笑顔で動き回っていた。なぜならここもまた有名な夜景スポットの一つだからだ。折しもちょうど日没直後、オレンジ色の残る空の下で、観覧車や高層ビル群、大さん橋やライトアップされた赤レンガ倉庫がイルミネーションのように浮かび始めていた。

（正直な想いって……どんな？）

夜景を眺めるふりをしながら海月は考えた。想いかどうかは知らないが、正直に謝らなければならない事なら一つある。

海月は、本部長から来ていた例のメールを、まだ亘に転送できずにいた。

事件が解決してから今日までの三日間、海月はタブレットを前に何度も指を伸ばしては戻すのを繰り返していた。海月にはあの親子から和解のチャンスを奪う権利もないし、そうこうしているうちに本部長が事故か何かで死にでもしたら取り返しのつかないことになると分かっているのに、どうしてもできなかった。

最初は「捜査中だから」「マリアさんの件で落ち込んでる時にこんなメールを送るのも」と理由があってのことだったが、昨夜、なにか吹っ切れたのか明るさを取り戻した亘に「明日ちょっと休みますね」と言われた後でも、海月はメールの転送マークをクリックすることができなかった。多分明日も明後日もこのままだろう。

「なんで、できないんだろう……」

呟きがこぼれ落ちた。理由なんて、本当はとっくの昔に分かっている。

転送したら亘は確実にいなくなる、それがどうしても嫌だったからだ。

最初の頃は後輩ができたことがただ嬉しくて、だから毎日が楽しいのだと思っていた。でもそれだけが理由じゃないのは、もう痛いほど分かっている。楽しいのは相手が亘だからだ。仮に亘の代わりに更に上をいく下僕体質の後輩が入ってきたところで、この喪失感は絶対に埋まらない。

(亘じゃなきゃ嫌だ)

鼻の奥がつんと痛くなって目の縁が熱くなってきた。何かが頬を伝ってきた気がするけれど手で拭ってごまかした。こんな状態で明日どんな顔して会えばいいのかも分からず、いっそ自分も有給を取って休んでしまおうと考え始めたところで、ポケットの中のスマホが震えた。

手に取って画面を見ると相手は亘で、しかもメールではなく音声電話だ。

「げっ！」

海月は反射的にスマホを投げ捨てなかった自分を褒め讃《たた》えた。一呼吸置いてから、覚悟を決めて電話に出た。

「……もしも」

『先輩、今どこですか』

「え？　象の鼻パークだけど」

思わず本当のことを口走ると、『メッセージ送ったの見てないんですか』と責められた。

「メッセージ？」

『港みらい署に寄るから、帰るのちょっと待ってくださいって』

「あんた休日くらい職場から離れればいいのに……」

『じゃあ今から行くので、そこにいてください』

一方的に通話が切れた。不通になったスマホを耳に当てたまま数秒が経過して、やっと頭が動き出した。

(今から行くって？　え、ちょっと待ってよ、こんな状態であいつに会うの⁉)

海月はスマホをポケットに戻すと走り出した。もちろん逃げるためだ。園内の傾斜を駆け降りると、亘が来るであろう方角に背を向けた。

日はまだ落ちきっていないが既に夜に等しく、街灯の真下以外は人の顔の判別がつかないほど薄暗くなっていた。逢魔《おうま》が時《とき》だ。出口を目指して、巨大なパネル型の照明が列を成して並んでいる広場まで来ると、正面からやってきた人物がいきなり海月の前に立ち塞がった。

「あ、すみませ……」

「どこに行くんですか」

聞き慣れた声に身が固まる。もしかすると赤の他人かもという一縷《いちる》の望みをもって顔をあげるが、そこに居たのはやっぱり今一番会いたくない人物、黒いチェスターコートに身を包んだ亘だった。

「いくらなんでも早すぎない⁉　しかもなんで前から来るのよ」

「なんでって……県警本部がすぐそこなので」

そう言って亘は斜め後方の二十階建て高層ビルを指差した。そう、神奈川県警本部は象の鼻パークとは目と鼻の先に建っているのだ。

「ああ、県警にいたの……県警？　もしかして本部長に呼び出されたの⁉」

寒い日だというのに背中に冷や汗が吹き出してきた。亘が自主的に父親に会いに行くとは考えられないので、返答にしびれを切らした父親に呼び出された可能性が高い。その場合、海月のメール隠蔽が亘に知られることに……！

　しかしそうではなかったようで、穏やかな微笑みと共にこう言われた。

「父に呼ばれたから行ったわけじゃないですよ」

「じゃあなんで……」

　海月はハッと目を見開いた。引き抜き、の四文字が脳裏を過《よ》ぎった。

（ありえる。百鬼さんあたりがその気になったのかも、鵠沼さんも怪しいし）

　疑惑の目を亘に向けると、微笑んでいた彼がふと真顔になった。その申し訳なさそうな瞳を目の当たりにし、海月は最悪の予感に震えた。

「先輩」

「な、なに？」

　亘は海月を数秒間見つめると、やがて小さく頭を下げた。

「春から今日まで、諸々お世話になりました」

　後頭部を鈍器で殴られたような衝撃だった。海月の脳内を瞬時に雑多な感情が駆け回った。引き抜きは確定事項になったのだろうか。いつかそんな日が来るような気はしていたが、それにしたって早すぎる。

（大体亘も亘でしょ、もう少し悲しそうな顔したっていいじゃない。それとも港みらい署を離れること、何とも思ってないの。新しい場所で新しい先輩に叱ってもらえばもう満足なわけ？）

　苛立ちと焦りで頭の中が真っ白になった時、海月を動かしたのは甞田のあの言葉だった。

『お前の正直な想いをぶつけるんだぞ！』

「わ……亘ーっ！」

　海月は鋭く叫ぶと同時に全体重を乗せて己の拳を亘の腹に叩き込んだ。流石《さすが》に亘も「ゲフォッ！」と呻《うめ》き声を発した後、数秒間は息が止まったようで、前屈みになっていた。

「ひ……久々に、いいパンチを頂きました、けど……なんで僕、殴られたんですかね」

「だって甞田さんに言われたんだもん、お前の正直な想いをぶつけろって」

「いや今ぶつけたの拳ですよね⁉　想いは⁉」

「それも今からぶつけるわよ！」

　海月は歯を食いしばると、亘のコートの襟を摑んで思いっきり引き寄せた。

「……行かないでよ。だ、大体あんた後輩のくせに、私に断りもなく勝手に辞職したり異動したりが許されると思ってんの？　まだたったの数ヶ月じゃない、もう少し一緒に居てよ‼」

　目尻から頰を伝ってボロボロと涙が落ちた。見られたくなくて俯いていると、耳の横から頬に向かって躊躇《ためら》いがちに亘の手のひらが押し当てられた。

「……あの、先輩」

「な、なによ」

鼻声で答えると、離れて行った指の代わりにハンカチを押しつけられたので、遠慮なく鼻をかんだ。

「そのままでいいので、聞いてください。今日の県警訪問の理由なんですが、そろそろあのメールの返事をしなければと思って、僕の方から父にお願いして時間を作ってもらったんです。だから『呼び出された』っていう先輩の言葉は否定しましたけど、会っていたのは父で」

「は？」

「ちゃんと話をつけてきました。キャリアになるつもりもないし、当分港みらい署から離れるつもりもないのでお気使いは無用だと。まあ、一応納得してくれましたよ。……で、その事を先輩に伝えに行くつもりで、待っててくださいってメッセージを送ったんですが」

「…………………あのメールって……」

海月の頭の中で、（転送したっけ?→してない）（話したっけ?→言ってない）と自問自答形式で目まぐるしく確認作業が行われた。

「なんで亘があのメールの内容を知ってるの⁉」

慌てて顔を上げると、彼は非常に気まずそうに苦笑した。

「メール、全部僕の方に転送してましたから」

「は？」

「だって何かの拍子に直接顔を合わせて会話が噛み合わなかったら困るじゃないですか。だから先輩から父へ送ったメールも、父が先輩に送ったメールも、全部僕のアドレスに転送する設定をしてから代理役を頼んだんです。設定見れば分かるんですけど、気づきませんでした？」

「へ？」

「例のメールも、事件が解決するまで保留にしているだけかと思ったらなかなか送って来ないので、その、僕もちょっと悩んだりしたんです。先輩があのメールをいつまでも伏せておくのは単に忘れているのか、それとも別の理由があるからなのかって」

「ほ？」

見上げた亘の顔は、薄暗がりの中でも見て取れるほど赤くなっていた。

「で、カマかけてみたら先輩が盛大に自爆してくれたお陰で疑問は解けました。ありがとうございました」

「カマ……って」

「『今日までお世話になりました』の後に、わざと『これからもよろしくお願いします』って言わなかったことですかね……」

「…………………はぁっ？」

停止していた思考が徐々に動き出す。

（つまりなに？　亘は私があのメールを隠してたこと、とっくの昔に知ってたってこと？　待って待って、それ以上にもっとまずいことがあったような）

気がついた瞬間、海月は顔から火を噴いた。なにせ亘が見ていない（と思っていた）のをいいことに、いかに自分が素晴らしい先輩であるかをメールで滔々《とうとう》と語っていたのだから。

「わ、私が本部長に送ったメール……読んだの？　全部」

案の定、亘はにやりと口角を持ち上げると清々しいほど陰険な笑みを披露した。

「すみません読みました。でも許してくれますよね、かっこよくて優秀で美人な先輩？」

「あああああんたねぇっ」

恥ずかしさからほとんど無意識に拳を亘の顎めがけて打ち出した。しかしその手は抜群のタイミングで受け止められ、亘はまるで駄々っ子をあやすように背を屈めて海月の顔を覗き込んだ。さっきの意地悪な表情から一転した、若干の緊張を乗せた優しげな微笑みで。

「先輩。僕は自惚《うぬぼ》れてもいいんでしょうか。先輩が僕に居なくならないでほしいのは、下僕としてではないですよね？」

「え、あ、それは……」

摑まれたままの手首が熱い。ついでに耳たぶも首筋も頰も熱い。夜景を背負って微笑む亘は贔屓目に見てもかっこよくて、その彼と見つめ合っているという事実が海月の心臓をぎゅっと握り潰した。

頭の中で幻覚の㟢田が何かを必死に喚《わめ》いている。そう、正直になれ、と。

「い……」

「はい」

余裕の笑顔で待ち構える亘に、嚙み付くように告げた。

「言わないからね！　まだ！」

「この流れでそれですか⁉　ここまできてまだ認めないんですか先輩は！」

「だって言った瞬間、満足していなくなられたら嫌だもの‼」

「え」

思いがけない本音が聞けて、不満げだった亘の顔にじわじわと笑みが蘇《よみがえ》った。

「だ、だからね、明日も明後日もちゃんと港みらい署に来なさいよ。そしたら、気が向いたら教えてあげるから」

「前向きな保留ということですね」

亘は摑んでいた海月の手を下ろすと、離すのではなく逆に両手で包みこんで見惚れるほど鮮やかに笑った。

「いいですよ、待ちます。時間はたっぷりあるので」

気がつくと、二人は宵闇に包まれていた。一体どれだけ長くこの場に佇んでいたのだろう。亘は視線を交えると、いつもの自然な口調で海月に提案した。

「とりあえず、どこか食事にでも寄って行きませんか？　一緒に」

「まあ、それくらいなら……」

手を繫いだまま彼と並んで歩きだす。数歩進んだところで、思い出したように亘が告げた。

「あ、ちなみにですが、僕の父が言っていた言葉はわりと的を射てると思いますよ」

「本部長の言葉？」

思い返すうちに海月の顔は徐々に赤みを帯びた。

『善くんはその先輩に恋してるんだね』

「そ、その言葉って『こ』から始まるあの言葉？」

「さあ？　気が向いたら教えてあげます」

少し意地悪なその言い方は、先程の海月の口調をそっくり真似《まね》たものだった。

その瞬間、海月は繋いでいた手を離すと脊髄反射で「亘のくせに生意気！」と背中に蹴りを入れ、亘の派手に転ぶ音と「ありがとうございます！」という声が、夜のみなとみらいに響き渡った。

この作品は、集英社文庫のために書き下ろされました。

神埜明美の本

相棒はドM刑事《デカ》
～女刑事・海月の受難～

気が短く手が出やすい女性刑事の菱川海月は後輩の亘善とコンビを組むことに。頭脳明晰なイケメンの亘だが、実はとんでもないドMで⁉ SMコンビが横浜の怪事件に挑む！

集英社文庫　目録（日本文学）

清水義範　夫婦で行く意外とおいしいイギリス
下重暁子　鋼《はがね》の人《ひと》　最後の瞽女《ごぜ》・小林ハル
下重暁子　不良老年のすすめ
下重暁子　「ふたり暮らし」を楽しむ　不良老年のすすめ
下重暁子　老いの戒め
下川香苗　はつこい
朱川湊人　水銀虫
朱川湊人　鏡の偽乙女　薄紅雪華紋様《うすべにせっかもんよう》
小路幸也　東京バンドワゴン
小路幸也　シー・ラブズ・ユー　東京バンドワゴン
小路幸也　スタンド・バイ・ミー　東京バンドワゴン
小路幸也　マイ・ブルー・ヘブン　東京バンドワゴン
小路幸也　オール・マイ・ラビング　東京バンドワゴン
小路幸也　オブ・ラ・ディ　オブ・ラ・ダ　東京バンドワゴン
小路幸也　レディ・マドンナ　東京バンドワゴン
小路幸也　フロム・ミー・トゥ・ユー　東京バンドワゴン

小路幸也　オール・ユー・ニード・イズ・ラブ　東京バンドワゴン
小路幸也　ヒア・カムズ・ザ・サン　東京バンドワゴン
白石一文　彼が通る不思議なコースを私も
白河三兎　私を知らないで
白河三兎　もしもし、還る。
白河三兎　十五歳の課外授業
白澤卓二　100歳までずっと若く生きる食べ方
城山三郎　臨3311に乗れ
辛永清　安閑園の食卓　私の台南物語
辛酸なめ子　消費セラピー
新庄耕　狭小邸宅
神埜明美　相棒はドM刑事《デカ》　～女刑事・海月の受難～
神埜明美　相棒はドM刑事《デカ》2　～事件はいつもアブノーマル～
神埜明美　相棒はドM刑事《デカ》3　～横浜誘拐紀行～
真保裕一　ボーダーライン
真保裕一　誘拐の果実(上)(下)

真保裕一　エーゲ海の頂に立つ
真保裕一　猫背の虎　大江戸動乱始末
周防柳　八月の青い蝶
周防正行　シコふんじゃった。
杉本苑子　春日局
杉森久英　天皇の料理番(上)(下)
杉山俊彦　競馬の終わり
鈴木遥　ミドリさんとカラクリ屋敷
瀬尾まいこ　おしまいのデート
瀬尾まいこ　春、戻る
瀬川貴次　波に舞ふ舞ふ　平清盛
瀬川貴次　ばけもの好む中将　平安不思議めぐり
瀬川貴次　闇に歌えば　文化庁特殊文化財課事件ファイル
瀬川貴次　ばけもの好む中将　弐　姑獲鳥《うぶめ》と牛鬼
瀬川貴次　ばけもの好む中将　参　天狗の神隠し
瀬川貴次　ばけもの好む中将　四　踊る大菩薩寺院

集英社文庫　目録（日本文学）

集英社文庫　目録（日本文学）

高嶋哲夫　沖縄コンフィデンシャル ブルードラゴン
高嶋哲夫　富士山噴火
高杉良　管理職降格
高杉良　小説 会社再建
高杉良　欲望産業(上)(下)
高野秀行　幻獣ムベンベを追え
高野秀行　巨流アマゾンを遡《さかのぼ》れ
高野秀行　ワセダ三畳青春記
高野秀行　怪しいシンドバッド
高野秀行　異国トーキョー漂流記
高野秀行　ミャンマーの柳生一族
高野秀行　アヘン王国潜入記
高野秀行　怪魚ウモッカ格闘記 インドへの道
高野秀行　神に頼って走れ！ 自転車爆走日本南下旅日記
高野秀行　アジア新聞屋台村
高野秀行　腰痛探検家

高野秀行　辺境中毒！
高野秀行　世にも奇妙なマラソン大会
高野秀行　またやぶけの夕焼け
高野秀行　未来国家ブータン
高野秀行　謎の独立国家ソマリランド そして海賊国家プントランドと戦国南部ソマリア
高橋一清　編集者魂 私の出会った芥川賞・直木賞作家たち
高橋克彦　完四郎広目手控
高橋克彦　完四郎広目手控Ⅱ 天狗殺し
高橋克彦　完四郎広目手控Ⅲ いじん幽霊
高橋克彦　完四郎広目手控Ⅳ 文明怪化
高橋克彦　完四郎広目手控Ⅴ 不惑剣
高橋源一郎　ミヤザワケンジ・グレーテストヒッツ
高橋源一郎　競馬漂流記 では、また、世界のどこかの観客席で
高橋千劔破　江戸の旅人 大名から逃亡者まで30人の旅
高見澤たか子　「終の住みか」のつくり方
高村光太郎　レモン哀歌―高村光太郎詩集

瀧羽麻子　ハローサヨコ、きみの技術に敬服するよ
竹内真　粗《そ》忽《こつ》拳《けん》銃《じゅう》
竹内真　カレーライフ
武田晴人　談合の経済学
竹田真砂子　牛《うし》込《ごめ》御《ご》門《もん》余《よ》時《じ》
竹田真砂子　あとより恋の責めくれば 御家人大田南畝
嶽本野ばら　エミリー
嶽本野ばら　十四歳の遠距離恋愛
太宰治　人間失格
太宰治　走れメロス
太宰治　斜陽
多田富雄 柳澤桂子　露の身ながら 往復書簡 いのちへの対話
多田富雄　寡黙なる巨人
多田富雄　春楡の木陰で
多田容子　柳生平定記
多田容子　諸刃の燕

集英社文庫　目録（日本文学）

橘　玲　不愉快なことには理由がある
橘　玲　バカが多いのには理由がある
田中慎弥　共喰い
田中慎弥　田中慎弥の掌劇場
田中啓文　ハナシがちがう！　笑酔亭梅寿謎解噺
田中啓文　ハナシにならん！　笑酔亭梅寿謎解噺2
田中啓文　ハナシがはずむ！　笑酔亭梅寿謎解噺3
田中啓文　ハナシがうごく！　笑酔亭梅寿謎解噺4
田中啓文　茶坊主漫遊記
田中啓文　鍋奉行犯科帳
田中啓文　鍋奉行犯科帳　道頓堀の大ダコ
田中啓文　ハナシはつきぬ！　笑酔亭梅寿謎解噺5
田中啓文　鍋奉行犯科帳　浪花《なにわ》の太《たい》公《こう》望《ぼう》
田中啓文　鍋奉行犯科帳　京へ上った鍋奉行
田中啓文　鍋奉行犯科帳　お奉行様の土俵入り
田中啓文　鍋奉行犯科帳　お奉行様のフカ退治

田中啓文　鍋奉行犯科帳　猫と忍者と太閤さん
田中啓文　鍋奉行犯科帳　風雲大坂城
田中啓文　浮世奉行と三悪人
田中優子　世渡り万《よろず》の智慧袋　江戸のビジネス書が教える仕事の基本
田辺聖子　花衣ぬぐやまつわる…(上)(下)
田辺聖子・工藤直子　古典の森へ　田辺聖子の誘う
田辺聖子　夢渦巻
田辺聖子　鏡をみてはいけません
田辺聖子　楽老抄　ゆめのしずく
田辺聖子　セピア色の映画館
田辺聖子　姥ざかり花の旅笠　小田宅子の「東路日記」
田辺聖子　夢の櫂こぎ　どんぶらこ
田辺聖子　愛を謳《うた》う
田辺聖子　あめんぼに夕立　楽老抄Ⅱ
田辺聖子　愛してよろしいですか？
田辺聖子　九時まで待って

田辺聖子　風をください
田辺聖子　ベッドの思惑
田辺聖子　春のめざめは紫の巻　新・私本源氏
田辺聖子　恋のからたち垣の巻　異本源氏物語
田辺聖子　ふわふわ玉人生　楽老抄Ⅲ
田辺聖子　恋にあっぷあっぷ
田辺聖子　返事はあした
田辺聖子　お気に入りの孤独
田辺聖子　お目にかかれて満足です(上)(下)
田辺聖子　そのときはそのとき　楽老抄Ⅳ
田辺聖子　われにやさしき人多かりき　わたしの文学人生
谷　瑞恵　思い出のとき修理します
谷　瑞恵　思い出のとき修理します2　明日を動かす歯車
谷　瑞恵　思い出のとき修理します3　空からの時報
谷　瑞恵　思い出のとき修理します4　永久時計を胸に
谷川俊太郎　わらべうた

集英社文庫　目録（日本文学）

S 集英社文庫

相棒《あいぼう》はドM刑事《エムデカ》3 ~横浜誘拐紀行《よこはまゆうかいきこう》~

2017年7月25日 第1刷 定価はカバーに表示してあります。

著 者 神埜明美《しんのあけみ》

発行者 村田登志江

発行所 株式会社 集英社
東京都千代田区一ツ橋2-5-10 〒101-8050
電話 【編集部】03-3230-6095
【読者係】03-3230-6080
【販売部】03-3230-6393(書店専用)

印 刷 大日本印刷株式会社

製 本 ナショナル製本協同組合

フォーマットデザイン アリヤマデザインストア マークデザイン 居山

ISBN978-4-08-745619-6 C0193